歷代經典寓言

周游　編譯

關於·寓言

寓言是用比喻性的故事來寄託意味深長的道理，給人以啟示的文學體裁，字數不多，但言簡意賅。故事的主人公可以是人，也可以是擬人化的動植物或其它事物。

寓言的特點

1. 寓言的篇幅一般比較短小，語言精闢簡練，結構簡單卻極富表現力。

2. 鮮明的諷刺性和教育性。多用借喻手法，使富有教訓意義的主題或深刻的道理在簡單的故事中體現。主題思想大多借此喻彼、借遠喻近、借古喻今、借小喻大。

3. 故事情節的虛構性，主人公可以是人，也可以是物。

4. 常用手法：比喻、誇張、象徵、擬人等

5.「寓」是「寄託」的意思，即把作者的思想寄寓在一個故事裡，讓人從中領悟到一定的道理。

在中國，寓言註定是一種弱於並低於歷史的寫作，因為它是與先秦哲學家的佚事寓言寫作相聯繫的。其源頭是非儒家的道家“異端”。然而寓言式閱讀又是儒家文人的常見閱讀模式。在這模式中，讀者意識到故事的小說性質，因而不把它看做真實的歷史。這些小說真正具有意義是在其說教和哲學的層面上。它們可以為讀者帶來一堂道德課。關於奇異夢境、螞蟻、狐狸或龍的故事都不會被認為是真實的，儘管它們也許都貌似使用了一些歷史修辭的技法。一旦不屬於歷史真實範疇，那它們就只能屬於寓言的範疇了。

寓言的類型大約有兩種：一種是用誇大的手法，勾畫出某類人的特點和思想；另一種是用擬人的手法，把人類以外的動植物或非生物人格

化，使之具有人的思想感情或某種人的特點。

　　寓言早在我國春秋戰國時代就已經盛行，當時一些思想家把寓言當成辯論的手段。為了在政治主張上戰勝對方，為了闡明自己的觀點，互相責難、辯論，往往取材於古代神話、傳說、民間故事或諺語。通過藝術加工，用鮮明生動的抽象的代替議論進行激烈的爭辨與論述。

　　中國民間寓言極為豐富，一般的都比較短小。除漢族外，還有各少數民族寓言。各族人民創作的寓言，多以動物為主人公，利用它們的活動及相互關係投進一種教訓或喻意，達到諷喻的目的。反映了勞動人民健康、樸實的思想，閃耀著人民無窮的智慧和高尚的道德光芒。中國古代寓言源遠流長，在先秦時期已具雛形。先後經歷了先秦的說理寓言、兩漢的勸戒寓言，魏晉南北朝的嘲諷寓言、唐宋的諷刺寓言和明清的詼諧寓言等五個階段為文學特殊的文體而人放異彩！

目　錄

公被狐白之裘

【原文】

　　景公之時，雨雪三日而不霽^①。公被^②狐白之裘，坐堂側階。晏子^③入見，立有間^④，公曰：「怪哉！雨雪三日而天不寒。」

　　晏子對曰：「天不寒乎？」公笑。

　　晏子曰：「嬰聞古之賢君，飽而知人之飢，溫而知人之寒，逸而知人之勞。今君不知也。」

　　公曰：「善！寡人聞命矣。」乃令出裘發粟，與飢寒者。令所睹於塗^⑤者無問其鄉，所睹於裡者無問其家，循^⑥國計數，無言其名。士既事者兼月，疾者兼歲。

——《晏子春秋・內篇諫上》

【注釋】

①雨雪：下雪。霽：指雨雪過後天放晴。
②被：通「披」，這裡指穿著。
③晏子：名嬰，字平仲，春秋後期齊國的相國，著名政治家、思想家和
　外交家。
④有間：一會兒。
⑤塗：通「途」，道路。
⑥循：通「巡」，巡視。

【譯文】

　　齊景公在位時，有一回大雪下了三天還沒有停止。景公穿著白色狐皮大衣，坐在大堂邊的台階上。晏子進宮拜見，站了一會兒，景公說：「奇怪啊！雪下了三天卻不覺得冷。」

　　晏子應道：「天氣真的不冷嗎？」景公笑了。

　　晏子說：「我聽說古代的賢君，自己吃飽時知道有人在挨餓，自己

一一

穿得暖時知道有人在挨凍，自己安逸時知道有人在勞累。如今您卻不知道這些啊！」

　　景公說：「您說得好！寡人聽從您的教誨。」於是下令拿出衣物和糧食，分發給忍饑挨餓的人。傳令凡是在路途中看到有忍饑挨餓的人，不需要詢問是哪個鄉的；在村中看到有忍饑挨餓的人，不需要詢問是哪一家的。巡行全國統計發放救濟者數字，不必註明被救濟者的姓名。士人中已任職的發給兩月救濟糧，有疾病的發給兩年救濟糧。

社　鼠

【原文】

　　夫社①，束木而涂②之，鼠因往托焉。熏之則恐燒其木，灌之則恐敗其涂，此鼠所以不可得殺者，以社故也。夫國亦有焉，人主左右是也。內則蔽善惡於君上，外則賣權重於百姓。不誅之則為亂，誅之則為人主所案據③，腹④而有之。此亦國之社鼠也。

──《晏子春秋·內篇問上》

【注釋】

①社：土地神，也指祭祀土地神的場所。
②涂：用泥巴塗抹。
③案據：平息，安定。
④腹：庇護。

【譯文】

　　如果那個祭神的社稷壇，將木頭捆紮起來作為木柵，塗上泥巴，老鼠因此最喜歡寄居於其中。如果用煙火熏，擔心燒著了木頭；用水灌，則擔心毀壞了塗泥。這老鼠之所以不能被消滅，是因為社稷壇的緣故啊。國家也有這樣的事，君主身邊的親信就是社鼠。他們在朝廷內矇蔽

國君，干擾其善惡判斷，在朝廷外向百姓賣弄權勢。不誅滅他們，他們便胡作非為，釀成禍亂；想要誅滅他們，君主又會出面保護、庇護他們。這也就是國家的社鼠！

御者之妻

【原文】

晏子為齊相，出。其御之妻從門間而窺。其夫為相御，擁大蓋①，策駟馬②，意氣揚揚，甚自得也。既而歸，其妻請去③。夫問其故。妻曰：「晏子長不滿六尺，身相齊國，名顯諸侯，今者妾觀其出，志念深④矣，常有以自下⑤者；今子長八尺，乃為人僕御，然子之意，自以為足，妾是以求去也。」其後夫自抑損⑥。晏子怪而問之，御以實對。晏子薦以為大夫。

——《晏子春秋‧內篇雜上》

【注釋】

① 蓋：車蓋。
② 駟馬：四匹馬拉的馬車。
③ 請去：請求離開，即請求和丈夫離婚。
④ 深：深沉。
⑤ 自下：自以為不足，這裡指謙虛。
⑥ 抑損：謙遜，謙讓。

【譯文】

晏子做了齊國的相國，有一次他乘馬車出行，經過鬧市。晏子車伕的妻子從門縫間偷看自己的丈夫，丈夫作為相國的馬伕，在高大的車蓋簇擁下，揮舞著鞭子趕著四匹馬拉的馬車，意氣風發，十分得意。車伕

回到家後，妻子竟然要和他離婚。車伕忙問她原因。妻子說：「晏子身高不足六尺，卻是齊國堂堂的相國，他在各國諸侯中都很有威望。我今天看到他出行時的儀態，只見他低頭沉思，態度謙虛；而你呢？身高八尺，卻只幹著為別人駕車的行當，可看你的樣子，好像還很滿足。你如此不上進，所以我要和你離婚。」車伕聽了妻子的話，十分慚愧，從此低調做事，謙遜做人。晏子察覺出車伕的變化，詢問他原因，車伕如實相告。晏子很讚賞車伕這種及時改過的精神，後來推薦他做了大夫。

橘逾淮為枳

【原文】

　　晏子至，楚王賜晏子酒。酒酣，吏二縛一人詣王①。王曰：「縛者曷②為者也？」對曰：「齊人也，坐盜③。」王視晏子曰：「齊人固善盜乎？」晏子避席對曰：「嬰聞之，橘生淮南則為橘，生於淮北則為枳④，葉徒相似，其實味不同。所以然者何？水土異也。今民生長於齊不盜，入楚則盜，得無楚之水土使民善盜耶？」王笑曰：「聖人非所與熙⑤也，寡人反取病⑥焉。」

——《晏子春秋·內篇雜下》

【注釋】

①縛：捆綁。詣：去（尊長那裡）拜見。
②曷：通「何」，什麼。
③坐盜：犯了盜竊罪。
④枳：一種灌木類植物，果實小而苦，也叫枸橘。
⑤熙：通「嬉」，戲弄，開玩笑。
⑥病：辱，恥辱。

【譯文】

　　晏子出使來到楚國，楚王設宴招待。眾人喝酒喝得正高興時，有兩名小吏捆著一個犯人來到楚王面前。楚王問：「你們綁的是什麼人？」小吏回答說：「是齊國人，犯了盜竊的罪。」楚王轉過頭看著晏子說：「你們齊國人天生就喜歡偷盜嗎？」晏子離開座位，回答說：「我聽說，橘樹生長在淮南就結出橘子；長在淮北就變成了枳樹，它們葉子雖然相似，但是結出的果實味道卻大不相同。這是為什麼呢？因為水土的差異。現在這個人生長在齊國從不偷盜，一到了楚國卻會偷盜了，莫非是楚國的水土使人喜歡偷盜嗎？」楚王苦笑著說：「聖人是不能戲弄的啊，我是自取其辱了。」

楚王好細腰

【原文】

　　昔者，楚靈王好士細要[1]，故靈王之臣皆以一飯為節[2]，脅息然後帶[3]，扶牆然後起。比期年[4]，朝有黧黑[5]之色。

　　　　　　　　　　　　　　──《墨子‧兼愛中》

【注釋】

① 楚靈王：春秋中期楚國國君。要：通「腰」。
② 節：限制，節制。
③ 脅息：屏住呼吸。帶：腰帶，指裡指束腰。
④ 比：等到。期年：一週年。
⑤ 黧黑：黑中帶黃的顏色，形容臉色黯然憔悴。黧：通「黎」，黑。

【譯文】

　　從前，楚靈王喜歡士人腰身纖細，所以楚國的官員都節制飲食，每天只吃一頓飯，並在長吸氣後屏住呼吸，才能將腰帶束緊，然後扶著牆壁站起來。等到一年過後，朝中的官員都餓得臉色黑黃。

越王好士勇

【原文】

　　昔越王勾踐，好士之勇，教馴①其臣。私令人焚舟失火，試其士曰：「越國之寶盡在此！」越王親自鼓其士而進之。士聞鼓音，破碎②亂行，蹈火而死者，左右百人有餘。越王擊金③而退之。

——《墨子・兼愛中》

【注釋】
① 馴：通「訓」。
② 碎：「萃」的假借字。萃：行列，意為集聚。
③ 金：即鉦。古代軍中所用的金屬樂器，鳴金表示後撤。

【譯文】
　　從前，越王勾踐喜歡士人勇敢無畏，常以此標準訓練下屬。有一次，越王勾踐私下派人焚燒船隻，考驗士人說：「越國的珍寶都在這條船上。」並親自擂鼓激勵士人衝向大火。士人聽到鼓聲，不顧隊形，奮勇向前，衝入火船，被燒死的有一百多人。越王這才鳴金傳令後撤。

杞人憂天

【原文】
　　杞國①有人，憂天地崩墜，身亡所寄②，廢寢食者。
　　又有憂彼之所憂者，因往曉之，曰：「天，積氣耳，亡處亡氣。若屈伸呼吸，終日在天中行止，奈何憂崩墜乎？」
　　其人曰：「天果積氣，日月星宿不當墜邪？」

曉之者曰：「日月星宿，亦積氣中之有光耀者，只使墜亦不能有所中傷。」

　　其人曰：「奈地壞何？」

　　曉者曰：「地，積塊耳，充塞四虛，亡處亡塊。若躑步跐蹈③，終日在地上行止，奈何憂其壞？」

　　其人舍然④大喜，曉之者亦舍然大喜。

——《列子・天瑞》

【注釋】

① 杞國：周代國名，姒姓，位於今河南省杞縣，後為楚國所滅。

② 亡：通「無」。寄：依附。

③ 躑步跐蹈：泛指人站立行走。

④ 舍然：釋懷。

【譯文】

　　杞國有個人擔憂天會塌地會陷，自己無處存身，便整天睡不好覺，吃不下飯。

　　又有一個人為這個杞國人的擔憂而憂慮，因此前去開導他，說：「天不過是積聚的氣體罷了，沒有哪個地方不存在空氣。你的一舉一動、一呼一吸，整天都在天空中活動，怎麼還擔心天會塌下來呢？」

　　杞國人說：「如果天的真的是氣體的話，那日月星辰不就會掉下來了嗎？」

　　開導他的人說：「日月星辰也是空氣中發光的東西，即使掉下來，也不會傷害什麼。」

　　杞國人又說：「如果地陷下去怎麼辦？」

　　開導他的人說：「地是由於很多土地石塊堆積起來的，這些土塊石塊，填滿了四處，沒有什麼地方沒有它。你行走跳躍，整天都在地上活動，怎麼還擔心會陷下去呢？」

　　杞國人聽後放心了，異常高興；開導他的人也放心了，很高興。

愚公移山

【原文】

　　太行、王屋二山①，方七百里，高萬仞。本在冀州②之南，河陽③之北。

　　北山愚公者，年且九十，面山而居。懲山北之塞④，出入之迂⑤也。聚室而謀曰：「吾與汝畢力平險，指通豫南⑥，達於漢陰⑦，可乎？」雜然相許⑧。

　　其妻獻疑曰：「以君之力，曾不能損魁父之丘⑨，如太行、王屋何？且焉置土石？」

　　雜曰：「投諸渤海之尾，隱土⑩之北。」

　　遂率子孫荷擔者三夫，叩石墾壤，箕畚⑪運於渤海之尾。鄰人京城氏之孀妻有遺男，始齔⑫，跳往助之。寒暑易節，始一反焉。

　　河曲智叟笑而止之曰⑬：「甚矣，汝之不惠！以殘年餘力，曾不能毀山之一毛，其如土石何？」

　　北山愚公長息曰：「汝心之固，固不可徹⑭，曾不若孀妻弱子。雖我之死，有子存焉。子又生孫，孫又生子，子又有子，子又有孫，子子孫孫，無窮匱⑮也。而山不加增，何苦而不平？」

　　河曲智叟亡以應。

　　操蛇之神⑯聞之，懼其不已也，告之於帝。帝感其誠，命誇娥氏⑰二子負二山，一厝朔東⑱，一厝雍南⑲。自此，冀之南，漢之陰，無隴斷焉。

──《列子‧湯問》

【注釋】

① 太行：山名，主峰在今山西省晉城縣南。王屋：山名，在今山西省陽
　城縣西南，山有三重，形似房屋。

② 冀州：古九州之一，包括今河北、山西二省，以及遼寧省遼河以西和
　河南省黃河以北地區。

③ 河陽：在今河南省孟津縣境內。

④ 懲：苦於。塞：阻隔。

⑤ 迂：曲折繞遠。

⑥ 豫南：豫州南部。豫：今河南省簡稱。

⑦ 漢陰：漢水之南。古稱山之北水之南為「陰」，山之南水之北為
　「陽」。

⑧ 雜然：七嘴八舌，大家爭先恐後說話的樣子。許：贊成。

⑨ 曾：尚且。損：移平。魁父：小山名，在今河南省陳留縣。

⑩ 隱土：傳說中的地名。

⑪ 箕畚：挑土用的盛器，用竹編成。

⑫ 齔（音趁）：小孩換牙。

⑬ 河曲：地名。智叟：聰明的老者。這裡的「智」與「愚公」之「愚」
　相對，是反襯，在作者看來，愚公不愚，智叟不智。止：阻止。

⑭ 徹：通徹。

⑮ 窮匱：窮盡。

⑯ 操蛇之神：山神，古代傳說山神手裡持蛇。

⑰ 誇娥氏：神話中的大力天神。

⑱ 厝：通「措」，安放。朔東：朔方的東部。朔方在今山西省北部和內
　蒙古自治區一帶。

⑲ 雍南：雍州南部。雍州在今陝西省和甘肅省一帶。

【譯文】

　　太行、王屋兩座大山，方圓七百里，高八千丈。它們原本在冀州的
南面，河陽的北邊。

　　北山裡住著一位名叫愚公的老漢，年紀將近九十歲，他的家正面對
著大山。苦於北山的阻隔，出入要繞很遠的路。他召集全家人商議說：
「我和你們傾盡全力搬掉這險阻，打通去豫南的路，直通漢陰，你們覺

得可以嗎？」大家都異口同聲地表示贊同。

愚公的妻子質疑說：「憑你的力氣，連魁父那麼小的山恐怕都平不了，又能拿太行、王屋怎麼樣呢？再說，挖出的那些土塊石頭該往哪裡放呢？」

大家七嘴八舌：「把土塊石頭投到渤海的後面，隱土的北邊。」

於是，愚公率領子孫中能挑擔子的三個人鑿石，挖土，用箕畚把土石運到渤海的後面。他家鄰居京城氏的寡婦有個遺腹子，剛換了奶牙，也蹦著跳著去幫忙。他們挑土運石，寒來暑往，一年才走一個來回。

黃河灣邊有位聰明的老者一邊嘲笑，一邊勸阻愚公說：「你真是太傻啦！以你的殘年餘力，恐怕連山上的一根草都毀不掉，又怎能搬得了那麼多的土石呢？」

北山愚公長嘆一聲，說道：「你的心真是太頑固了，頑固得一竅不通，連寡婦孤兒都不如。雖然我免不了一死，可是我還有兒子活著。兒子又生孫子，孫子又生兒子，兒子又生兒子，兒子又生孫子，這樣子子孫孫永遠不會斷絕啊。可是山卻不會增高，又怎麼會擔心挖不平它呢？」

黃河灣邊的那位聰明老者無言以對。

山神聽說了愚公移山這件事，怕他不停地幹下去，就稟告了天帝。天帝被愚公的虔誠打動，命誇娥氏的兩個兒子背走了太行、王屋兩座山，一座放在朔東，一座放在雍南。從此，冀州的南面到漢水的南面，再也沒有山陵的阻隔了。

夸父逐日

【原文】

夸父①不量力，欲追日影，逐之於隅谷②之際，渴欲得飲。赴飲河渭③，河渭不足，將走北飲大澤。未至，道渴而死。棄其杖，屍膏肉所浸，生鄧林④。鄧林彌廣數千里焉。

——《列子·湯問》

【注釋】

① 夸父：上古神話中的人物。

② 隅谷：神話傳說中日落的地方。

③ 河：黃河。渭：渭水。

④ 鄧林：桃林。

【譯文】

　　夸父不自量力，想要追趕太陽，他一直追到了太陽下山的地方，口乾舌燥想要喝水。他跑到黃河、渭水去喝，喝乾了黃河和渭水的水，還沒有得到滿足，又打算跑到北方的大湖澤去喝。還沒趕到，他就在半路上渴死了。夸父的手杖散落，他的血肉浸潤的地方，長出了一片桃樹林。桃樹林廣闊無邊，綿延數千里。

兩小兒辯日

【原文】

　　孔子東遊，見兩小兒辯鬥①，問其故。

　　一兒曰：「我以日始出時去人近，而日中②時遠也。」

　　一兒以日初出遠，而日中時近也。

　　一兒曰：「日初出大如車蓋③，及日中則如盤盂④，此不為遠者小而近者大乎？」

　　一兒曰：「日初出滄滄涼涼⑤，及日中如探湯⑥，此不為近者熱而遠者涼乎？」

　　孔子不能決⑦也。

　　兩小兒笑曰：「孰為汝多知乎？」

——《列子・湯問》

【注釋】

① 辯鬥：爭辯，鬥嘴。

② 日中：正午。

③ 車蓋：古時車上有車蓋，形狀如雨傘，柄彎曲，用來遮陽防雨。

④ 盤盂：盛物的器皿。圓者為盤，方者為盂。

⑤ 滄滄：寒冷的樣子。涼涼：微寒的樣子。

⑥ 探湯：把手伸進熱水，形容炙熱的感覺。湯：熱水。

⑦ 決：裁決。

【譯文】

　　孔子到東方遊學，路上看見兩個小孩在爭辯，就問他們為何爭吵。

　　一個小孩說：「我認為太陽剛出來的時候離人近，而日正當中時離人遠。」

　　另一個小孩則認為，太陽剛出來的時候離人遠，而正午時離人近。

　　一個小孩說：「太陽剛出來的時候大得像車蓋，到了正午時就小得像盤盂，這難道不是遠的顯得小，近的顯得大嗎？」

　　另一個小孩說：「太陽剛出來的時候還涼颼颼的，到了正午時就熱得如開水一般，這難道不是近時感覺熱，遠時感覺涼嗎？」

　　孔子聽了沒法裁決。

　　兩個小孩笑著說：「誰說你是個學識豐富的人呢？」

紀昌學射

【原文】

　　甘蠅，古之善射者，彀弓而獸伏鳥下①。弟子名飛衛，學射於甘蠅，而巧過其師。紀昌者，又學射於飛衛。

　　飛衛曰：「爾先學不瞬②，而後可言射矣。」

　　紀昌歸，偃臥其妻之機下③，以目承牽挺④。二年之後，雖錐末倒眥而不瞬也⑤。以告飛衛。飛衛曰：「未也，必學視

而後可。視小如大，視微如著⑥，而後告我。」

　　昌以犛懸蝨於牖⑦，南面而望之。旬日之間，浸⑧大也；三年之後，如車輪焉。以睹餘物，皆丘山也。乃以燕角之弧、朔蓬之簳射之⑨，貫蝨之心，而懸不絕。以告飛衛。飛衛高蹈拊膺曰⑩：「汝得之矣！」

——《列子·湯問》

【注釋】

① 彀弓：拉滿弓弦。彀：滿。伏：倒下。
② 不瞬：不眨眼。
③ 偃臥：仰面躺下。機：織布機。
④ 承：指由下往上注視。牽挺：織布機的梭子。
⑤ 倒：（錐尖）由上落下。眥：眼眶，這裡指眼皮。
⑥ 著：顯著，明顯。
⑦ 犛：犛牛尾部的毛。牖：窗戶。
⑧ 浸：漸漸。
⑨ 燕角之弧：燕國所產的牛角做的弓。朔蓬之簳：北方的蓬桿做的箭。
　朔：北方。簳：箭桿。
⑩ 高蹈：跳高。拊膺：拍胸。

【譯文】

　　甘蠅，是古代一位著名的射手，他一拉滿弓，野獸就應聲倒下，飛鳥就頃刻落地。甘蠅的弟子名叫飛衛，跟著甘蠅學習射箭，本領超過了師傅。有個名叫紀昌的人，又來向飛衛學習射箭。

　　飛衛說：「你先學習注視目標不眨眼的技術，然後才能學習射箭。」

　　紀昌回到家後，仰臥在妻子的織布機下，睜大眼睛注視著梭子穿來穿去。兩年之後，即使是有人用錐尖刺他的眼皮，他也不會眨一下眼睛。紀昌把自己練習的情況告訴飛衛。飛衛說：「還不夠，你還必須練習眼力才行。要把微小的東西看得巨大，把模糊的東西看得清楚，等到那時候你再來告訴我。」

紀昌用犛牛尾巴的毛繫住一隻蝨子懸掛在窗口，每天面向南望著它。十幾天後，看到的蝨子逐漸顯得大起來；三年過後，蝨子在他眼裡已經有車輪那麼大。用這種方法看其他的東西，都像山丘那麼大。紀昌便用燕國牛角做的弓和北方蓬竹造的箭去射那隻蝨子，一箭就射穿了蝨子的心，而犛牛尾巴的毛還懸掛在那裡沒有斷。紀昌把這情況告訴飛衛。飛衛聽了，高興得跳起來拍著胸脯說：「你已經掌握射箭的訣竅了！」

負暄獻曝

【原文】

　　昔者宋國有田夫，常衣縕黂①，僅以過冬。暨②春東作，自曝③於日。不知天下之有廣廈室④，綿纊狐⑤，顧謂其妻曰：「負日之暄⑥，人莫知者。以獻吾君，將有重賞。」

　　　　　　　　　　　　　　　　——《列子・楊朱》

【注釋】

① 縕黂（音運焚）：這裡指用破麻做衣絮的衣服。縕：用絮做衣裡。黂：破麻。
② 暨：等到。
③ 曝：曬太陽。
④ 廣廈：寬大的屋子。隩室：暖室。
⑤ 綿纊：用絲綿做衣絮的衣服。狐狢：狐狸和狢子的毛皮所制裘衣。狢：通「貉」，亦稱「狗獾」，外形似狐，但體型較胖，尾較短，色棕灰，是重要的毛皮獸之一。
⑥ 暄：暖和。

【譯文】

　　從前，宋國有一個農夫，常常穿著破麻做的衣服，勉強熬過冬天。到了春天時，他到東村耕作，在太陽底下歇息。他不知道這世上還有豪

宅暖室和裘皮錦衣，回頭對妻子說：「曬太陽取暖的滋味沒有人懂得，把這個方法獻給我們的君王，一定會得到重賞。」

九方皋相馬

【原文】

秦穆公謂伯樂曰①：「子之年長矣，子姓②有可使求馬者乎？」

伯樂對曰：「良馬可形容筋骨相③也。天下之馬，若滅若沒，若亡若失。若此者絕塵弭轍④。臣之子，皆下才也，可告以良馬，不可告以天下之馬也。臣有所與共擔薪菜⑤者，有九方皋⑥，此其於馬非臣之下也，請見之。」

穆公見之，使行求馬。三日而反⑦報曰：「已得之矣，在沙丘⑧。」

穆公曰：「何馬也？」對曰：「牝而黃⑨。」

使人往取之，牡而驪⑩。穆公不說⑪，召伯樂而謂之曰：「敗矣！子所使求馬者，色物、牝牡尚弗能知，又何馬之能知也？」

伯樂喟然太息曰⑫：「一至於此乎⑬？是乃其所以千萬臣而無數者也。若皋之所觀天機也，得其精而忘⑭其粗，在其內而忘其外。見其所見，不見其所不見；視其所視，而遺其所不視。若皋之相者，乃有貴乎馬者也。」

馬至，果天下之馬也。

——《列子·說符》

【注釋】

①秦穆公：春秋時期秦國國君，名任好，五霸之一。伯樂：姓孫，名

陽。古代善相馬者。

② 子姓：孫子。姓：即「生」，兒子所生便為孫子。這裡泛指子孫。

③ 形容筋骨相：從形體、骨架上觀察。

④ 絕塵弭轍：形容馬奔跑得很快，沒有揚起塵土和留下足跡。弭：消除。

⑤ 擔薪菜：挑擔打柴。　：繩索，用於捆物。擔：挑擔運貨。　菜：通「采」。薪菜：打柴草。

⑥ 九方皋（音高）：人名，複姓九方，或作九方歅、九方堙。

⑦ 反：通「返」，返回。

⑧ 沙丘：地名。

⑨ 牝：雌性的鳥獸，與「牡」相對。牝而黃：指黃色的母馬。

⑩ 牡：雄性的鳥獸。驪：純黑色的馬。牡而驪：指黑色的公馬。

⑪ 說：通「悅」，高興。

⑫ 喟然：嘆氣的樣子。太息：長嘆。

⑬ 一至於此乎：竟達到了這樣的境界。

⑭ 忘：忽視，忽略。

【譯文】

秦穆公對伯樂說：「您的年紀大了，您的子孫中有沒有可以派去尋找千里馬的人呢？」

伯樂回答說：「一般的良馬特徵明顯，可以從外形、骨架上分辨出來。而名揚天下的千里馬，若隱若現，若有若無，很難捉摸。這種馬跑起來風馳電掣，不留足跡。我的子孫都是些下等之才，可以教他們識別良馬的方法，但無法教他們識別千里馬的方法。臣有個曾經一起挑擔打柴的朋友，名叫九方皋，他識別千里馬的本領絕不在臣之下，請您召見他。」

秦穆公接見了九方皋，派他去尋找千里馬。過了三天他便返回，報告說：「我已經找到了，在沙丘那裡。」

秦穆公問道：「是匹什麼樣的馬呢？」九方皋回答說：「是匹黃色的母馬。」

秦穆公派人去取那匹馬，卻發現是匹純黑色的公馬。秦穆公很不高興，將伯樂召來，說道：「糟了！你所推薦的那個找馬的人，連馬的毛

色公母都搞不清楚，又怎麼能知道是不是千里馬呢？」

伯樂長嘆了一聲，說道：「九方皋相馬竟然達到了這樣的境界嗎？這正是他勝過我千萬倍乃至無數倍的地方！九方皋所觀察的是馬的天賦，深得其精妙而忽略其粗淺；明悉其內在素質而忽略其外在表象。九方皋只看見他需要看見的，看不見他不需要看見的；只觀察他需要觀察的，而遺漏他不需要觀察的。像九方皋這樣相馬，包含著比相馬本身價值更高的道理！」

等到把那匹馬牽了來，果然是一匹天下難得的千里馬。

牛缺遇盜

【原文】

牛缺者，上地①之大儒也。下之邯鄲②，遇盜於耦沙③之中。盡取其衣裝車馬，牛缺步而去。視之，歡然無憂吝④之色。盜追而問其故。

曰：「君子不以所養害其所養⑤。」

盜曰：「嘻！賢矣夫！」

既而相謂曰：「以彼之賢，往見趙君，使⑥以我為，必困我。不如殺之。」乃相與追而殺之。

燕人聞之，聚族相戒，曰：「遇盜，莫如上地之牛缺也！」皆受教。

俄而其弟適秦，至關下，果遇盜。憶其兄之戒，因與盜力爭，既而不如，又追而以卑辭⑦請物。

盜怒曰：「吾活汝弘矣⑧，而追吾不已，跡將著焉⑨。既為盜矣，仁將焉在？」遂殺之，又傍害⑩其黨四五人焉。

——《列子·說符》

【注釋】

① 上地：燕國地名。

② 下之：去某地。邯鄲：地名，位於今河北邯鄲市。

③ 耦沙：地名。

④ 憂吝：憂愁吝惜。

⑤ 君子不以所養害其所養：前一個「所養」指養身的東西，如衣服、車馬等財物，後一個「所養」指靠衣物、車馬等財務所養的人的身體。

⑥ 使：稟告。

⑦ 卑辭：低聲下氣，卑微的言辭。

⑧ 活：使……活，指饒命。弘：寬宏大量。

⑨ 跡：行蹤。著：暴露。

⑩ 傍害：株連殺害。

【譯文】

　　牛缺是上地的大儒。有一次他去趙國之都邯鄲，在耦沙遇到了一夥強盜。強盜搶走了他的衣服車馬，牛缺只好步行離開。再看牛缺的神情，似乎毫不在意，沒有一點憂愁、吝惜。強盜便追上去問他是什麼緣故。

　　牛缺說：「君子不應當因丟失供養自己的財物，而危及其所供養的身體。」

　　強盜說：「啊！真是個通事理的賢德君子呀！」

　　但強盜們隨後又互相商議道：「以他的賢德，去拜見趙國國君必會受到重用，如果他在國君面前告發我們的行徑，我們一定會大難臨頭，不如現在殺了他。」於是，他們便追上牛缺，把牛缺殺害了。

　　有個燕國人聽說了這件事，召集全族的人告誡說：「遇到強盜，可千萬不要學上地的牛缺呀！」大家都牢牢記住了這個教訓。

　　不久，這個燕國人的弟弟到秦國去，來到函谷關下，果然遇到了強盜。他想起兄長的告誡，便與強盜拚命爭奪財物。爭奪不下，又追上強盜，低聲下氣地請求把財物還給自己。

　　強盜大怒道：「我饒你一命已經夠寬宏大量了，你還死死地纏著我們，這樣我們的行蹤就暴露了。既然做了強盜，哪裡還有什麼慈悲之心可言？」就將那人殺了，同時還殺害了與之同行的四五個親友。

歧路亡羊

【原文】

　　楊子①之鄰人亡羊，既率其黨②，又請楊子之豎③追之。

　　楊子曰：「嘻！亡一羊，何追之者眾？」鄰人曰：「多歧路。」

　　既反，問：「獲羊乎？」曰：「亡之矣。」曰：「奚亡之？」曰：「歧路之中又有歧焉，吾不知所之，所以反也。」

　　楊子戚然變容，不言者移時，不笑者竟日。

　　門人怪之，請曰：「羊，賤畜，又非夫子之有，而損言笑者，何哉？」

　　楊子不答，門人不獲所命。

　　　　　　　　　　　　　　　　　　　——《列子・說符》

【注釋】

① 楊子：即楊朱。先秦哲學家，戰國時期魏國人，字子居，楊朱學說派
　　創始人。

② 黨：舊時指親族。

③ 豎：僮僕。

【譯文】

　　楊子的鄰居丟失了羊，便帶領著親戚朋友，還請楊子的僮僕一起追趕尋找。

　　楊子說：「唉！丟一隻羊，幹嗎要這麼多人去追趕尋找？」鄰居說：「岔路太多了。」

　　不久，去追趕的人回來了，楊子問：「找到羊了嗎？」回答道：「跑掉了。」楊子再問：「怎麼會跑掉呢？」回答道：「岔路之中還有岔路，我們不知道往哪邊去追，所以就回來了。」

　　楊子聽了臉色變得憂鬱陰沉，好久都不言語，整天沒有笑容。

他的弟子覺得奇怪，請教他道：「羊，不過是不值錢的牲畜，再說也不是先生您的，卻讓您悶悶不樂，這是為什麼呢？」

楊子沒有回答，弟子終究沒有得到指教。

疑鄰偷斧

【原文】

人有亡鈇者①，意②其鄰之子。視其行步，竊鈇也；顏色，竊鈇也；言語，竊鈇也；動作態度，無為而不竊鈇也。

俄而抇③其谷而得其鈇。他日復見其鄰人之子，動作態度無似竊鈇者。

——《列子·說符》

【注釋】

①鈇（音夫）：通「斧」，斧頭。
②意：懷疑，猜想。
③抇（音胡）：挖，掘。

【譯文】

有個人丟了一把斧頭，懷疑是鄰居的兒子偷的。他仔細觀察鄰居兒子走路的姿勢，像是偷了斧頭的樣子；觀察其面部表情，像是偷了斧頭的樣子；觀察其言談語氣，像是偷了斧頭的樣子；觀察其動作態度，沒有一處不像偷了斧頭的樣子。

不久，這個丟失斧頭的人在山谷掘地時找到了斧頭。之後再看鄰居的兒子，動作態度都不像偷了斧頭的樣子了。

齊人攫金

超譯‧歷代經典寓言

【原文】

　　昔齊人有欲金者，清旦衣冠而之市①，適鬻金者之所，因攫②其金而去。

　　吏捕得之，問曰：「人皆在焉，子攫人之金何？」

　　對曰：「取金之時，不見人，徒見金！」

　　　　　　　　　　　　　　　　——《列子‧說符》

【注釋】

①清旦：清晨。衣冠：穿好衣服，戴好帽子。

②攫：抓，奪取。

【譯文】

　　從前齊國有個人，整天想要一些金子。一天清晨，他穿好衣服，戴好帽子到集市去，走進一家金店，伸手搶了金子扭頭就跑。

　　官府巡吏捉住他，審問道：「那麼多人都在那裡，你怎麼敢伸手搶人家的金子？」

　　齊人回答說：「我拿金子的時候，沒看見人，只看見金子。」

以羊易牛

【原文】

　　王坐於堂上，有牽牛而過堂下者。王見之曰：「牛何之？」對曰：「將以釁鐘①。」王曰：「舍之！吾不忍其觳觫②，若無罪而就死地。」對曰：「然則廢釁鐘與？」曰：「何可廢也？以羊易之！」

　　　　　　　　　　　　　　　　——《孟子‧梁惠王上》

【注釋】

① 釁鐘：新鐘鑄成，殺牲取血塗抹鐘的孔隙，用來祭祀。這是古禮儀。

② 觳觫（音胡束）：因恐懼而顫慄的樣子。

【譯文】

　　齊宣王坐在大殿上，有一個人牽著一頭牛從殿下走過。齊宣王看到了，便問道：「要把牛牽到哪去呢？」那人回答道：「拉去宰了祭鐘。」齊宣王說：「放了它吧！我不忍心看它恐懼發抖的樣子，就像毫無罪過卻要被送去處死。」那人便問：「那麼，就此廢除祭鐘這一禮儀嗎？」齊宣王答道：「這怎麼能廢除呢？就找一隻羊去代替它吧！」

揠苗助長

【原文】

　　宋人有閔其苗之不長而揠之者①，芒芒然②歸，謂其人曰：「今日病③矣！予助苗長矣！」其子趨而往視之，苗則槁④矣。

——《孟子‧公孫丑上》

【注釋】

① 閔：通「憫」，擔心，憂心。揠：拔高。

② 芒芒然：疲憊不堪的樣子。

③ 病：精疲力竭，勞累。

④ 槁：枯萎。

【譯文】

　　宋國有個人擔心自家禾苗長得慢，就把禾苗往上拔。忙了一天，他十分疲倦地回到家中，對家裡人說：「今天累壞了，我幫助禾苗長高

啦！」他的兒子趕忙跑到田裡去看，禾苗全都枯死了。

一傅眾咻

【原文】

　　孟子謂戴不勝曰①：「子欲子之王之善與？我明告子。有楚大夫於此，欲其子之齊語也，則使齊人傅②諸？使楚人傅諸？」

　　曰：「使齊人傅之。」

　　曰：「一齊人傅之，眾楚人咻③之，雖日撻④而求其齊也，不可得矣。引而置之莊岳⑤之間數年，雖日撻而求其楚，亦不可得矣。」

——《孟子·滕文公下》

【注釋】

①孟子：名軻，字子輿，戰國時期儒家代表人物，著名思想家、政治家，被後世譽為「亞聖」。戴不勝：宋國大夫。

②傅：教導。

③咻：喧擾，吵鬧。

④撻：用鞭子、棍子等打人。

⑤莊岳：莊，街名。岳：里名。指齊國都城中的鬧市。

【譯文】

　　孟子對宋國大夫戴不勝說：「你希望你的君王向善嗎？我明白地告訴你吧。如果有個楚國大夫在這裡，想讓他的兒子學齊國話，那麼應該請齊國人教他呢，還是請楚國人教他呢？」

　　戴不勝說：「請齊國人教他。」

　　孟子說：「一個齊國人教他，許多楚國人在旁邊說楚國話干擾他，

即使天天鞭打他，逼他學說齊國話，他也不可能學會的。但是如果帶他到齊國都城的鬧市上住幾年，即使天天鞭打他，要他只講楚國話，也是不可能的了。」

攘　雞

【原文】

　　今有人日攘①其鄰之雞者，或告之曰：「是非君子之道。」曰：「請損②之，月攘一雞，以待來年，然後已。」

　　如知其非義，斯速已矣，何待來年？

——《孟子·滕文公下》

【注釋】
①攘：偷竊。
②損：減少。

【譯文】

　　現在有個人每天偷鄰居家的雞，有人勸誡他：「這不是君子的行為。」那人說道：「那就讓我先減少些吧，以後每月只偷一隻雞，等到明年再停止。」

　　如果知道那件事是不合乎禮儀的，就該馬上停止，為什麼要等到明年呢？

齊人有一妻一妾

【原文】

　　齊人有一妻一妾而處室者，其良人①出，則必饜②酒肉而

後反。

　　其妻問所與飲食者，則盡富貴也。其妻告其妾曰：「良人出，則必饜酒肉而後反。問其與飲食者，盡富貴也，而未嘗有顯者來，吾將瞷③良人之所之也。」

　　蚤④起，施⑤從良人之所之，遍國中⑥無與立談者。卒之東郭墦間⑦，之祭者，乞其餘。不足，又顧而之他，此其為饜足之道也。

　　其妻歸，告其妾，曰：「良人者，所仰望而終身也，今若此！」與其妾訕⑧其良人，而相泣於中庭。而良人未之知也，施施⑨從外來，驕其妻妾。

　　　　　　　　　　　　　——《孟子離婁章句下》

【注釋】

① 良人：古代婦女對丈夫的稱呼。
② 饜（音厭）：滿足，這裡指吃飽。
③ 瞷（音見）：窺視，偷看。
④ 蚤：通「早」。
⑤ 施：跟隨。
⑥ 國中：國都之中。
⑦ 卒：最後。墦（音凡）間：墳墓間。
⑧ 訕：譏諷。
⑨ 施施：得意揚揚的樣子。

【譯文】

　　齊國有個人，家中有一妻一妾。丈夫每次出門，必定是喝足了酒，吃飽了肉之後才回家。

　　妻子問同他一起吃喝的都是些什麼人，他就說都是有錢有勢的人。他的妻子告訴他的妾說：「丈夫每次出去，總是酒足肉飽後回來。問他同誰一起吃喝，他就說都是有錢有勢的人。可是我們從來沒見過顯貴的人來我們家，我打算偷偷跟著他，看他都去什麼地方。」

第二天一早起來，妻子就暗中跟在丈夫後面。走遍了全城，沒有一個人停下來跟她的丈夫交談。最後到了東門外的墓地，她丈夫向掃墓的人討些殘剩的酒菜吃。沒吃飽，丈夫又東張西望上別處去乞討，原來這就是他吃飽喝足的辦法。

妻子回家後，把情況告訴了妾，並說：「丈夫是我們指望終身依靠的人，現在他竟然這樣！」說罷兩人一起嘲罵丈夫，在院中相對而泣。而她們的丈夫還不知道這回事，洋洋得意地從外面回來，又向妻妾大肆炫耀起來。

校人烹魚

【原文】

昔者有饋生魚於鄭子產①，子產使校人②畜之池。

校人烹之，反命曰：「始舍之，圉圉③焉；少則洋洋④焉；悠然而逝。」子產曰：「得其所哉！得其所哉！」

校人出，曰：「孰謂子產智？予既烹而食之，曰：『得其所哉，得其所哉。』」故君子可欺以其方⑤，難罔以非其道。

——《孟子‧萬章上》

【注釋】

①饋：贈送。子產：春秋時期鄭國政治家，曾做過鄭國賢相。
②校人：管理池沼的小吏。
③圉圉（音雨）：魚被放入水中之後氣息奄奄、不靈活的樣子。
④洋洋：形容魚在水中舒緩靈活、悠然自得的樣子。
⑤方：合乎情理的方法。

【譯文】

從前有人送了一條活魚給鄭國的子產，子產命管理池塘的小吏把它放入池塘裡養。

小吏卻把魚煮著吃了，反倒回來報告道：「剛把魚放入池塘時，它還氣息奄奄地游不動，不一會兒就搖擺著尾巴游開了，一轉眼就消失不見了。」子產說：「它去了該去的地方了！它去了該去的地方了！」

　　小吏出來後說：「誰說子產聰明？我都把魚煮著吃掉了，他還說：『它去了該去的地方了，它去了該去的地方了。』」所以說，對君子，可以用合乎情理的方法欺騙他，卻很難用違背道理的理由誆騙他。

學　弈

【原文】

　　弈秋①，通國②之善弈者也。使弈秋誨③二人弈，其一人專心致志，惟弈秋之為聽；一人雖聽之，一心以為有鴻鵠④將至，思援弓繳而射之⑤。雖與之俱學，弗若之矣。

　　為是其智弗若與？曰：非然也。

──《孟子・告子上》

【注釋】

①弈：圍棋，棋手。秋：人名。他善於下棋，所以稱為弈秋。
②通國：全國。
③誨：教導。
④鴻鵠：天鵝。
⑤援：引，拉。繳：生絲，指帶有絲繩的箭。

【譯文】

　　弈秋是全國最擅長下棋的人。讓弈秋來教兩個人下棋，其中一個人專心致志，只聚精會神聽弈秋的教導；而另一個人雖然也聽著，可心裡總惦記著天上有天鵝將飛過，一心想著搭弓拉箭把天鵝射下來。所以雖然他與前者一同學習，效果卻差得很多。

　　能說此人的聰明才智不如前者嗎？我會說：不是這樣的！

不龜手之藥

【原文】

　　宋人有善為不龜①手之藥者，世世以洴澼絖②為事。客聞之，請買其方③百金。聚族而謀曰：「我世世為洴澼絖，不過數金。今一朝而鬻④技百金，請與之。」

　　客得之，以說吳王。越有難，吳王使之將。冬，與越人水戰，大敗越人，裂⑤地而封之。

　　能不龜手一也，或以封，或不免於洴澼，則所用之異也。

　　　　　　　　　　　　——《莊子·內篇·逍遙游》

【注釋】

① 龜：通「皸」，皸裂，指皮膚因寒冷、乾燥而凍傷、開裂。
② 洴澼絖：在水中漂洗棉絮。絖（音況）：通「纊」，棉絮。
③ 方：指不使手凍裂的藥方。
④ 鬻：賣，出售。
⑤ 裂：分裂，劃出，指分出一塊地賞賜給他。

【譯文】

　　宋國有個人善於製作一種能使手在冬天不凍傷、不開裂的藥，他家靠這種藥，世世代代都以漂洗棉絮為職業。有個外地人聽說了，願意出百金買他的藥方。於是他召集全族的人來商量，說：「我們家世世代代漂洗棉絮，所賺的錢也不過幾金，現在賣掉藥方就可以得到百金，就賣給他吧。」

　　外地人獲得了藥方後，就去遊說吳王。那時越國正好發生內亂，吳王就派那人率兵攻打越國。當時是冬天，雙方在進行水戰。吳國的士兵因為有能使手不凍裂的藥而免於受傷，最終大敗越人。於是吳王分封土地給這個進獻藥方的人。

同一種防止手被凍裂的藥，有的人用它建功立業獲得封賞，而有的人用它仍不能免除漂洗棉絮的苦楚，這都是使用的方法不同的緣故啊！

朝三暮四

【原文】

　　狙公賦芧①，曰：「朝三而暮四。」眾狙皆怒。曰：「然則朝四而暮三。」眾狙皆悅。

——《莊子・齊物論》

【注釋】

①狙（音居）：猴子。狙公：養猴子的老翁。芧（音旭）：橡樹的果實，給猴子吃的食物。

【譯文】

　　養猴子的老翁給猴子餵橡子，說：「早上給你們吃三顆，晚上給你們吃四顆。」猴子們聽了都表示憤怒。老翁改口說道：「那麼就早上四顆，晚上三顆吧。」猴子們聽了都高興起來。

庖丁解牛

【原文】

　　庖丁為文惠君解牛①，手之所觸，肩之所倚，足之所履，膝之所踦②，砉然響然③，奏刀騞然④，莫不中音：合於《桑林》⑤之舞，乃中《經首》之會⑥。

　　文惠君曰：「嘻，善哉！技蓋⑦至此乎？」

　　庖丁釋刀對曰：「臣之所好者，道也，進⑧乎技矣！始臣

之解牛之時，所見無非牛者；三年之後，未嘗見全牛也。方今之時，臣以神遇⑨而不以目視，官知止而神欲行⑩。依乎天理⑪，批大郤⑫，導大窾⑬，因其固然，枝經肯綮之未嘗⑭，而況大軱⑮乎？良庖歲更刀，割也；族⑯庖月更刀，折⑰也。今臣之刀十九年矣，所解數千牛矣，而刀刃若新發於硎⑱。彼節者有間⑲，而刀刃者無厚；以無厚入有間，恢恢乎⑳其於遊刃必有餘地矣！是以十九年而刀刃若新發於硎。雖然，每至於族㉑，吾見其難為，怵然㉒為戒，視為止，行為遲，動刀甚微，謋然㉓已解，如土委地㉔。提刀而立，為之四顧，為之躊躇滿志；善㉕刀而藏之。」

　　文惠君曰：「善哉！吾聞庖丁之言，得養生焉。」

——《莊子・養生》

【注釋】

①庖：廚師。丁：廚師的名字。先秦古書往往將職業放於人名前。文惠君：即梁惠王，也稱魏惠王。解牛：宰牛，這裡指把整個牛體開剝分剖。

②踦（音倚）：指用一條腿的膝蓋頂住。

③砉（音獲）然：象聲詞，形容皮骨相離聲。響然：《經典釋文》云：或無「然」字。

④騞（音獲）然：象聲詞，形容比砉然更大的進刀解牛聲。

⑤《桑林》：傳說中商湯王的樂曲名。

⑥《經首》：傳說中堯樂曲《咸池》中的一章。會：音節。以上兩句互文，即「乃合於桑林、經首之舞之會」之意。

⑦蓋：通「盍」，亦即「何」。

⑧進：超過。

⑨神遇：指精神感知。

⑩官知：指感官知覺。神欲：指精神活動。

⑪天理：指牛的自然結構。

⑫批：擊，劈開。郤：通「隙」。

⑬道：通「導」，順著。窾：骨節空隙處。

⑭枝：指枝脈。經：經脈。肯：附在骨上的肉。綮：筋肉聚結處。

⑮軱（音姑）：股部的大骨。

⑯族：眾，指一般的。

⑰折：指用刀砍斷。

⑱硎（音刑）：磨刀石。

⑲節：骨節。間：間隙。

⑳恢恢乎：寬綽的樣子。

㉑族：指筋骨交錯聚結處。

㉒怵然：警惕的樣子。

㉓謋（音獲）：骨和肉分離的聲音。然：形容牛體骨肉分離。

㉔委地：散落在地上。

㉕善：擦拭。

【譯文】

　　有人名叫丁的廚師為梁惠王宰牛，他手所接觸的地方，肩膀所抵的地方，腳所踩的地方，膝蓋所頂的地方，無不發出骨肉分離的聲響。刀刺進去霍霍有聲，沒有不合音律的：有的合乎湯時《桑林》舞樂的節拍，有的又合乎堯時《經首》樂曲的旋律。

　　梁惠王說：「啊，太妙了！你解牛的技藝，怎麼會高超到這般程度？」

　　庖丁放下刀答道：「我所愛好的是事物的規律，比起技藝來說更進了一步。我剛開始宰牛的時候，眼裡所看到的無非是一整頭牛；三年以後，所見的就不是整頭牛了。現在宰牛，我只用心去體會，而不必用眼睛去看，視覺停止了而心神在動作，依照牛天然的生理結構，切入牛體筋骨相連之處，順著骨節間的空隙運刀，依照牛身體的構造，支脈、經脈、筋骨相連之處都不曾碰到，何況是顯而易見的大骨頭呢？好的廚師每年更換一把刀，因為要用刀割筋肉；普通的廚師每月更換一把刀，因為要用刀砍骨頭。到如今，我這把刀已經用了十九年，所宰的牛有幾千頭，但刀刃鋒利就像剛在磨刀石上磨過一般。那牛的骨節有間隙，而刀刃很薄；用很薄的刀刃切入有空隙的骨節，寬綽得很，刀刃運行必然大

有餘地啊！所以用了十九年，刀刃仍像剛磨過一樣。雖然這樣，每當遇到筋骨交錯聚結之處，我知道很難下手，還是小心翼翼高度警惕，目光集中到一點，動作緩慢，運刀非常輕，直到呼的一聲，牛體解開，就像泥土般散落在地上，我才提著刀站立起來，舉目四望，為此躊躇滿志，然後把刀擦乾淨收好。」

梁惠王說：「好啊！我聽了庖丁這番話，懂得了養生的道理。」

輪扁斫輪

【原文】

桓公讀書於堂上，輪扁斫輪於堂下[1]，釋椎鑿而上[2]，問桓公曰：「敢問公之所讀者，何言邪？」公曰：「聖人之言也。」曰：「聖人在乎？」公曰：「已死矣。」曰：「然則君之所讀者，古人之糟魄[3]已夫！」桓公曰：「寡人讀書，輪人安得議乎？有說則可，無說則死！」

輪扁曰：「臣也以臣之事觀之。斫輪，徐則甘而不固[4]，疾則苦而不入[5]。不徐不疾，得之於手而應於心，口不能言，有數[6]存焉於其間。臣不能以喻[7]臣之子，臣之子亦不能受之於臣，是以行年七十而老斫輪。古之人與其不可傳也死矣，然則君之所讀者，古人之糟魄已夫！」

—— 《莊子·天道》

【注釋】

① 輪：車輪。扁：製作車輪的匠人名字。斫（音拙）：用刀斧砍。
② 釋：放下。椎鑿：椎子和鑿子，木匠的工具。
③ 糟魄：即「糟粕」。
④ 徐：寬鬆。甘：光滑。固：堅固。
⑤ 疾：緊。苦：澀。

⑥數：方法，規律。

⑦喻：使……明白。

【譯文】

齊桓公在堂上讀書，工匠輪扁在堂下砍削木料製作車輪，忽然輪扁放下椎子和鑿子走上堂來，問齊桓公道：「請問君主在讀什麼書呀？」桓公答道：「是記載聖人言論的書。」輪扁又道：「聖人還在世嗎？」桓公說：「已經死了。」輪扁說：「這麼說您所讀的不過是聖人留下的糟粕罷了。」桓公說：「我在這裡讀書，你一個製作輪子的工匠怎麼能來胡亂議論？你要是能說出道理來則罷，說不出道理就要將你處死！」

輪扁說：「我是個工匠，就以我做的事情來說吧。砍削木料製作輪子，榫頭做得過寬，就會鬆動而不牢固；做得太緊，又會滯澀而難以進入。只有做得不鬆不緊，憑著手感去做，才正好合乎心意，這裡面有規律，但我只可意會不可言傳。我無法明白地告訴我的兒子，我兒子也就不能從我這裡得到傳承了。所以快七十歲了，我還在獨自製作車輪。古代聖人無法用語言講出來的道理，也已經同他們一同死去了！所以說君主您所讀的書不過是古人的糟粕罷了！」

醜女效顰

【原文】

西施病心而顰①。其里之醜人見而美之②，歸亦捧心而顰。其里之富人見之，堅閉門而不出；貧人見之，挈③妻子而去之走。

彼知顰美，而不知顰之所以美。

—— 《莊子·天運》

【注釋】

① 西施：春秋時期越國的美女。顰：皺眉頭。

② 美之：認為……很美。美：作動詞，以……為美。

③ 挈：攜帶。

【譯文】

美女西施患了心痛病，她雙手捧著胸口，緊蹙著眉頭，在村裡走過。同村的一個醜女見了，覺得西施這樣很美，回到家也用手搗著胸口，皺起眉頭，在村裡走來走去。鄰裡的富人看見她這般醜態，緊閉大門而不出；鄰裡的窮人看見她這般醜態，便帶著妻子和兒女逃走了。

這醜女只知道西施捂心皺眉很美，卻不知道西施捂心皺眉為什麼美的原因。

望洋興嘆

【原文】

秋水時至，百川灌河；涇流之大，兩涘渚崖之間不辯牛馬①。於是焉河伯②欣然自喜，以天下之美為盡在己。順流而東行，至於北海，東面而視，不見水端。於是焉河伯始旋其面目，望洋向若而嘆曰③：「野語有之曰，『聞道百，以為莫己若』者，我之謂也。且夫我嘗聞少仲尼之聞而輕伯夷之義者④，始吾弗信；今我睹子之難窮也，吾非至於子之門則殆矣！吾長見笑於大方之家⑤。」

——《莊子‧秋水》

【注釋】

① 涘：岸邊。渚：水中小塊陸地。崖：高岸。辯：通「辨」，分辨。

② 河伯：河神。

③望洋：形容詞，仰著頭迷茫地直視的樣子。若：海神。

④仲尼：孔子，名丘，字仲尼。伯夷：春秋時期孤竹君之子，與弟叔齊爭讓王位，為節義高尚之士。

⑤長：永遠。大方之家：知識廣博的人。

【譯文】

秋天的山洪隨時令而來，無數的水流匯入黃河，河水浩蕩，漫過了河岸和河心的沙洲，河面寬得連對岸的牛馬都不能分辨。於是黃河之神河伯沾沾自喜，以為天下最壯觀的景象就數自己了。河神順著水流東去，來到北海邊，向東邊望去，看不到大海的盡頭。於是河神改變了驕傲的神態，抬頭茫然地對著海神慨嘆道：「俗語說『聽了上百條道理，便認為天下再沒有誰能比得上自己』，說的就是我這樣的人啊！而且我還曾聽人說過孔子的見聞學識不夠多，伯夷的德行也沒有什麼了不起，開始我還不相信；可如今我親眼看到了你是這樣浩淼博大、無邊無際，我如果沒有來到你面前，那真的危險了！我必定永遠受到有學問淵博、道德高尚的人的恥笑。」

惠子相梁

【原文】

惠子相梁①，莊子往見之。

或謂惠子曰：「莊子來，欲代子相。」於是惠子恐，搜於國中，三日三夜。

莊子往見之，曰：「南方有鳥，其名為鵷鶵②，子知之乎？夫鵷鶵，發於南海而飛於北海，非梧桐不止，非練實③不食，非醴泉④不飲。於是鴟⑤得腐鼠，鵷鶵過之，仰而視之曰：『嚇⑥！』今子欲以子之梁國而嚇我邪？」

——《莊子·秋水》

①惠子：即惠施，戰國時宋國人，哲學家，莊子之友。相梁：出任梁國之相。

②鵷鶵（音冤除）：古代傳說中像鳳凰一類的鳥，習性高潔。

③練實：竹實，即竹子所結的子，因色白如絹，故稱。

④醴泉：甘泉，甜美的泉水。

⑤鴟（音吃）：鷂（音搖）鷹。

⑥嚇：鴟的恐嚇聲。下文的「嚇」用作動詞。

【譯文】

惠施在梁國任國相，莊子前去看望他。

有人對惠施說：「莊子這回前來，是想取代你做國相。」於是惠施害怕了，在國都中搜捕莊子三天三夜。

莊子前去見他，說：「南方有一種鳥，名叫鵷鶵，你知道嗎？那鵷鶵從南海出發，飛往北海，不是遇見梧桐樹絕不停下棲息，不是竹子的果實絕不作為食物，不是甘甜的泉水絕不飲用。這時候，鴟鷹得到一隻腐爛的老鼠，鵷鶵恰好飛過，鴟鷹仰起頭看著它，叫喊道：『嚇！』現在你也想用你的梁國來恐嚇我嗎？」

魯侯養鳥

【原文】

昔者，海鳥止於魯郊，魯侯御而觴之於廟①，奏《九韶》②以為樂，具太牢以為膳③。鳥乃眩視④憂悲，不敢食一臠⑤，不敢飲一杯，三日而死。此以己養⑥養鳥也，非以鳥養養鳥也。

——《莊子·至樂》

【注釋】

①御：用車子迎接。觴：本指酒杯，這裡指以酒招待。

②《九韶》：傳說帝舜時樂曲名。

③太牢：古代帝王、諸侯祭祀時，牛、羊、豬三牲合稱「太牢」。膳：膳食。

④眩視：眼花。

⑤臠：切成塊狀的肉。

⑥己養：養人的方法。

【譯文】

　　從前，有一隻海鳥飛來，棲息在魯國國都的郊外，魯侯親自把它恭恭敬敬地迎進宗廟，並獻酒給它喝，奏《九韶》給它聽，供上牛、羊、豬肉給它吃。海鳥卻頭昏眼花，不敢吃一塊肉，不敢飲一杯酒，三天後就死了。魯侯是在用供養自己的方法養鳥，而不是在用餵養鳥的方法養鳥啊！

梓慶為鐻

【原文】

　　梓慶削木為鐻①，鐻成，見者驚猶鬼神②。魯侯見而問焉，曰：「子何術以為焉？」

　　對曰：「臣工人，何術之有？雖然，有一焉。臣將為鐻，未嘗敢以耗氣③也，必齊④以靜心。齊三日，而不敢懷慶賞爵祿；齊五日，不敢懷非譽巧拙；齊七日，輒然⑤忘吾有四肢形體也。當是時也，無公朝⑥，其巧專而外滑消⑦。然後入山林，觀天性⑧。形軀至矣，然後成見，然後加手⑨焉。不然則已。則以天合天⑩。器之所以疑神者，其由是與？」

——《莊子·達生》

【注釋】

① 梓：梓人，木匠。慶：人名。鐻（音巨）：古代懸掛鐘磬等樂器的木架。

② 驚猶鬼神：驚訝地認為猶如鬼神所造。極言其技藝精湛。

③ 耗氣：損耗元氣。

④ 齊：通「齋」，齋戒，整潔身心。

⑤ 輒然：不動的樣子。

⑥ 無公朝：心中沒有公家朝廷，好像不是為官府作。

⑦ 外滑消：外部擾亂的事物消失。滑：擾亂。

⑧ 觀天性：觀察樹木的質地。

⑨ 加手：施工。

⑩ 以天合天：以人的天然順應樹木的天然。

【譯文】

　　魯國有一個叫慶的木匠慶善於砍削木材製作鐻，鐻做成以後，看到的人無不驚嘆，以之為鬼斧神工削製成的。魯侯見到，便問道：「你是用了什麼法術做成的呢？」

　　慶回答道：「我只是個普通的工匠，哪有什麼法術？儘管如此，我還是有一點體會。我將要製作鐻的時候，從不敢耗費元氣，必定齋戒以保持內心寧靜。齋戒三天，不再有慶賀、賞賜、獲取爵位和俸祿這些想法；齋戒五天，不再有非議、讚譽、機巧、笨拙的念頭；齋戒七天，心神完全安靜下來，就連自己的四肢軀體也都忘記了。這時，我絲毫沒有想到是給朝廷削鐻，不希求賞賜，也不害怕懲罰，因而能專心專意地發揮出全部技巧，排除一切外來的干擾。到了這個境地，然後進入山林，觀察各種木料的質地。找到形狀最適合的木材，做成鐻的形象便呈現在眼前，然後才動手製作。否則就不會動手。這就是用我木匠的純真本性去融合木料的自然天性。我所製成的器物被疑為神鬼所為，恐怕就是這個原因吧？」

匠石運斤

【原文】

郢人堊慢其鼻端若蠅翼①，使匠石斵之②。

匠石運斤成風③，聽④而斵之，盡堊而鼻不傷，郢人立不失容。

宋元君聞之，召匠石曰：「嘗試為寡人為之。」匠石曰：「臣則嘗能斵之。雖然，臣之質⑤死久矣。」

——《莊子·徐無鬼》

【注釋】

① 郢（音影）：春秋戰國時楚國的國都，在今湖北省江陵西北。堊（音惡）：白石灰。慢：通「漫」，玷汙。
② 匠石：一個名叫石的匠人。斵：砍削。
③ 運：揮動。斤：斧子。
④ 聽：聽任。
⑤ 質：施展技藝的對象。

【譯文】

楚國郢都有一個人，鼻子尖上濺了一點白石灰，像蒼蠅翅膀那麼大，郢人便讓匠人石用斧子把它削掉。

石揮舞斧子伴著一陣風，郢人聽任他砍來，只見白石灰削得干乾淨淨，鼻子沒有絲毫損傷，郢人站立著面不改色。

宋元君聽說這件事以後，便將石召來，說：「試著照樣為我砍一次好嗎？」匠人石說：「我的確曾經這樣砍削過。但是，可以讓我施展技藝砍削的那個人已經死了很久了啊！」

涸轍之鮒

超譯‧歷代經典寓言

【原文】

　　莊周①家貧，故往貸粟於監河侯②。監河侯曰：「諾。我將得邑金③，將貸子三百金，可乎？」

　　莊周忿然作色曰：「周昨來，有中道而呼者。周顧視車轍中，有鮒魚④焉。周問之曰：『鮒魚來⑤！子何為者邪？』對曰：『我，東海之波臣⑥也。君豈有斗升之水而活我哉？』周曰：『諾。我且南遊吳越之王，激西江之水而迎子⑦，可乎？』鮒魚忿然作色曰：『吾失我常與⑧，我無所處。吾得斗升之水然⑨活耳，君乃言此，曾不如早索我於枯魚之肆⑩！』」

——《莊子‧外物》

【注釋】

① 莊周：即莊子。

② 貸：借。監河侯：監河工之侯，有人說指魏文侯，也有人認為是莊子假託的人物。

③ 邑金：指年終向采邑內的百姓所徵收的稅金。

④ 鮒（音付）魚：鯽魚。

⑤ 來：語氣助詞。

⑥ 波臣：海神的臣子。

⑦ 激：引。西江：長江流經四川的部分。

⑧ 常與：指魚賴以生存的水。

⑨ 然：則，就。

⑩ 索：尋找。枯魚：乾魚。肆：店鋪。

【譯文】

　　莊周家貧，所以去向監河侯借糧。監河侯說：「行。到年底我可以

得到百姓交的稅金，到時我借給你三百金，可以嗎？」

莊周臉色一變，生氣地說：「我昨天來的時候，在半路聽見呼喊聲。我回頭一看，車轍裡有一條鯽魚。我問它說：『鯽魚啊，你為什麼呼喊啊？』鯽魚回答說：『我是東海海神的臣子。你有一升或一斗的水可以救我嗎？』我說：『行。我將要去南方遊說吳國和越國的國君，我請他們引西江的水來迎接你，可以嗎？』鯽魚臉色一變，生氣地說：『我失去了賴以生存的水，沒有了存身之處。我只要得到一升或一斗的水就能活命，可你卻這麼說，還不如早點去乾魚鋪裡找我呢！』」

涓蜀梁疑鬼

【原文】

夏首①之南有人焉，曰涓蜀梁。其為人也，愚而善畏②。

明月而宵行③，俯見其影，以為伏鬼也；④卬視其髮，以為立魅也。

背而走，比至其家，失氣而死。

——《荀子·解蔽》

【注釋】

① 夏首：古地名，在今湖北省夏水之口。
② 善畏：容易害怕，膽小。
③ 宵行：夜間出行。
④ 卬（音印）：通「仰」。

【譯文】

夏首南邊有一個人，名叫涓蜀梁。這個人愚鈍而生性膽小。

在一個月明之夜，他一人出行，低頭看見自己的影子，以為是個趴在地上的鬼；仰頭看見自己的頭髮，又以為是站著的妖怪。

他轉身逃跑，跑到了家中，卻由於受到了過度驚嚇，而氣絕身亡。

彌子瑕獲罪

超譯・歷代經典寓言

【原文】

　　昔者彌子瑕有寵於衛君①。

　　衛國之法，竊駕君車者罪刖②。彌子瑕母病，人聞有夜告彌子，彌子瑕駕君車以出。君聞而賢③之曰：「孝哉，為母之故，忘其犯刖罪。」

　　異日，與君遊於果園，食桃而甘，不盡，以其半啗④君。君曰：「愛我哉，忘其口味，以啗寡人。」

　　及彌子瑕色衰愛弛⑤，得罪於君，君曰：「是固嘗矯⑥駕吾車，又嘗啗我以餘桃。」

　　故彌子之行，未變於初也，而以前之所以見賢，而後獲罪者，愛憎之變也。

　　　　　　　　　　　　　　　　　　——《韓非子・說難》

【注釋】

①彌子瑕：衛國大夫，姓姬，名年，字子瑕，其祖為晉靈公之弟，封於彌，遂以之為姓。衛君：指衛靈公。

②刖（音月）：古代砍掉腳的酷刑。

③賢：認為其賢德。

④啗（音旦）：吃，這裡指給衛君吃。

⑤弛：淡薄。

⑥矯：假托君命。

【譯文】

　　從前彌子瑕很受衛靈公的寵愛。

　　衛國的法律規定，凡私自駕駛國君車子的人，要處以斷足的酷刑。有一回彌子瑕的母親生病，有人得到消息後連夜告訴彌子瑕，彌子瑕就駕駛國君的車子出宮回家了。衛靈公聽說後覺得彌子瑕很賢德，說：

「真是孝順呀，因為母親的緣故，忘了自己犯了要斷足的罪行。」

有一天，彌子瑕與衛靈公一起在果園遊玩，他吃到一個很鮮美可口的桃子，吃了一半，就將剩下的一半給衛靈公吃。衛靈公說：「彌子瑕這是多麼愛我啊，忘記了他已經咬過這個桃子，又拿來給我吃。」

等到彌子瑕年紀漸長，所受的寵愛淡薄了，有一次得罪了衛靈公，衛靈公說：「這個人本來就曾假傳君命駕駛我的車子，又曾給我吃他吃剩下的桃子。」

彌子瑕的行為，與起初相比並沒有改變，然而先前被認為賢德，之後卻因此獲罪，其中原因是衛靈公的愛憎發生變化了呀。

宋有富人

【原文】

宋有富人，天雨牆壞。其子曰：「不築，必將有盜。」其鄰人之父亦云。

暮而果大亡[1]其財。其家皆智其子，而疑鄰人之父[2]。

——《韓非子・說難》

【注釋】

① 亡：丟失，被盜。

② 父：古代對老年男子的尊稱。

【譯文】

宋國有個有錢的人。有一天下大雨，把他家的牆壁沖塌了一塊。他的兒子說道：「不趕快修補起來，一定會有小偷爬進來的。」鄰家的一位老大爺也這樣說。

當天夜裡，他家果真被盜賊偷走了大量的財物。這個有錢人一家都誇他的兒子有先見之明，卻都懷疑鄰家的老大爺可能是個盜賊。

和氏之璧

超譯・歷代經典寓言

【原文】

　　楚人和氏得玉璞楚山中①，奉而獻之厲王②。

　　厲王使玉人相之③，玉人曰：「石也。」王以和為誑④，而刖其左足。

　　及厲王薨⑤，武王即位，和又奉其璞而獻之武王。武王使玉人相之，又曰：「石也。」王又以和為誑，而刖其右足。

　　武王薨，文王即位，和乃抱其璞而哭於楚山之下，三日三夜，泣盡而繼之以血。

　　王聞之，使人問其故。曰：「天下之刖者多矣，子奚⑥哭之悲也？」

　　和曰：「吾非悲刖也，悲夫寶玉而題⑦之以石，貞士而名⑧之以誑，此吾所以悲也。」

　　王乃使玉人理⑨其璞而得寶焉，遂命曰「和氏之璧」。

　　　　　　　　　　　　　　——《韓非子・和氏》

【注釋】

①和氏：一作「卞和」。玉璞：蘊藏有玉且未經加工的玉石。楚山：一作「荊山」。

②厲王：《史記・楚世家》中沒有厲王相關記載，《後漢書・孔融傳》引用此文時，作「武王」、「文王」、「成王」，而劉向的《新序・雜事篇》引用此文時，卻作「厲王」、「武王」、「共王」。

③玉人：玉石匠。相：察看，鑑定。

④誑：欺騙。

⑤薨：指諸侯之死。

⑥奚：為何。

⑦題：稱作。

⑧名：叫作。

⑨理：打磨，雕琢。

【譯文】

楚國人和氏從楚山中得到一塊玉璞，將其獻給厲王。

厲王命玉石匠鑑定，玉石匠說：「這是塊石頭。」厲王認為和氏欺騙了自己，因而砍去了和氏的左腳。

等到厲王去世，武王即位。和氏又將玉璞獻給武王。武王命玉石匠鑑定，玉石匠又說：「這是塊石頭。」武王也認為和氏欺騙了自己，因而砍去了和氏的右腳。

武王去世，文王即位，和氏抱著那塊玉璞在楚山腳下哭泣，三天三夜，哭盡了眼淚，接著流出來的是血。

文王聽說後，派人去詢問原因，說：「天下被砍去腳的人多得是，為何你哭得這樣傷心呢？」

和氏說：「我並不是因為腳被砍去而悲傷，我悲傷的是寶玉被稱作石頭，忠貞之人被當成了欺君之徒，這是我所最傷心的事啊。」

於是文王命玉石匠雕琢那塊玉璞，果然從裡面得到一塊珍寶，於是將其命名為「和氏之璧」。

扁鵲見蔡桓公

【原文】

扁鵲見蔡桓公①，立有間②。扁鵲曰：「君有疾在腠理③，不治將恐深。」桓侯曰：「寡人無疾。」扁鵲出，桓侯曰：「醫之好治不病以為功！」

居十日，扁鵲復見，曰：「君之病在肌膚，不治將益深。」桓侯不應。扁鵲出，桓侯又不悅。

居十日，扁鵲復見，曰：「君之病在腸胃，不治將益深。」桓侯又不應。扁鵲出，桓侯又不悅。

居十日，扁鵲望桓侯而還走④。桓侯故使人問之。扁鵲曰：「疾在腠理，湯熨⑤之所及也；在肌膚，針石⑥之所及也；在腸胃，火齊⑦之所及也；在骨髓，司命⑧之所屬，無奈何也。今在骨髓，臣是以無請也。」

居五日，桓侯體痛，使人索⑨扁鵲，已逃秦矣。桓侯遂死。

—— 《韓非子·喻老》

【注釋】

① 扁鵲：春秋時的名醫。姓秦，名越人，醫術高明，所以人們就用傳說中的上古神醫扁鵲的名字來稱呼他。蔡桓公：春秋時期蔡國的國君，與扁鵲並不生活在同一時期，其他古籍中寫作齊桓公。

② 有間：一會兒。

③ 腠（音湊）理：中醫學名詞，指皮膚。

④ 還走：迴轉而走。還：通「旋」，回轉。走：小步快跑。

⑤ 湯熨：中醫治病的方法之一。湯：用熱水敷治。熨：用藥熱敷。

⑥ 針石：古代針灸用石磨製成的針，這裡指用針刺治病。

⑦ 火齊：火劑湯，一種清火、治腸胃病的湯藥。齊：調配，調劑。這個意義後寫作「劑」。

⑧ 司命：傳說中掌管生死的神。

⑨ 索：尋找。

【譯文】

有一天扁鵲前來謁見蔡桓公，在旁站了一會兒。扁鵲說：「君王的皮膚上有些小病，不加醫治恐怕會加重。」桓侯說：「我沒有什麼病。」扁鵲離開後，桓侯說道：「醫生喜歡給沒有病的人治病，以此貪圖功勞！」

過了十天，扁鵲又來謁見桓侯，說：「君王的病已經在肌肉裡，再不醫治將會更加嚴重。」桓侯不理睬。扁鵲出去了，桓侯又不高興。

又過了十天，扁鵲再次謁見桓侯，說：「君王的病發展到腸胃裡

了，不及時治療將更加嚴重！」桓侯還是不理睬。扁鵲離開後，桓侯又不高興。

再過了十天，扁鵲遠遠望見桓侯，轉身就跑了。桓侯特意派人去問他。扁鵲說：「小病在皮膚上，用熱水和藥物敷就可以治好；病在肌肉，用針灸可以治好；病在腸胃裡，用火劑湯可以治好；病在骨髓裡，那是掌管生死的神靈的事情了，醫藥便沒有辦法了。今日君王的病已經深入骨髓，我就不敢再請求為他醫治了。」

又過了五天，桓侯身體疼痛，派人尋找扁鵲，扁鵲已經逃到秦國了。桓侯於是病死了。

紂為象箸

【原文】

昔者，紂為象箸而箕子怖[1]。以為象箸必不加於土鉶[2]，必將犀玉之杯。象箸、玉杯必不羹菽藿[3]，則必旄[4]、象、豹胎。旄、象、豹胎必不衣短褐[5]而食於茅屋之下，則必錦衣九重，廣室高台。吾畏其卒，故怖其始。

居五年，紂為肉圃[6]，設炮烙[7]，登糟邱[8]，臨酒池，紂遂以亡。故箕子見象箸以知天下之禍，故曰見小曰明。

—— 《韓非子・喻老》

【注釋】

① 紂：商朝最後一個君王，歷史上著名的暴君。象箸：象牙筷子。箕子：商朝太師，紂的叔父。

② 鉶（音刑）：古代盛菜羹的器具。

③ 菽：豆類的總稱。藿：豆類的葉子。菽藿：指一般的蔬菜。

④ 旄（音昌）：犛牛。

⑤ 短褐：下層百姓穿的粗布短衣。

⑥ 肉圃：肉林。

⑦炮烙：烤肉的銅柱，紂王用作刑具。

⑧糟邱：酒糟堆成的小丘。邱：即丘，小山。

【譯文】

　　從前，紂王用珍貴的象牙製成筷子，讓箕子感到十分惶惑不安。箕子認為象牙筷子必定不會放在泥碗上，必定配以犀牛角和美玉做的杯子。象牙筷子和玉杯，不可能用來喝豆子湯之類的食物，必然是吃犛牛、大象、豹子幼崽這樣的珍饈佳餚。吃犛牛、大象、豹子幼崽，肯定不會穿粗布短衣在茅屋下用餐，肯定是穿著一層層華貴衣服，建造寬暢的宮殿高台。箕子說：「我擔心這樣的結局，所以害怕這樣的開始。」

　　過了五年，紂王建起肉林，設置烤肉架子，登上酒糟堆成的小山，觀賞美酒匯成的池沼，紂終於因此滅亡了。箕子見到一雙象牙筷子就可以預知天下的災禍，所以說：「能從小事預見到天下大事就叫作明察。」

趙襄子學御

【原文】

　　趙襄子學御於王於期①，俄而與於期逐②，三易馬而三後③。

　　襄子曰：「子之教我御，術④未盡也。」

　　對曰：「術已盡，用之則過也。凡御之所貴，馬體安於車，人心調⑤於馬，而後可以進速致遠⑥。今君後則欲逮⑦臣，先則恐逮於臣。夫誘道⑧爭遠，非先則後也。而先後心在於臣，君之不察，何以調於馬？此君之所以後也。」

——《韓非子·喻老》

【注釋】

① 趙襄子：戰國時趙國國君。王於期：即王良，戰國時著名的駕車人。
② 俄而：頃刻，這裡指過了一會兒，經過一段時間。逐：追逐，這裡指賽馬。
③ 易：換。後：落後，落敗。
④ 術：指御馬之術。
⑤ 調：協調。
⑥ 致遠：跑得遠。
⑦ 逮：追及。
⑧ 誘道：引馬上道。

【譯文】

　　趙襄子向王於期學習駕馭馬車，學了一段時間就和王於期比賽，換了三次馬，但三次都落敗了。

　　趙襄子說：「你教我駕馭馬車，技術沒有教完啊！」

　　王於期回答說：「技術已經教完了，只是您運用起來還不得法啊。但凡駕馭馬車，最關鍵是要使套在車轅裡的馬感覺很舒適，人的心意要和馬的動作協調，然後才能跑得快，跑得遠。現在，你落在後面便想追上臣，領先了又唯恐臣趕上來。其實把馬引上大道比賽，不是在前，就是在後。而您不管在前還是在後，心裡總想著和我比輸贏，又怎麼會一心一意去和馬的動作保持協調？這是你落後的原因啊。」

目不見睫

【原文】

　　楚莊王①欲伐越，莊子諫曰：「王之伐越，何也？」曰：「政亂兵弱。」莊子曰：「臣愚患之。智如目也，能見百步之外而不能自見其睫。王之兵自敗於秦、晉，喪地數百里，此兵之弱也；莊蹻②為盜於境內，而吏不能禁，此政之亂也。

王之弱亂，非越之下也，而欲伐越，此智之如目也。」王乃止。

故知之難，不在見人，在自見。故曰：「自見之謂明。」

——《韓非子·喻老》

【注釋】

① 楚莊王（？——前591）：名熊侶，春秋時期楚國國君，春秋五霸之一。

② 莊蹻（音腳）：楚國造反的首領，當時被稱作大盜。

【譯文】

楚莊王想要討伐越國，莊子勸阻道：「大王想要討伐越國，是為什麼呢？」楚莊王答道：「現在越國政治混亂，軍隊軟弱。」莊子說道：「我愚昧地為大王攻打越國的事擔憂。人的認知就像眼睛一樣，可以看見百步以外的事物，卻不能看見自己的睫毛。大王的軍隊自從敗給秦、晉兩國後，喪失了數百里的土地，這是軍隊的軟弱。莊蹻在境內作亂，而官吏們不能阻止，這是政治的混亂。大王你的國家政治混亂，軍隊軟弱，並不在越國之下，卻想要討伐越國，這樣的認知如同眼睛看不見眼睫毛一樣。」楚莊王於是停止了討伐越國之事。

所以認知的困難，不在於認識他人，而在於認識自己。所以說：「能夠認識到自身的不足，才是所謂的明智。」

子罕不受玉

【原文】

宋之鄙人得璞玉而獻之子罕①，子罕不受。

鄙人曰：「此寶也，宜為君子器，不宜為細人②用。」

子罕曰：「爾以玉為寶，我以不受子玉為寶。」

——《韓非子·喻老》

【注釋】

① 鄙：邊遠的地方。璞：蘊藏有玉之石，或未琢之玉。子罕：宋國大夫。

② 細人：指見識淺薄或地位低下的人，這裡指平民百姓。

【譯文】

　　宋國有個偏遠地方的人得到一塊未經雕琢的玉石，獻給大夫子罕。子罕不肯接受。

　　那人說：「這是一件寶物，應該是您這樣的君子的器物，不該讓平民百姓使用。」

　　子罕說：「你把玉石當作寶貝，而我卻把不接受你贈送的玉石這種品德當作寶貝。」

不死之藥

　　有獻不死之藥於荊王^①者，謁者^②操之以入。

　　中射之士^③問曰：「可食乎？」曰：「可。」因^④奪而食之。王大怒，使人殺中射之士。

　　中射之士使人說王曰：「臣問謁者，曰『可食』，臣故食之。是臣無罪，而罪在謁者也。且客獻不死之藥，臣食之而王殺臣，是死藥也，是客欺王也。夫王殺無罪之臣，而明人之欺王也，不如釋臣。」

　　王乃不殺。

——《韓非子‧說林上》

【注釋】

① 荊王：即楚王，據《戰國策‧楚策》載，當指楚頃襄王。

② 謁者：掌管引見賓客和傳達通報的官吏。

③ 中射之士：宮內會射箭的侍衛。

④因：於是。

【譯文】

有個人將長生不死之藥敬給楚王，傳達官便將其捧進宮去。

宮中以為很會射箭的侍衛問道：「這東西可以吃嗎？」傳達官說：「可以吃。」於是，侍衛就一把奪過來吃掉了。楚王大怒，派人去殺這名侍衛。

侍衛託人到楚王面前解釋說：「臣問傳達官可不可以吃，他說可以，臣因此才拿過藥來吃下去。這說明臣沒有罪，罪在傳達官。況且客人獻上的是不死之藥，臣吃了它就被大王殺死，說明這是催死之藥，是客人在欺騙大王。大王殺死無罪的人，就證明客人在欺騙大王，倒不如饒恕了我。」

楚王於是決定不殺這名侍衛。

魯人徙越

【原文】

魯人身善織屨①，妻善織縞②，而欲徙於越。

或③謂之曰：「子必窮矣。」

魯人曰：「何也？」

曰：「屨為履④之也，而越人跣⑤行；縞為冠⑥之也，而越人被髮⑦。以子之所長，遊於不用之國，欲使無窮，其可得乎？」

——《韓非子·說林上》

【注釋】

①屨：用麻、葛等製成的單底鞋。

②縞：生絹，未經染色的白絹。

③或：有人。

④履：鞋子，這裡指穿。

⑤跣：赤腳。

⑥冠：帽子，這裡指戴。

⑦被髮：披散頭髮。被：通「披」。

【譯文】

　　魯國有個人善於編織麻鞋，他妻子善於織生絹，夫妻二人準備搬到越國去住。

　　有人對他說：「你必定會陷入窮困的。」

　　魯人說：「為什麼呢？」

　　那人說：「麻鞋是給人穿的，然而越國人赤腳走路；生絹是給人做帽子戴的，然而越國人披散著頭髮。以你所擅長的，遷居到不能施展你專長的國家去，想要不窮困，怎麼可能？」

衛人嫁其子

【原文】

　　衛人嫁其子①，而教之曰：「必私積聚！為婦人而出②，常也；其成居③，幸也。」

　　其子因私積聚。其姑④以為多私而出之。其子所以反者，倍其所以嫁。其父不自罪於教子非也，而自知其益富。

　　今人臣之處官者，皆是類也。

　　　　　　　　　　　——《韓非子·說林上》

【注釋】

①子：古時指兒子、女兒。這裡指女兒。

②出：指休棄，被婆家逐回娘家。

③成居：指在婆家一直生活下去，白頭到老。

④姑：舊時妻稱丈夫的母親為姑。

【譯文】

有個衛國人，嫁女時，叮囑女兒：「嫁過去後一定要積攢私房錢！做人家的媳婦被休棄回娘家，是常有的事。在丈夫家一直生活下去，夫妻白頭偕老，這是十分僥倖的。」

他的女兒到了婆家後，果然拚命積攢私房錢。婆婆嫌她私房錢藏得太多，將其休回了娘家。這個女兒帶回娘家的錢財，比當初的嫁妝還多出一倍。她的父親不責怪自己教女不當，反而自以為聰明，認為使自家更富有了。

如今那些人臣的為官之道，就是這一類行徑呀。

有與悍者鄰

【原文】

有與悍者①鄰，欲賣宅而避之。人曰：「是其貫將滿②矣，子姑待之。」答曰：「吾恐其以我滿貫也。」遂去之。

故曰：「物之幾③者，非所靡④也。」

——《韓非子・說林下》

【注釋】

①悍者：凶悍殘暴之人。

②其貫將滿：惡行累累如貫將滿。貫：串錢的繩子。

③幾：危險。

④靡：損害。

【譯文】

有個人跟一個凶惡蠻橫的傢伙做鄰居，他想賣掉自己的住宅以避開

那個惡傢伙。有人對他說：「那個凶蠻的人就要惡貫滿盈了，您姑且等等吧。」他回答說：「我怕他用我來成就他的惡貫滿盈。」於是賣掉房子，搬離了。

　　所以說：事物到了危險的程度，沒有什麼不受其傷害的。

夢　灶

【原文】

　　衛靈公①之時，彌子瑕②有寵，專於衛國。

　　侏儒③有見公者曰：「臣之夢踐④矣。」公曰：「何夢？」對曰：「夢見灶，為見公也。」

　　公怒曰：「吾聞見人主者夢見日，奚為見寡人而夢見灶？」對曰：「夫日兼燭天下，一物不能當⑤也；人君兼燭一國，一人不能壅⑥也。故將見人主者夢見日。夫灶，一人煬⑦焉，則後人無從見矣。今或者一人有煬君者乎？則臣雖夢見灶，不亦可乎？」

──《韓非子・七術》

【注釋】

①衛靈公：春秋時衛國君主。
②彌子瑕：曾仕衛，為將軍，姓姬，名牟，子瑕為其字。
③侏儒：特別矮小的人，古代君王養在宮中當作取樂的玩物。
④踐：實踐，應驗。
⑤當：遮蔽。
⑥壅：遮蔽，矇蔽。
⑦煬：烘烤，烤火。

【譯文】

衛靈公在位之時，彌子瑕很得寵，在衛國把持大權。

有個侏儒來謁拜靈公，說：「微臣的夢應驗了啊。」衛靈公問：「你做了什麼夢？」侏儒答道：「微臣夢見灶了，就得因為想朝見君王啊。」

靈公大怒，斥道：「我聽說要見君主的人會夢到太陽，你要來見我怎麼會夢見灶？」侏儒回答說：「太陽普照天下，任何東西都不能遮擋其光芒；一個國君也該像太陽一樣，照亮整個國家，任何人都不能掩蔽他明亮的光輝。所以說將要見君王會夢見太陽。所謂灶，一個人在前面烤火，後面的人就見不到光亮了。當今君王身邊或許有一個烤火的人吧？既然這樣，我想見到您卻夢見了灶，不是可以理解的嗎？」

濫竽充數

【原文】

齊宣王使人吹竽①，必三百人。南郭處士②請為王吹竽，宣王說③之。廩④食以數百人。

宣王死，湣王⑤立，好一一聽之，處士逃。

——《韓非子・七術》

【注釋】

①齊宣王：戰國時期齊國的國君。姓田，名辟疆。竽：一種古代簧管樂器，形似笙而較大，管數也較多。

②處士：古代稱有學問、有品德而沒有做官的人為處士，相當於「先生」。

③說：通「悅」，喜歡。

④廩：官府提供口糧。廩：糧倉。

⑤湣王：齊國國君，宣王的兒子，在宣王死後繼位。姓田，名地或遂。

【譯文】

　　齊宣王聽人吹竽，一定要三百人一起吹奏。南郭處士前來請求給齊宣王吹竽，齊宣王對此很高興。當時官府供養的吹竽者有數百人。

　　齊宣王去世後，齊湣王繼位。齊湣王喜歡一個一個地聽人演奏，南郭處士原來並不怎麼會吹竽，於是嚇得逃之夭夭。

夫妻禱者

【原文】

　　衛人有夫妻禱者，而祝曰：「使我無故，得百束布①。」其夫曰：「何少也？」對曰：「益是，子將以買妾。」

　　　　　　　　　　　　　　　　──《韓非子‧六微》

【注釋】

①束：量詞。布：古代的一種錢幣。

【譯文】

　　衛國有一對夫妻點燭燒香，求神祈福。妻子禱告道：「願賜我平安，得到一百申錢。」她丈夫說：「你怎麼要得這麼少呢？」妻子答道：「要是多於這個數，你就會拿去納妾了。」

買櫝還珠

【原文】

　　楚有人賣其珠於鄭者，為木蘭之櫃①，熏以桂椒②，綴③以珠玉，飾以玫瑰④，輯⑤以羽翠。鄭人買其櫝⑥而還其珠。

　　此可謂善賣櫝矣，未可謂善鬻珠也。

【注釋】

① 木蘭：又名杜蘭或木蓮，木肌細而心黃，質料堅固美觀。櫝：指裝寶珠的匣子。

② 桂椒：肉桂和山椒，泛指高級香料。

③ 綴：點綴，裝飾。

④ 玫瑰：美麗的彩色石頭。

⑤ 輯：通「緝」，一種縫紉方法，一針對一針地縫。

⑥ 櫝：與櫃同，匣子。

【譯文】

　　有個楚國人到鄭國去賣寶珠。他用名貴的木蘭做成一個匣子，熏染高級的香料，點綴珠寶玉石，裝飾美麗的彩石，穿插羽翠。鄭國人買了他漂亮的匣子，卻把珍貴的寶珠退給了他。

　　這算是善於賣匣子，卻不能算是善於賣寶珠啊！

棘刺母猴

【原文】

　　燕王好微巧①。衛人請以棘刺之端為母猴②，燕王說之，養之以五乘之奉③。

　　王曰：「吾試觀客為棘刺之母猴。」

　　客曰：「人主欲觀之，必半歲不入宮，不飲酒食肉，雨霽④日出，視之晏陰⑤之間，而棘刺之母猴乃可見也。」

　　燕王因養衛人，不能觀其母猴。

　　鄭有台下之冶者謂燕王曰⑥：「臣為削者⑦也，諸微物必以削削之⑧，而所削必大於削。今棘刺之端不容削鋒，難以

治⑨棘刺之端。王試觀客之削，能與不能可知也。」

　　王曰：「善。」

　　謂衛人曰：「客為棘刺之母猴也，何以治之？」

　　曰：「以削。」

　　王曰：「吾欲觀見之。」

　　客曰：「臣請之舍取之。」因逃。

——《韓非子·外儲說左上》

【注釋】

① 微巧：微小靈巧的東西。

② 棘刺：酸棗樹上的刺。端：尖端。母猴：又稱沐猴、獼猴。

③ 五乘之奉：指以方三十里的賦稅作俸祿。乘：春秋戰國時的一種田地
　　的劃分方式，《周禮》中記載以方四裡為一丘，四丘為一乘，《管
　　子》中記載以方六里為一乘。

④ 霽：雨過天晴。

⑤ 晏陰：半明半暗。

⑥ 台下：為國君服雜役的奴僕。冶者：打鐵的人。

⑦ 削者：雕刻用的刻刀。

⑧ 以削削之：指用刻刀來雕刻。前一個「削」指刻刀，後一個「削」指
　　雕刻。

⑨ 治：通「制」，製作，製造。

【譯文】

　　燕王喜歡小巧玲瓏的東西。有個衛國人自稱可以在棘刺的尖端雕刻
獼猴，燕王很高興，以方三十里的賦稅作俸祿供養他。

　　燕王說：「我想看一看你在棘刺尖端上雕刻的獼猴。」

　　衛人說：「君王要看它，必須半年不進後宮，不喝酒吃肉，在雨過
天晴、半明半暗的剎那間，才能看到在棘刺尖端雕刻的獼猴。」

　　因此燕王只好供養著衛人，卻不能看到他雕刻的獼猴。

　　鄭國有個為國君服雜役的鐵匠對燕王說：「我是打造刻刀的匠人，

凡是小巧的東西必定要用刻刀來刻，而所要刻的物體必定大於刻刀。現在棘刺的尖端連刻刀的鋒刃都容不下，所以說用刻刀在棘刺的尖端雕刻是很難的。大王不妨看一看他的刻刀，就能知道能否刻獼猴。」

燕王說：「好。」

燕王召來衛人說：「你在棘刺上雕刻的獼猴，是用什麼東西來刻的呢？」

衛人說：「用刻刀。」

燕王說：「我想看看你的刻刀。」

衛人說：「請允許我到住處去拿。」於是趁機逃跑了。

鄭人爭年

【原文】

　　鄭人有相與爭年①者。一人曰：「吾與堯同年。」其一人曰：「我與黃帝之兄同年。」訟②此而不決，以後息③者為勝耳。

　　　　　　　　　　　　——《韓非子‧外儲說左上》

【注釋】

① 爭年：爭論年齡大小。

② 訟：爭辯。

③ 後息：後住嘴者。

【譯文】

　　鄭國有兩個人爭辯誰的年齡大。其中一個說：「我和唐堯同年出生。」另一個說：「我和黃帝的哥哥同年出生。」兩個人就這樣爭執不休，誰最後住嘴就算得勝。

鬼魅最易

【原文】

客有為齊王畫者。齊王問曰：「畫孰最難者？」

曰：「犬馬最難。」

「孰易者？」

曰：「鬼魅①最易。夫犬馬，人所知也，旦暮罄於前②，不可類③之，故難；鬼魅無形者，不罄於前，故易之也。」

——《韓非子‧外儲說左上》

【注釋】

① 鬼魅：鬼怪。

② 旦暮：早晚。罄：顯現，顯露。

③ 類：相似。

【譯文】

有個客人為齊王繪畫。齊王問道：「什麼東西最難畫？」

客人說：「狗和馬最難畫。」

齊王又問：「什麼東西最容易畫？」

客人說：「鬼魅最容易畫。狗和馬是人們所熟知的，早晚都能出現在人們眼前，不能畫得很像，所以難；鬼魅，是沒有固定形象的，又不會出現在人前，所以畫起來就容易了。」

郢書燕說

【原文】

郢人有遺燕相國書者①。夜書，火不明，因謂持燭者

曰：「舉燭！」而誤書「舉燭」。舉燭，非書義也。

燕相國受書而說[2]之，曰：「舉燭者，尚明也；尚明也者，舉賢而任之。」

燕相白[3]王，王大悅，國以治。

治則治矣，非書意也。今茲[4]學者，多似此類。

——《韓非子‧外儲說左上》

【注釋】

① 郢：楚國都城，在今湖北江陵縣北。遺：給。

② 說：解釋，解讀。

③ 白：稟告。

④ 茲：這。

【譯文】

楚國郢都有個人要給在燕國做相國的朋友寫了一封信。信是在夜裡書寫的，寫的時候燭火不夠亮，所以他對拿蠟燭的僕人說：「把燭舉高些！」說著也下意識地在信上寫上了「舉燭」二字。其實「舉燭」並不是他信裡要說的本意。

燕國相國收到信後解釋說：「舉燭，是崇尚光明的意思；崇尚光明，是推薦賢才加以任用的意思。」

燕國相國把這個意思告訴了燕王，燕王大悅，便照著辦，國家因此治理得很好。

國家是治理好了，但這不是郢人寫信的原意。如今的學者，很多都是像燕國相國一類的人。

鄭人買履

超譯・歷代經典寓言

【原文】

鄭人有欲買履者，先自度^①其足，而置之其坐^②。

至之市，而忘操^③之。已得履，乃曰：「吾忘持度。」反歸取之。

及反，市罷，遂不得履。

人曰：「何不試之以足？」曰：「寧信度，無自信也。」

—《韓非子・外儲說左上》

【注釋】
① 度：測量。
② 坐：通「座」，座位。
③ 操：拿著，帶上。

【譯文】

鄭國有個人想買鞋子，他先量好自己腳的尺寸，然後把尺碼放在了座位上。

他走到集市，卻忘了帶量好的尺碼。他挑好了鞋子，卻說：「我忘帶尺碼了。」又轉身回家去取。

等到他回到集市時，集市已經散了，他最終沒有買到鞋子。

有人問：「為什麼不直接用腳試一試？」他說：「我寧可相信量好的尺碼，也不相信自己的腳。」

曾子烹彘

【原文】

曾子①之妻之市，其子隨之而泣，其母曰：「女②還，顧反為女殺彘③。」

妻適市來，曾子欲捕彘殺之。妻止之曰：「特④與嬰兒戲耳。」曾子曰：「嬰兒非與戲也，嬰兒非有知也，待父母而學者也，聽父母之教。今子欺之，是教子欺也，母欺子，子而不信其母，非所以成教也。」遂烹彘也。

——《韓非子・外儲說左上》

【注釋】

① 曾子：名參，字子輿，孔子的得意門生。曾子一生積極實踐和推行以孝恕忠信為核心的儒家主張，傳播儒家思想。

② 女：通「汝」，你。

③ 顧反：回來。反：通「返」。彘（音治）豬。

④ 特：只是。

【譯文】

曾子的妻子到集市上去，她的兒子跟在後面哭。曾子的妻子就哄著兒子說：「你先回去，等我回家殺豬給你吃。」

曾子的妻子從集市回來，曾子便準備將豬捉住殺了。曾妻忙阻止他說：「我只不過跟孩子開個玩笑罷了。」曾子說：「對孩子可不能開玩笑啊。孩子是沒有知識的，一言一行都會跟著父母學，聽從父母的教導。如今你欺騙了孩子，就是教孩子撒謊啊。做母親的欺騙孩子，孩子就不再相信母親了，這樣就不能把孩子教育好了。」於是夫妻倆就殺了豬，煮肉給兒子吃了。

楚厲王有警

【原文】

楚厲王有警①，為鼓以與百姓為戍②。飲酒醉，過③而擊之也，民大驚。使人止之，曰：「吾醉而與左右④戲，過擊之也。」民皆罷。居數月，有警擊鼓，而民不赴。

——《韓非子‧外儲說左上》

【注釋】

① 楚厲王：春秋時期楚國國君，羋姓，熊氏，名眴。
② 戍：防守、抵禦。
③ 過：過失，錯誤。
④ 左右：身旁的親信隨從。

【譯文】

楚厲王與百姓約定，遇到危急情況，以擊鼓為號，召集百姓前來守城。有一次，楚厲王喝醉了酒，糊裡糊塗敲起鼓來，百姓們大為驚慌地趕來。厲王派人阻止大家，說：「我喝醉酒了，同身邊的侍從開了個玩笑，擊錯鼓了。」匆忙趕來的百姓都散去了。過了幾個月，真的遇到了緊急情況，楚厲王擂鼓報警，而百姓們都沒有趕來。

狗猛酒酸

【原文】

宋人有酤酒①者，升概甚平②，遇③客甚謹，為酒甚美，縣④幟甚高，然而不售⑤，酒酸。怪其故，問其所知閭長者楊倩。倩曰：「汝狗猛耶？」曰：「狗猛，則酒何故而不售？」

曰：「人畏焉。或令孺子懷錢挈壺甕而往酤，而狗迓而齕之⑥，此酒所以酸而不售也。」

——《韓非子‧外儲說右上》

【注釋】
① 酤酒：賣酒。酤：通「沽」，賣。
② 升概甚平：指酒的分量很足，很公平，不欺客。升：量酒的單位。
　概：量，衡量。
③ 遇：招待。
④ 縣：通「懸」，懸掛。
⑤ 不售：賣不出去。
⑥ 迓：迎。齕（音何）：咬。

【譯文】
　　宋國有個賣酒的人，他每次賣酒，度量得很公平，招待客人也很殷勤周到，而且他家酒很香醇，酒旗也懸掛得很高，卻沒人來買酒，時間一長，酒都變酸了。賣酒者對此感到迷惑不解，於是請教住在同一條巷子裡的長者楊倩。楊倩說：「你養的狗很凶吧？」賣酒者說：「狗凶，為什麼酒就賣不出去呢？」楊倩說：「人們怕狗呀。有的人讓孩子揣著錢、提著壺甕出來打酒，而你家的狗守在門口，見人就咬，誰還敢來買呢？這就是你的酒變酸、並且始終賣不出去的原因啊。」

自相矛盾

【原文】
　　人有鬻①矛與盾者，譽②其盾之堅：「物莫能陷③也。」俄而又譽其矛曰：「吾矛之利，物無不陷也。」人應之曰：「以子之矛，陷子之盾，何如？」其人弗能應也。

——《韓非子‧難勢》

【注釋】

① 鬻（音玉）：賣。

② 譽：稱讚，這裡有誇耀、吹噓的意思。

③ 陷：刺破，這裡有「穿透」「刺穿」的意思。

【譯文】

　　楚國有個人到大街上賣長矛和盾牌，他吹噓他的盾牌，說：「我的盾非常堅固，無論什麼兵器都刺不穿它！」過了一會兒又吹噓他的矛，說：「我的長矛鋒利無比，沒有什麼東西不能刺穿的！」有人應聲問道：「用你的長矛來刺你的盾牌，會怎樣呢？」那個人答不上來了。

守株待兔

【原文】

　　宋人有耕者，田中有株①，兔走觸株，折頸而死。因釋其耒而守株②，冀③復得兔。

　　兔不可復得，而身為宋國笑。

——《韓非子‧五蠹》

【注釋】

① 株：樹木被砍伐後，殘留下來露出地面的樹根，也就是樹樁。

② 釋：放下。耒（音壘）：古代耕田用的農具，形狀像木叉，類似犁杖。

③ 冀：希望。

【譯文】

　　宋國有個農夫在耕田，田野裡有一個大樹樁，突然一隻兔子竄出，一頭撞在了樹樁上，折斷脖子而死。他毫不費力地撿到一隻兔子，於是這個農夫就放下農具，守在樹樁旁，希望再撿到兔子。

兔子再也沒有撿到，農夫卻被宋國人所恥笑。

齊宣王好射

【原文】

宣王好射，說人之謂己能用強也①，其實所用不過三石②。以示左右，左右皆引③試之，中關④而止，皆曰：「不下九石，非大王孰能用是！」

宣王說之。然則宣王用不過三石，而終身自以為九石。

——《尹文子‧大道上》

【注釋】

①說：通「悅」，喜歡。用強：指能拉開強硬的弓。
②石：重量單位，古時30斤為1鈞，4鈞為1石，但古時的分量要比現在的輕。
③引：拉開弓。
④中關：指弓拉到半彎的程度。

【譯文】

齊宣王愛好射箭，喜歡別人誇自己能拉開硬弓，其實他所使用的弓，用不超過三石重的力氣就能拉開。宣王經常拉弓給近臣看，近臣便都拿起弓來比畫，拉到半滿就故意停住，說：「要拉開這張弓，所用的力氣不會低於九石，除了大王，誰還能拉得動呢！」

齊宣王對此非常高興。然而齊宣王所用的弓實際不過三石，可是他一輩子都以為是九石。

黃公嫁女

【原文】

　　齊有黃公者，好謙卑。有二女，皆國色①。以其美也，常謙辭毀②之，以為醜惡。醜惡之名遠布，年過③而一國無聘者。

　　衛有鰥夫失時④，冒娶之，果國色。然後曰：「黃公好謙，故毀其子不姝⑤美。」於是爭禮之，亦國色也。

──《尹文子・大道上》

【注釋】

① 國色：形容非常漂亮，是國內傑出的美人。
② 毀：貶低。
③ 年過：指過了婚嫁的年齡。
④ 鰥夫：老而沒有娶妻的人。失時：錯過機會，這裡指年紀大了還沒找到對象。
⑤ 姝：美麗，美好。

【譯文】

　　齊國有位黃公，為人很是謙卑。他有兩個女兒，都是國中數一數二的美人。正因為兩個女兒長得漂亮，黃公反而常常用謙遜的話去貶低她們，說她們長得像醜八怪一樣。於是醜八怪的名聲遠布四方，導致這兩個女兒已經過了婚嫁的年齡，全國都沒有一個人上門提親。

　　衛國有一個年老而沒有娶妻的人，冒冒失失地把黃公的大女兒娶了過來。一看，原來是非常漂亮的美人。於是他便對人們說：「黃公過於謙虛了，他是故意貶低自己女兒的美貌。」於是人們爭著來提親，要迎娶黃公的小女兒，果然小女兒也非常漂亮。

假鳳凰

【原文】

楚人有擔山雉①者，路人問：「何鳥也？」

擔雉者欺之曰：「鳳凰也。」

路人曰：「我聞有鳳凰，今始見之，汝販②之乎？」

曰：「然。」

則十金，弗與；請加倍，乃與之。

將欲獻楚王，經宿③而鳥死。路人不遑④惜金，惟恨不得以獻楚王。

國人傳之，咸以為真鳳凰，貴，欲以獻之，遂聞楚王。

楚王感其欲獻於己，召而厚賜之，過於買鳥之金十倍。

——《尹文子·大道上》

【注釋】

① 山雉：山雞，俗稱野雞，雄性尾巴較長，羽毛十分美麗。

② 販：賣。

③ 經宿：經過一夜。

④ 不遑：來不及，顧不得。

【譯文】

有個楚國人挑著一隻山雞，路人問他：「這是什麼鳥？」

挑山雞的人欺騙路人說：「這是隻鳳凰。」

路人說：「我只聽說過鳳凰，今天第一次看見，你願意賣它嗎？」

挑山雞的人說：「賣呀。」

給價十金，不賣；再添了一倍的價錢，才賣給路人。

路人想把這隻鳳凰獻給楚王，不料過了一夜那鳥就死了。路人顧不得心疼錢，只恨不能拿去進獻給楚王。

國內的人爭相傳說這件事，都以為那是隻真鳳凰，由於貴重，所以

路人才想拿來獻給楚王。不久楚王也聽說了這事。

楚王被路人的誠心感動，便把路人召來厚賞他，那賞賜要比他買山雞所花的錢多十倍。

田父得玉

【原文】

魏田父有耕於野者，得寶玉徑尺①，弗知其玉也，以告鄰人。鄰人陰欲圖之②，謂之曰：「此怪石也，畜③之弗利其家，弗如復之。」

田父雖疑，猶錄以歸，置於廡④下。其夜玉明，光照一室，田父稱家大怖，復以告鄰人。

鄰人曰：「此怪之徵⑤，遄⑥棄，殃可銷。」

於是遽而棄於遠野⑦。鄰人無何⑧，盜之以獻魏王。

魏王召玉工相之。玉工望之，再拜卻立，曰：「敢賀王得此天下之寶，臣未嘗見。」

王問其價，玉工曰：「此玉無價以當之，五城之都⑨，僅可一觀。」

魏王立賜獻玉者千金，長食上大夫祿⑩。

——《尹文子・大道上》

【注釋】

①徑尺：直徑有一尺長。

②陰：私心，暗地裡。圖：謀取。

③畜：通「蓄」，置，放。

④廡：堂下周屋，也稱廊。

⑤徵：徵兆。

⑥遄：疾速。

⑦ 遽：匆忙，急驟。遠野：曠野。

⑧ 無何：沒有多久。

⑨ 五城之都：古代泛稱天下繁盛的城市為「五都」。

⑩ 長：長久。食：享用。

【譯文】

　　魏國有一個農夫在野外耕田，撿到了一塊直徑有一尺長的寶玉，可是他不知道這是塊寶玉，便拿去給鄰居看。鄰居想暗中謀取那塊寶玉，便對他說：「這是塊奇怪的石頭，放在家裡恐怕會不吉利，不如把它扔回原地。」

　　農夫雖然犯疑，但還是把寶玉帶回家中，放在了走廊下面。到了夜裡，寶玉大放光亮，照亮了整個房間，農夫全家非常害怕，又把這件事告訴了鄰居。

　　鄰居說：「這是鬼怪的徵兆，趕緊扔了吧，災禍就可以消除了。」

　　於是，農夫趕忙把寶玉扔到遠處曠野中去了。沒過多久，那鄰居偷偷把寶玉取了回來，並拿去獻給楚王。

　　楚王召玉工來鑑定。玉工看見那塊寶玉，連忙跪拜，然後站起來，說：「祝賀大王得到這舉世無雙的寶貝，我還從來沒有見過這樣的寶玉呢！」

　　魏王問這塊寶玉的價值，玉工說：「這寶玉是沒法用價錢衡量的，就是拿『五都』來換，也只可讓其看一眼。」

　　魏王當即就賞賜給獻寶玉的人千金，並讓他長久地享用上大夫的俸祿。

割肉自啖

【原文】

　　齊之好勇者，其一人居東郭①，其一人居西郭，卒然相遇於塗②。

曰：「姑③相飲乎？」

觴數行④。曰：「姑求肉乎？」

一人曰：「子肉也，我肉也，尚胡革求肉而為⑤？」

於是，具染而已⑥，因抽刀而相啖⑦，至死而止。

勇若此，不若無勇。

——《呂氏春秋·當務》

【注釋】

① 郭：在城的外圍加築的一道城牆，即外城。內城叫「城」。

② 卒然：突然。卒：通「猝」。涂：通「途」，路上。

③ 姑：姑且，暫且。

④ 觴：酒杯，這裡指喝酒。行：巡行，輪流喝一次叫一行。

⑤ 胡：為何。革：更，另外。

⑥ 具：準備。染：豆豉醬。

⑦ 啖：吃。

【譯文】

　　齊國有兩個自稱勇敢的人，一個居住在東城，一個居住在西城。一天，他們偶然在路上相遇。

　　他們說：「我們去喝酒吧？」

　　於是兩人一起喝酒，輪流喝了幾杯。一人說：「我們買點肉來下酒吧？」

　　另一人說：「你身上有肉，我身上也有肉，為何還要另外再買肉呢？」

　　於是，他們準備好蘸肉吃的豆豉醬，各自抽出刀來相互割下對方身上的肉吃起來，直到兩個人都死了才停止。

　　勇敢到如此地步，還不如不勇敢的好！

荊人涉澭

【原文】

　　荊人欲襲宋，使人先表澭水①。澭水暴益②，荊人弗知。循③表而夜涉，溺死者千有餘人。軍驚而壞都舍④。

　　向其先表之時可導也⑤。今水已變而益多矣，荊人尚猶循表而導之，此其所以敗也。

——《呂氏春秋‧察今》

【注釋】

① 表：標誌，這裡指測量水深並做標記。澭水：古河名，約在今中國河南商丘一帶。

② 暴益：突然上漲。益：通「溢」，滿，漲。

③ 循：按照，依照。

④ 而：如，好像。都舍：都市裡的房屋。

⑤ 向：原先，從前。導：涉水，渡河。

【譯文】

　　楚國想偷襲宋國，派人事先測量澭水的深淺並設立標誌。澭水突然上漲，楚人不知道，依然按之前的標誌在黑夜渡河。結果淹死一千多人，楚軍驚恐萬狀，潰敗之勢如都市裡的房屋倒塌一樣。

　　原先做好標誌的時候，是可以渡水過河的，如今河水暴漲，水已越漲越高了，楚人還是按著原來的標誌過河，這就是他們失敗的原因。

刻舟求劍

【原文】

　　楚人有涉①江者，其劍自舟中墜於水，遽契其舟②，曰：
「是吾劍之所從墜。」

　　舟止，從其所契者入水求之。

　　舟已行矣，而劍不行，求劍若此，不亦惑乎③？

　　　　　　　　　　　　　　　　──《呂氏春秋・察今》

【注釋】

①涉：渡，過。

②遽：急忙，立刻。契：刻。

③不亦……乎：一種委婉的反問句式。惑：愚蠢，糊塗。

【譯文】

　　有一個楚國人乘船渡江，他的劍從船上掉入水裡，他急忙在船邊刻
了一個記號，說：「這裡是我的劍掉下去的地方。」

　　船靠了岸，楚人就從刻著記號的地方跳進水裡去尋找劍。

　　船已經行駛，但是劍沒有動，像他這樣去尋劍，不是很愚蠢嗎？

其父善泳

【原文】

　　有過於江上者，見人方引嬰兒欲投之江中①，嬰兒啼。

　　人問其故。曰：「此其父善游。」

　　其父雖善游，其子豈遽②善游哉？

　　　　　　　　　　　　　　　　──《呂氏春秋・察今》

【注釋】

①方：準備，正要。引：牽引，拉。

②遽：突然。

【譯文】

　　有一個人路過江邊，看見一個人牽著一個小孩，要把他投到江裡去，小孩嚇得哇哇大哭。

　　路人走上前去問怎麼回事。那人說：「不用怕，他父親很擅長游泳。」

　　即使他的父親擅長游泳，難道他的兒子也一定能突然擅長游泳嗎？

目猶不可信

【原文】

　　孔子窮①乎陳、蔡之間，藜羹不斟②，七日不嘗粒，晝寢。

　　顏回索米，得而爨③之。幾熟，孔子望見顏回攫其甑中而食之④，孔子佯⑤為不見之。選間⑥，食熟，謁孔子而進食，孔子起曰：「今者夢見先君，食潔而後饋⑦。」

　　顏回對曰：「不可！向者煤炱⑧入甑中，棄食不祥，回攫而飯⑨之。」

　　孔子嘆曰：「所信者目也，而目猶不可信；所恃⑩者心也，而心猶不足恃。弟子記之，知人固不易矣！」

　　　　　　　　　　　　　　——《呂氏春秋・任教》

【注釋】

①窮：困頓。

②藜羹：野菜湯，泛指粗劣的食物。藜：一年生草本植物，俗稱「灰

菜」。斟：酌、飲。

③爨（音串）：燒火做飯。

④攫（音絕）：用手抓取。甑（音贈）：古代蒸飯的炊具。

⑤佯：假裝，裝作。

⑥選間：等了一會兒。選：通「須」，等待。

⑦食潔而後饋：向尊長進食稱饋。這裡是孔子故意為難和測試顏回，他
說要祭祀先君，飯如果乾淨才可以敬上，實則孔子認為飯已經被顏回
先偷吃了，是不乾淨的。

⑧煤炱：煤塵。

⑨飯：吃。

⑩恃：依靠，憑藉。

【譯文】

孔子在陳國、蔡國之間受困，連碗野菜湯都喝不上，他七天粒米未
進，白天只好睡覺。

顏回去討米，得到了一點，趕緊拿回來下鍋去煮。飯快要熟了，孔
子遠遠看見顏回倏地從鍋裡抓起一把飯來吃了，他假裝沒有看見。過了
一會兒，米飯熟了，顏回恭恭敬敬地捧來，請孔子吃，孔子站起來說：
「我今天夢見了亡父，飯要是乾淨的話，我就用來祭祀先君。」

顏回答道：「那是不可以的！剛才有炭灰掉進鍋裡，扔掉可惜，我
就抓來吃了。」

孔子感慨地說：「按說應該相信眼睛所見，可是看見的並不一定可
信；應該依靠自己的心，可自己的心有時也不可依靠。弟子們要記住，
認識和瞭解一個人是不容易的！」

澄子亡緇衣

【原文】

宋有澄子者，亡緇衣①，求之涂。見婦人衣緇衣，援而
弗舍②，欲取其衣，曰：「今者我亡緇衣。」

婦人曰：「公雖亡緇衣，此實吾所自為也。」

澄子曰：「子不如速與③我衣。昔吾所亡者，紡④緇也；今子之衣，禪⑤緇也。以禪緇當紡緇，子豈不得⑥哉？」

——《呂氏春秋·淫辭》

【注釋】

①亡：丟失。緇（音姿）：黑色。

②援：牽，扯。舍：放鬆。

③與：給予。

④紡：有裡子的衣服，即袷衣。

⑤禪：單衣，沒有裡子的衣服。

⑥得：便宜。

【譯文】

宋國有個名叫澄子的人，丟失了一件黑色的衣服，到路上去尋找。他看見一個婦人穿著一件黑衣服，便扯住不放，想拿走人家的衣服，並說：「我今天丟失了一件黑衣服。」

婦人說：「你雖然丟失了黑衣服，可是這件衣服確確實實是我自己做的呀。」

澄子說：「你不如趕快把衣服給我。原先我丟失的是件帶裡子的黑衣服，如今你這件是沒有裡子的黑衣服。以單衣當作袷衣，你不是占便宜了嗎？」

掣　肘

【原文】

宓子賤治亶父①，恐魯君之聽讒言，而令己不得行其術②也。將辭而行，請近吏二人於魯君，與之俱至於亶父。

邑吏皆朝，宓子賤令吏二人書。吏方將書，宓子賤從旁時掣③搖其肘。吏書之不善，則宓子賤為之怒。吏甚患之，辭而請歸。宓子賤曰：「子之書甚不善，子勉④歸矣！」

二吏歸報於君，曰：「宓子不可為書。」君曰：「何故？」吏對曰：「宓子使臣書，而時掣搖臣之肘，書惡而有甚怒。吏皆笑宓子，此臣所以辭而去也。」

魯君太息而嘆曰：「宓子以此諫寡人之不肖⑤也！寡人之亂宓子，而令宓子不得行其術，必數有之矣。微⑥二人，寡人幾過⑦！」遂發所愛，而令之亶父，告宓子曰：「自今以來，亶父非寡人之有也，子之有也。有便於亶父者，子決為之矣。五歲而言其要。」

宓子敬諾，乃得行其術於亶父。

—— 《呂氏春秋·貝備》

【注釋】

① 宓（音密）子賤：孔子的學生，名不齊，字子賤。亶父：魯國地名。
② 術：這裡指政治主張。
③ 掣：抓住胳膊搖晃。
④ 勉：趕緊。
⑤ 不肖：不賢。這裡指不明事理。
⑥ 微：不是，沒有。
⑦ 幾過：幾乎犯錯。

【譯文】

宓子賤準備前去治理亶父那個地方，擔心魯君聽信他人讒言，而使自己不能在亶父實施自己的政治主張。將要辭行的時候，宓子賤請求魯君派兩個親信官員一同前往亶父。

亶父的官吏都來參見，宓子賤讓那兩個同來的官員書寫文書。他們剛要寫，宓子賤從旁邊不時搖動他們的胳膊。這兩位官員寫不好，宓子

賤就大發雷霆。兩位官員很為難，便告辭請求回去。宓子賤說：「你們寫得太差了，趕快回去吧！」

兩位官員返回後向魯君稟報：「沒法給宓子賤書寫文書。」魯君問：「為什麼呢？」答道：「宓子賤讓我們書寫，卻不時搖晃我們的胳膊，寫得不好又大發脾氣。亶父的官員都笑話宓子賤。這就是我們告辭離開亶父的原因！」

魯君長嘆一聲感慨道：「宓子賤是用這個方法來諷諫我不明事理呀！我的那些近臣常常干擾宓子賤，使他不能實行自己的主張，一定有過好幾次了。要不是你們兩個人，我幾乎要犯大錯誤了！」於是派遣親信前去亶父傳令，對宓子賤說：「從今以後，亶父不屬於我所有了，而是屬於你的。凡是有利於亶父的事情，你決定了就辦吧！五年後再向我簡要匯報你的政績。」

宓子賤恭敬地答應了，於是在亶父順利推行了自己的政治主張。

賓卑聚自殺

【原文】

　　齊莊公之時，有士曰賓卑聚。夢有壯士，白縞之冠①，丹績之袍②，練布③之衣，新素履④，墨劍室⑤。從而叱之，唾其面。惕然而寤⑥，徒夢也，終夜坐不自快。

　　明日，召其友而告之曰：「吾少好勇，年六十而無所挫辱，今夜辱，吾將索⑦其形。期得之⑪則可；不得，將死之！」

　　每朝與其友俱立於衢⑧，三日不得，卻而自歿⑨。

　　　　　　　　　　——《呂氏春秋·離俗》

【注釋】
①白縞之冠：白絹做的帽子。

② 丹績之袧：紅穗做的帽纓。績：當作「繢」，帶子一類的東西。袧：
　長纓。
③ 練布：用熟絲織成的白色絲織品。
④ 素履：白色生絹做的鞋。
⑤ 劍室：劍囊。
⑥ 愓然：驚懼的樣子。寤：睡醒。
⑦ 索：尋找。
⑧ 衢：四通八達的道路。
⑨ 卻：亦作「退」。自歾：自殺。

【譯文】

　　齊莊公的時候，有個勇士名叫賓卑聚。一次他在夢裡遇到一個強壯的漢子，身著白絹帽、紅帽纓、白綢衣、新絹鞋、黑劍囊。那漢子對他大聲呵斥，往他臉上吐唾沫。賓卑聚驚慌地醒來，才知道只是一場夢，他獨坐了一夜，心裡很不痛快。

　　第二天，賓卑聚把他的朋友們都召集到一起，說：「我從小好勝，到六十歲了都沒有受過侮辱，昨天卻在夜裡受辱，我一定要找到那副打扮的人。能找到便罷，如果找不到，我寧願一死！」

　　於是，賓卑聚便和他的朋友每天早晨站在大街上尋找，一連三天都沒有找到，他回到家便自殺了。

奇　鬼

【原文】

　　梁北有黎丘部①，有奇鬼焉，喜效人之子侄昆弟之狀。邑丈人有之市而醉歸者，黎丘之鬼效其子之狀，扶而道苦之②。

　　丈人歸，酒醒，而誚③其子曰：「吾為汝父也，豈謂不慈哉？我醉，汝道苦我，何故？」其子泣而觸地④曰：「孽矣！

無此事也。昔也往責⑤於東邑，人可問也。」

其父信之，曰：「嘻！是必夫奇鬼也！我固嘗聞之矣。明日端⑥復飲於市，欲遇而刺殺之。」

明旦之市而醉，其真子恐其父之不能反也，遂逝⑦迎之。丈人望其真子，拔劍而刺之。

丈人智惑於似其子者，而殺其真子。夫惑於似士者而失於真士，此黎丘丈人之智也。

——《呂氏春秋·疑似》

【注釋】

① 梁：指戰國時期的魏國。部：一說為「鄉」。
② 苦之：捉弄他。
③ 誚：責備。
④ 觸地：跪下叩頭碰到地。
⑤ 責：通「債」。
⑥ 端：故意，特意。
⑦ 逝：去，往。

【譯文】

魏國北部有個黎丘鄉，那裡有個奇鬼，喜歡模仿別人子侄、兄弟的樣子。興妖作怪鄉中有個老人到市集上喝醉了往家走，黎丘那個奇鬼裝作他兒子的樣子，攙扶著他，在路上苦苦捉弄他。

老人回到家，酒醒後就責問他的兒子說：「我是你的父親，難道說對你不慈愛嗎？我喝醉了，你一路上捉弄我，這是為什麼？」他的兒子委屈得哭了起來，跪在地上叩頭說：「您遇到鬼怪了！沒有這回事的。我昨天去東鄉要債了，您可以問別人的。」他父親相信了，說：「哼！一定是那個奇鬼！我早就聽說過它了。明天，我要持意再到城裡去喝酒，希望能再碰上那奇鬼，我一定要殺死它！」

第二天，天剛亮老人又到市集上去喝酒，打算再碰到奇鬼就殺了它。，然後喝醉了，他真正的兒子擔心他不能回家來，於是就去接他。

老人看到真正的兒子，拔出劍就刺。

　　老人不仔細地辨認真假，只因為被像他兒子的奇鬼迷惑了，結果殺了自己真正的兒子。那些被像賢士的人迷惑而失去真正賢士的人，其思想就和黎丘老人的思想一樣啊。

穿井得人

【原文】

　　宋之丁氏，家無井而出溉汲^①，常一人居外。及其家穿井，告人曰：「吾穿井得一人。」

　　有聞而傳之者，曰：「丁氏穿井得一人。」國人道之，聞之於宋君。

　　宋君令人問之於丁氏，丁氏對曰：「得一人之使^②，非得一人於井中也。」

　　　　　　　　　　　　　　　　　——《呂氏春秋·察傳》

【注釋】

① 溉汲：汲水灌溉。
② 使：勞動力。

【譯文】

　　宋國有一戶姓丁的人家，家中沒有水井，必須跑到很遠的地方去打水，然後回家用作灌溉，為此得常常派一個人在外面專門負責打水。等到他家打了一口井，用不著再派人去取水了，便告訴別人說：「我家打了一口井，得到了一個人。」

　　有人聽到他的話後，又轉述給別人，說：「丁家挖井，挖出一個人來。」全國的人都聽說了這件事，消息一直傳到了宋國國君那裡。

　　宋國國君派人去丁家問情況，丁家人回答：「我是說等於多出一個

人的勞動力，並不是在井裡挖出了一個人呀。」

掩耳盜鐘

【原文】

　　范氏①之亡也，百姓有得鐘者，欲負②而走。則鐘大不可負，以椎毀之，鐘況然③有音。恐人聞之而奪己也，遽掩其耳。

　　惡④人聞之，可也；惡己自聞之，悖⑤矣！

── 《呂氏春秋・自知》

【注釋】

① 范氏：春秋晉國卿族，范武子之後，為智氏所滅。
② 負：用背馱東西。
③ 況然：鐘聲洪亮的樣子。
④ 惡：害怕，討厭。
⑤ 悖：荒謬。

【譯文】

　　晉國貴族范氏戰敗逃亡後，有個百姓想趁機偷范氏府上的一口鐘，打算背著它回家。但是鐘太大，他背不起來，便用槌去捶打它，想分成塊搬回家，可剛一砸，鐘就發出一聲巨響。這個人害怕別人聽到鐘聲而奪走這口大鐘，急忙用雙手捂住自己的耳朵。

　　害怕別人聽到鐘聲，這是可以理解的；害怕自己聽到鐘聲，這就太荒謬了。

回生之術

【原文】

　　魯人有公孫綽[1]者，告人曰：「我能起[2]死人。」人問其故。對曰：「我固能治偏枯[3]，今吾倍所以為偏枯之藥，則可以起死人矣。」

　　　　　　　　　　　　　　　　——《呂氏春秋・別類》

【注釋】

① 公孫綽：人名，複姓公孫，名綽。
② 起：使……活。
③ 偏枯：偏癱，半身不遂。

【譯文】

　　魯國有個叫公孫綽的人，對別人說：「我能夠讓死人復活。」人們問他有什麼辦法。他回答說：「我平素就能治半身不遂的病。現在我把治半身不遂的藥加倍使用，就可以讓死人復生了。」

生木為室

【原文】

　　高陽應將為室家[1]，匠對曰：「未可也。木尚生，加塗[2]其上，必將撓[3]。以生為室，今雖善，後將必敗。」

　　高陽應曰：「緣子之言，則室不敗也。木益枯則勁，涂益乾則輕，以益勁任益輕，則不敗。」

　　匠人無辭而對，受令而為之。室之始成也善，其後果敗。

高陽應好小察④，而不通乎大理也。

——《呂氏春秋·別類》

【注釋】

① 高陽應：宋國大夫，復姓高陽，名應。為室家：建造房屋。

② 塗：泥。

③ 撓：彎曲。

④ 小察：小聰明。

【譯文】

　　高陽應準備建造一處房屋。工匠對他說：「現在不能動工。木料還是濕的，如果抹上泥，一定會彎曲。用濕木料蓋房子，當時看起來雖好，以後定會倒塌的。」

　　高陽應回答道：「按你的話說，這房子更不會倒塌了。木料越來越乾就更結實牢固，而抹上去的泥越來越乾則更輕，用越來越結實牢固的木料去承受越來越輕的泥土，房子一定不會倒塌的。」

　　工匠無言以對，只好按他的意思去辦。這所房子剛蓋成時是挺好，後來果然倒塌了。

　　高陽應這個人愛耍小聰明，卻不明白大道理。

取鼠之狗

【原文】

　　齊有善相狗者，其鄰假①以買取鼠之狗，期年乃得之，曰：「是良狗也。」

　　其鄰畜之數年，而不取鼠。以告相者，相者曰：「此良狗也，其志在獐麋②豕鹿，不在鼠。欲其取鼠也，則桎③之！」

其鄰桎其後足，狗乃取鼠。

——《呂氏春秋·士容》

【注釋】

① 假：托。

② 麋：似鹿而體小的一種動物。

③ 桎：古代拘束犯人雙腳的刑具，這裡用作動詞，指捆住狗的腳。

【譯文】

　　齊國有個善於識別狗的人，他的鄰居托他物色一條擅長捉老鼠的狗。過了一年才找到一條，他對鄰居說：「這是一條好狗呀！」

　　他的鄰居把這條狗養了好幾年，可這條狗就是不捉老鼠。鄰居把這個情況告訴了那個善於識別狗的人。那個善於識別狗的人說：「這確實是一條好狗，它的志向是捕捉獐、麋、豬、鹿這類野獸，而不是捉老鼠。如果你一定要讓它捉老鼠的話，就捆綁住它的後腿。」

　　這個鄰居果真捆住了那條狗的後腿，那狗這才開始捉老鼠。

不知禍之將及

【原文】

　　燕爵爭善處於一屋之下①，母子相哺也，區區②焉相樂也，自以為安矣。

　　灶突決③，上棟焚，燕爵顏色不變。

　　是何也？不知禍之將及之也，不亦愚乎！

——《呂氏春秋·士容》

【注釋】

① 爵：通「雀」。善：通「繕」，修築。

② 區區：喜悅的樣子。
③ 突決：開裂。

【譯文】

　　燕雀爭著在一個房簷下修築巢穴，母雀把自己口中含著的食物餵養子雀，彼此之間愉快歡樂，以為可以高枕無憂了。

　　屋裡的柴灶突然開裂，火苗躥出來，向上燒著了屋樑，可燕雀仍然安然自若。

　　這是什麼原因呢？是因為不知道災禍將要降臨。這不也是很愚蠢嗎！

管莊子刺虎

【原文】

　　有兩虎爭人而鬥者，管莊子①將刺之。

　　管與②止之曰：「虎者，戾蟲③；人者，甘餌也。今兩虎爭人而鬥，小者必死，大者必傷。子待傷虎而刺之，則是一舉而兼④兩虎也。無刺一虎之勞，而有刺兩虎之名。」

——《戰國策·秦策》

【注釋】

① 管莊子：人名。
② 管與：人名。
③ 戾：凶暴。蟲：古代泛指所有動物，這裡指老虎（俗稱大蟲）。
④ 兼：並得。

【譯文】

　　有兩隻老虎為爭食一個人而惡鬥，管莊子看見了，想去刺殺牠們。

管與阻止他說：「老虎，是凶暴的野獸；人呢，是美味的食物。現在兩隻老虎為爭食一人而惡鬥，到最後弱小的那隻必定被咬死，而強大的那隻也必定受傷。你等到老虎受傷的時候再去刺殺牠，就可以一舉刺死兩隻老虎了。你沒有花費刺殺一隻老虎的力氣，卻可以得到殺死兩隻老虎的美名。」

曾母投杼

【原文】

昔者曾子處費①，費人有與曾子同名族者而殺人。人告曾子母曰：「曾參殺人！」曾子之母曰：「吾子不殺人。」織自若。

有頃焉，人又曰：「曾參殺人！」其母尚織自若也。

頃之，一人又告之曰：「曾參殺人！」其母懼，投杼逾牆而走②。

夫以曾參之賢與其母之信也，而三人疑之，則慈母不能信也。

——《戰國策・秦策》

【注釋】

①曾子：名參，孔子的大弟子，著名的賢人。費：魯國地名。
②杼：織布用的梭子。逾：越，翻。

【譯文】

從前，曾參居住在魯國費地，費地有個與曾參同名同姓的人殺了人。有人告訴曾參的母親說：「曾參殺了人！」曾參的母親說：「我的兒子是不會殺人的。」一面說一面安閒自在地織布。

過了一會兒，又有人來說：「曾參殺人了！」曾參的母親還是照常

安心織自己的布。

又過了一會兒，又有人跑來告訴她：「曾參殺人了！」曾參的母親害怕了，扔掉織布的梭子，翻牆逃跑了。

憑著曾參的賢德和他母親對他的信任，三個人說了不實之事，就連慈愛的母親都不敢相信他了。

鄒忌媲美

【原文】

鄒忌修^①八尺有餘，身體昳麗^②。朝服衣冠^③，窺鏡，謂其妻曰：「我孰與城北徐公美？」其妻曰：「君美甚。徐公何能及君也！」

城北徐公，齊國之美麗者也。忌不自信，而復問其妾曰：「吾孰與徐公美？」妾曰：「徐公何能及君也！」

旦日^④，客從外來，與坐談，問之客曰：「吾與徐公孰美？」客曰：「徐公不若君之美也！」

明日，徐公來，孰視之，自以為不如；窺鏡而自視，又弗如遠甚。暮，寢而思之，曰：「吾妻之美我者，私^⑤我也；妾之美我者，畏我也；客之美我者，欲有求於我也。」

—— 《戰國策·齊策》

【注釋】

①修：長，此指身高。
②昳（音易）麗：容貌美麗。
③朝服衣冠：早晨穿戴好衣帽。服：穿戴。朝：早晨。
④旦日：明日，第二天。
⑤私：偏愛，動詞。

【譯文】

　　齊國相國鄒忌身高八尺有餘，形體容貌光豔美麗。一天清晨，他穿戴好衣帽，照了照鏡子，問他的妻子說：「我與城北的徐公相比，誰更漂亮？」他妻子回答道：「您漂亮極了，徐公哪能比得上您呢？」

　　城北徐公是齊國著名的美男子，鄒忌不相信妻子的話，又去問他的小妾：「我與徐公相比，哪個漂亮？」小妾說：「徐公怎麼能比得上您呢！」

　　第二天，有位客人從外地來訪，鄒忌與其坐著交談時，又問客人說：「我與徐公相比，誰漂亮？」客人說：「徐公不如您漂亮！」

　　又過了一天，徐公來到鄒忌家裡。鄒忌仔細觀察了一番，感覺自己不如徐公漂亮；又對著鏡子看，更覺得自己差遠了。夜晚，鄒忌躺在床上反覆思考，終於猛然醒悟：「妻子誇我漂亮，是因為偏愛我啊！小妾說我漂亮，是因為害怕我呀！客人稱我漂亮，是因為有求於我呀！」

田父擅功

【原文】

　　韓子盧者，天下之疾犬也；東郭逡者，海內之狡兔也。韓子盧逐東郭逡，環山者三，騰山者五，兔極①於前，犬廢②於後，犬兔俱罷，各死其處。田父見之，無勞倦之苦，而擅③其功。

──《戰國策‧齊策》

【注釋】

① 極：極度，疲乏。

② 廢：精疲力竭。

③ 擅：專，這裡指獨自占有。

韓子盧是天下跑得最快的獵犬；東郭逡是海內有名的狡兔。有一天，韓子盧追逐東郭逡，繞著山崗追了三圈，上山下山趕了五趟，兔子在前面捨死逃跑，獵狗在後面拚命追趕，累得精疲力竭，狗和兔都耗盡了氣力，各自死在山下。

這時一個農夫看見了，不費一點力氣，就將它們撿回去了。

畫蛇添足

【原文】

楚有祠①者，賜其舍人卮酒②。舍人相謂曰：「數人飲之不足，一人飲之有餘。請畫地為蛇，先成者飲酒。」

一人蛇先成，引酒且飲。乃左手持卮，右手畫蛇，曰：「吾能為之足。」

未成，一人之蛇成，奪其卮，曰：「蛇固③無足，子安能為之足？」遂飲其酒。

為蛇足者，終亡④其酒。

——《戰國策·齊策》

【注釋】
① 祠：春祭。
② 舍人：戰國時候，王公貴族手下都有為其辦事的人，屬於門客一類，後成為親近左右的通稱。卮（音知）：古代盛酒的器皿。
③ 固：本來。
④ 亡：失去。

【譯文】

楚國有一位官員在春祭結束後，將一壺祭酒賞給門客們喝。門客們

超譯·歷代經典寓言

互相商量說：「這點酒大家一起喝不夠，一個人喝又太多。咱們比賽在地上畫蛇吧，誰先畫好了酒就歸誰。」

有一個人先畫好了蛇，端起酒壺正要喝。他見其他人畫得太慢，於是左手拿著酒壺，右手又去畫蛇，說：「我還能給蛇畫上腳。」

他的蛇腳還沒畫好，另一個人的蛇畫成了，於是奪過他的酒壺，說：「蛇本來沒有腳，你怎麼能給它添上腳呢？」說罷就把那壺酒喝了。

給蛇畫腳的那個人，最後沒有喝到酒。

土偶與桃梗

【原文】

淄上①，有土偶人與桃梗②相與語。

桃梗謂土偶人曰：「子，西岸之土也，挺③子以為人，至歲八月，降雨下，淄水至，則汝殘矣。」

土偶曰：「不然！吾西岸之土也，殘則復西岸耳。今子，東國之桃梗也，刻削子以為人，降雨下，淄水至，流子而去，則子漂漂者④將何如耳！」

——《戰國策·齊策》

【注釋】

① 淄（音滋）上：淄水之上。淄水：在今山東萊蕪。
② 桃梗：用桃木雕刻的木偶。
③ 挺：疑為「挻」之誤，意為揉，和。這裡指用陶土捏塑泥人。
④ 漂漂者：東飄西蕩，不知所歸的樣子。

【譯文】

淄水河邊，有一個泥塑偶人和一個桃木偶人在對話。

桃木偶人對泥塑偶人說：「你呀，是西岸上的泥土，人們把你捏成了人形，但到了今年八月，大雨降下，淄水沖來，你就會被沖壞了。」

　　泥塑偶人說：「不見得！我本來就是西岸上的泥土，即使被水沖壞了，也正好回到西岸的泥土裡。可你呢，是東方的桃木，人們把你刻削成人形，等到大雨降下，淄水沖來，你就會被沖走，東飄西蕩，不知將被沖到哪裡去呢！」

驚弓之鳥

【原文】

　　異日①者，更嬴與魏王處京台之下②，仰見飛鳥。更嬴謂魏王曰：「臣為王引弓虛發③而下鳥。」魏王曰：「然則射可至此乎？」更嬴曰：「可。」

　　有間，雁從東方來，更嬴以虛發而下之。

　　魏王曰：「然則射可至此乎？」更嬴曰：「此孽④也。」王曰：「先生何以知之？」對曰：「其飛徐而鳴悲。徐飛者，故瘡痛也；鳴悲者，久失群也。故瘡未息⑤而驚心未去也，聞弦音，引而高飛，故瘡隕也。」

——《戰國策·楚策》

【注釋】
① 異日：從前。
② 更嬴：戰國時的著名射手。京台：高台。
③ 虛發：只拉弓不放箭。
④ 孽：通「蘗」，病，孤獨。
⑤ 未息：沒長好。息：痊癒。

超譯·歷代經典寓言

【譯文】

從前，射箭能手更贏和魏王站在一個高台上，仰頭看見有鳥在天空中飛。更贏對魏王說：「請大王看看，我可以只拉弓不放箭而把鳥射下來。」魏王不相信地說：「難道你的射箭技術可以達到這樣的水平嗎？」更贏很自信地說：「可以。」

過了一小會兒，一隻孤雁從東方飛來，更贏拿起弓對空拉了一下空弦，那隻雁就一下子栽落到了地上。

魏王驚嘆道：「射箭的本領居然可以達到這樣的地步！」更贏說：「這是一隻受傷的孤雁啊！」魏王問：「先生是怎麼知道的呢？」更贏回答道：「它飛得很緩慢，叫聲很悲慘。飛得慢，是因為舊傷疼痛；叫得慘，是因為長久失群。由於它的舊傷沒有長好而害怕的狀態又沒有消失，所以一聽見弓弦響，就急忙往高處飛，這就引起傷口破裂，從高空掉下來了。」

狐假虎威

【原文】

虎求百獸而食之，得狐。狐曰：「子無敢食我也[1]！天帝使我長百獸[2]。今子食我，是逆天帝命也！子以我為不信，吾為子先行，子隨我後，觀百獸之見我而敢不走乎？」

虎以為然，故遂與之行。獸見之皆走。虎不知獸畏己而走也，以為畏狐也。

—— 《戰國策‧楚策》

【注釋】

① 子：你。無：不。
② 長百獸：統領百獸。

【譯文】

　　老虎尋找各種野獸做食物，有一次抓到一隻狐狸。狐狸對它說：「你不敢吃我的！天帝派我來做百獸之王。今天如果你吃了我，就違背了天帝的命令！你以為我的話不可信，那我走在你前面，你跟在我後面，看看野獸見到我有敢不逃走的！」

　　老虎聽了覺得有道理，就跟在狐狸的後面走。野獸望見它們，嚇得紛紛逃跑了。但老虎不知道野獸是害怕自己才逃走，還以為是害怕狐狸呢！

驥遇伯樂

【原文】

　　夫驥之齒至矣①，服鹽車而上太行②，蹄申膝折③，尾湛胕④，漉汁⑤灑地，白汗交流。中阪遷延⑥，負轅不能上。

　　伯樂遭之，下車攀而哭之，解紵衣以冪之⑦。

　　驥於是⑧而噴，仰而鳴，聲達於天，若出金石聲者，何也？彼見伯樂之知己也。

——《戰國策・楚策》

【注釋】

①驥：千里馬，良馬。齒至：牙口老了。齒：因幼馬每歲生一齒，所以查看馬牙齒的數目和磨損程度可以判斷馬的年齡。

②服：駕。太行：山名，橫跨山西、河北兩省。

③申：通「伸」。折：彎曲。

④湛：漬，浸濕的意思。胕：通「膚」，皮膚。

⑤漉汁：原指滲出的液體，這裡指馬的口鼻中流出來的白沫。

⑥中阪：山坡中間。阪：山坡。遷延：退，這裡指馬拉不上去，車往回退。

⑦紵：紵麻，可以紡線和織布。冪（音密）：覆蓋。

⑧俯：低頭。

【譯文】

　　有匹千里馬老了，它駕著裝鹽的車翻越太行山。伸出僵直的蹄子，彎曲著膝蓋，尾巴上占滿了糞便，皮膚也潰爛了，口鼻中流出的白沫灑在地上，汗水滿身流淌，在半山坡艱難地掙扎，任憑鞭子抽打怎麼也上不去。

　　伯樂遇到了它，從車上跳下來，牽著韁繩痛哭了起來，並脫下自己的麻布衣服給它披上。

　　千里馬於是低下頭噴氣，又昂起頭嘶鳴，那聲音直上雲天，像金石般響亮，清脆高亢。這是為什麼呢？因為它遇到了伯樂這樣的知己啊。

南轅北轍

【原文】

　　魏王欲攻邯鄲，季梁①聞之，中道而反，衣焦不申②，頭塵不去③，往見王，曰：「今者臣來，見人於大行④，方北面而持其駕，告臣曰：『我欲之楚。』臣曰：『君之楚，將奚為北面？』曰：『吾馬良。』臣曰：『馬雖良，此非楚之路也。』曰：『吾用⑤多。』臣曰：『用雖多，此非楚之路也。』曰：『吾御者善。』此數者愈善，而離楚愈遠耳。今王動欲成霸王⑥，舉欲信於天下。恃王國之大，兵之精銳，而攻邯鄲，以廣地尊名⑦。王之動愈數⑧，而離王愈遠耳，猶至楚而北行也。」

　　　　　　　　　　　　　　——《戰國策‧魏策》

【注釋】

① 季梁：魏國賢人。

② 焦：皺褶。中：通「伸」，伸展。

③去：有版本作「浴」，洗滌。
④大行：大道，大路。
⑤用：資用，指路費。
⑥霸王：王霸之業。
⑦廣地尊名：擴張土地，顯耀名聲。
⑧數：頻繁。

【譯文】

　　魏王想要攻打趙國的都城邯鄲，季梁聽說後，半路趕回來，衣服皺了顧不得舒展，頭面沾了灰塵顧不得沖洗，急匆匆去拜見魏王，說：「我這次來時，在大道上看見一個人正駕著馬車往北趕，告訴我說：『我要去楚國。』我說：『你要去楚國，可為什麼往北走？』那人說：『我的馬跑得快。』我說：『馬雖然跑得快，但這不是通往楚國的路呀。』那人說：『我的路費多。』我說：『路費雖然多，但這不是通往楚國的路呀。』那人又說：『我的車伕駕駛技術高。』他不知道方向錯了，這幾樣越好，離楚國就越遠呀。如今大王想成就王霸之業，一舉就想取信於天下。仗著大王的國土廣大，軍隊精銳，去攻打邯鄲，以擴充土地，顯耀名聲。可大王這種不合理的行動越多，反而離王霸之業越遠呀，就好像要去楚國卻往北走一樣。」

馬價十倍

【原文】

　　人有賣駿馬者，比①三旦立市，人莫之知。

　　往見伯樂，曰：「臣有駿馬欲賣之，比三旦立於市，人莫與言。願子還②而視之，去而顧③之，臣請獻一朝之費。」

　　伯樂乃還而視之，去而顧之，一旦而馬價十倍。

——《戰國策・燕策》

【注釋】

① 比：連續，接連。

② 還：通「環」，圍繞，轉圈子。

③ 顧：回頭看。

【譯文】

有一個要出售駿馬的人，接連三天早晨站在馬市上，卻沒有人知道他的馬是駿馬。

這人便去拜訪伯樂，說：「我有匹駿馬要出售，但接連三天早晨站在集市上，沒有人來問過。希望您去繞著我的馬看一圈，臨走的時候再回頭看它一眼，我願意奉上一天的費用。」

伯樂接受了請求，就去繞著那匹馬看了一圈，臨走的時候又回頭看了一眼。於是一天之內，這匹馬的身價就暴漲了十倍。

千金買馬首

【原文】

古之君人①，有以千金求千里馬者，三年不能得。

涓人②言於君曰：「請求之。」

君遣之。三月得千里馬，馬已死，買其首五百金，反以報君。

君大怒曰：「所求者生馬，安事③死馬？而捐五百金！」

涓人對曰：「死馬且買之五百金，況生馬乎？天下必以王為能市④馬，馬今至矣。」

於是，不能期年⑤，千里之馬至者三。

——《戰國策‧燕策》

【注釋】

① 君人：即人君，國君。

② 涓人：官名，俗稱太監，指國君身邊的近侍。

③ 安事：何用。

④ 市：購買。

⑤ 期年：一整年。

【譯文】

　　古代有位國君願意出一千金買一匹千里馬，可是三年過去了仍然沒有買到。

　　有個太監對國君說：「請讓我去找一找。」

　　國君便派太監去找。三個月後，得到了千里馬的消息，不過馬已經死了，太監便花了五百金買了死馬的頭，回去報告國君。

　　國君大怒，說：「我要的是活馬，要這死馬的頭有何用？還白白花了五百金！」

　　太監回答說：「馬死了君主您還肯花五百金買它，更何況是活馬呢？這樣天下人一定會認為君主您是真心想買千里馬的，消息傳出去，很快就會有人把千里馬送給君主您。」

　　果然，不到一年的時間，就送來了三匹千里馬。

鷸蚌相爭

【原文】

　　蚌方出曝①，而鷸②啄其肉，蚌合而莫過其喙③。

　　鷸曰：「今日不雨，明日不雨，即有死蚌。」

　　蚌亦謂鷸曰：「今日不出，明日不出，即有死鷸。」

　　兩者不肯相舍，漁者得而並禽④之。

——《戰國策‧燕策》

【注釋】

①蚌：貝類，軟體動物，有兩個橢圓形介殼，可產珍珠。曝：曬太陽。

②鷸（音鬱）：一種水鳥，頭圓大，嘴與腿細長，全體黃褐色，胸腹白色，常在淺水邊或水田中捕食小魚、昆蟲、河蚌等。

③拑：夾住。喙：鳥嘴。

④禽：通「擒」，捉住。

【譯文】

一隻河蚌剛剛張開殼曬太陽，一隻鷸飛來伸嘴去啄它的肉，河蚌急忙閉攏雙殼，緊緊夾住了鷸的嘴。

鷸說：「今天不下雨，明天不下雨，就會有死蚌了。」

河蚌也對鷸說：「今天不放你，明天不放你，就會有死鷸了。」

兩邊誰也不肯放鬆，有一個漁夫走過來看見了，便把它們一起捉住了。

衛人迎新婦

【原文】

衛人迎新婦。婦上車，問：「驂①馬，誰馬也？」御曰：「借之。」新婦謂僕曰：「拊②驂，無笞③服！」車至門，扶，教送母：「滅灶，將失火。」入室，見臼④，曰：「徙之牖⑤下，妨往來者。」主人笑之。

此三言者，皆要言也，然而不免為笑者，蚤⑥晚之時失也。

——《戰國策・衛策》

【注釋】

①驂（音參）：古代三匹馬駕車，左右兩側的馬稱為驂馬，中間的叫服馬。

② 拊：通「撫」，用手安撫。

③ 笞（音吃）：鞭打。

④ 臼：舂米的器具，一般為石製。

⑤ 牖（音否）：窗戶。

⑥ 蚤：通「早」。

【譯文】

　　衛國有個人迎娶新娘。新娘上車後，問：「兩邊拉套的是誰家的馬？」車伕說：「借來的。」新娘對僕人說：「好好安撫兩邊拉套的馬，也不要鞭打中間駕轅的服馬。」車到了新郎家門口，扶新娘下車時，她又教導伴娘：「快把灶膛中的火滅了，以防失火。」進了新房，看見舂米的石臼，又說：「把它搬到窗戶下面，免得妨礙往來的人。」婆家的人都在暗中笑話她。

　　新娘說的這三句話，都是切中要害的，然而不免被人笑話，這是因為說得太早，時機不對啊。

郭君出亡

【原文】

　　昔郭①君出亡，謂其御者曰：「吾渴，欲飲。」御者進清酒。

　　曰：「吾飢，欲食。」御者進乾脯粱糗②。

　　曰：「何備也？」

　　御者曰：「臣儲之。」

　　曰：「奚儲之？」

　　御者曰：「為君之出亡而道飢渴也。」

　　曰：「子知吾且③亡乎？」

　　御者曰：「然。」

曰：「何以不諫也？」

御者曰：「君喜道諛而惡至言④。臣欲進諫，恐先郭亡，是以不諫也。」

郭君作色曰：「吾所以亡者，誠何哉？」

御轉其辭曰：「君之所以亡者，太賢。」

曰：「夫賢者所以不為存而亡者，何也？」

御曰：「天下無賢而君獨賢，是以亡也。」

郭君喜，伏軾⑤而笑，曰：「嗟乎！夫賢人如此苦乎？」於是身倦力解⑥，枕御膝而臥。御自易以備⑦，疏行⑧而去。身死中野，為虎狼所食。此其不生⑨者。

——《韓詩外傳‧卷六》

【注釋】

① 郭（音國）：即「虢」，虢國，周代諸侯國。

② 乾脯：乾肉。粱糗：乾糧或炒熟的米麥穀物。

③ 且：將要。

④ 喜道諛：喜歡阿諛奉承。至言：忠言。

⑤ 軾：車前供人憑倚的橫木。

⑥ 解：通「懈」，懈怠。

⑦ 易：換。備：土塊或石塊。

⑧ 疏行：閒行，漫步。

⑨ 生：通「醒」，覺醒，覺悟。

【譯文】

從前虢國國君逃亡在外，對他的車伕說：「我渴，想喝水。」車伕就給他送上清酒。

虢君說：「我餓，想吃東西。」車伕就給他送上乾肉和乾糧。

虢君問：「你哪裡弄來的這些東西？」

車伕說：「我儲備的。」

虢君說：「你為什麼要事先儲備這些東西？」

車伕說：「是為了怕您出逃的時候路上飢渴而儲備的。」

虢君說：「你知道我將要逃亡嗎？」

車伕說：「是的。」

虢君說：「既然知道為什麼不早向我進諫？」

車伕說：「您喜歡聽阿諛奉承的話而討厭中肯的言語。我如果勸諫的話，恐怕在虢國滅亡之前就死了，所以我不勸諫。」

虢君臉色大變，有些生氣地說：「我失去國家而逃亡的原因，究竟是什麼？」

車伕語氣一轉，說：「您之所以會逃亡，是太有才能的緣故。」

虢君說：「有才能的人不能保住國家，卻落得逃亡的下場，這是為什麼？」

車伕說：「遍天下都是沒有才能的人，只有您有才能，因此您會逃亡。」

虢君很高興，倚在車前橫木上笑起來，說：「唉！做一個有才能的人這麼痛苦嗎？」說罷，他感到渾身疲倦無力，就枕在車伕的膝蓋上睡著了。車伕暗自抽出自己的膝蓋，給他換上一塊石頭，漫步揚長而去。最後虢君就死在了荒野中，被虎狼吃掉了。這就是那種至死都不醒悟的人的下場。

魯嬰泣衛

【原文】

魯監門①之女嬰，相從績②。中夜而泣涕。

其偶③曰：「何謂而泣也？」

嬰曰：「吾聞衛世子不肖，所以泣也。」

其偶曰：「衛世子不肖，諸侯之憂也，子曷④為泣也？」

嬰曰：「吾聞之異乎子之言也。昔者，宋之桓司馬⑤得罪

於宋君，出於魯，其馬佚而驤吾園[6]，而食吾園之葵[7]。是歲，吾聞園人亡利之半。越王勾踐起兵而攻吳，諸侯畏其威，魯往獻女，吾姊與焉。兄往視之，道畏[8]而死。越兵威者吳也，兄死者我也。由是觀之，禍與福相及也。今衛世子甚不肖，好兵，吾男弟三人，能無憂乎？」

——《韓詩外傳・卷二》

【注釋】

① 監門：守門人。
② 相從：和同伴在一起。績：緝線，把麻搓成繩或線。
③ 偶：同伴。
④ 曷：何，怎麼。
⑤ 桓司馬：宋國司馬魋，因是宋桓公的後代，所以又叫桓魋。
⑥ 佚：走失，逃跑。驤：馬轉臥於地上。
⑦ 葵：即冬葵，一種蔬菜。
⑧ 畏：死，古代指被兵器殺死。

【譯文】

　　魯國守門人的女兒嬰，和同伴一起緝搓麻線。半夜裡，她輕聲傷心地哭了起來。

　　同伴問：「你為何哭泣呢？」

　　魯嬰說：「我聽說衛國世子的品行很不好，所以哭泣。」

　　同伴說：「衛國世子品行不好，那是諸侯君王所擔憂的事，你又何必為此哭泣呢？」

　　魯嬰說：「我的想法和你可不一樣。從前，宋國司馬桓魋得罪了宋國國君，出逃到魯國，他的馬逃到我家的菜園子裡，在裡面打滾，還吃了我家菜園子裡的冬葵。那年，咱們賣菜的收入損失了一半。越王勾踐起兵攻打吳國，各諸侯都畏懼他的威勢，魯國向其進獻美女，我的姐姐在其中啊。我的哥哥前去看望她，在路上為賊人所殺。越國軍隊攻打的是吳國，死去的是我哥哥呀。由此來看，禍與福是相關聯的。如今衛國

世子的品行不好，好戰，我有三個弟弟，能不擔憂嗎？」

苛政猛於虎

【原文】

孔子過泰山側，有婦人哭於墓者而哀。夫子軾而聽之，使子路①問之曰：「子之哭也，壹似重有憂者②。」而曰：「然！昔者吾舅③死於虎，吾夫又死焉，今吾子又死焉！」夫子曰：「何為不去④也？」曰：「無苛政⑤。」

夫子曰：「小子識之⑥，苛政猛於虎也。」

——《禮記·檀弓下》

【注釋】

① 子路：孔子的弟子，姓仲名由，字子路。
② 壹：確實。重：重疊。
③ 舅：當時稱丈夫的父親為舅，即公公。
④ 去：離開。
⑤ 苛政：指苛刻的政令、繁重的賦役等。
⑥ 小子：古時長者稱晚輩為小子。這裡是孔子稱自己徒弟。識：通「志」，記住。

【譯文】

孔子路過泰山旁，看到有一個婦人在墓前哭得很悲傷。孔子扶著車前的橫木聽到婦人的哭聲，派子路前去詢問道：「您哭得這樣悲哀，確實像是有好幾件傷心事。」婦人說：「是啊！從前我的公公被老虎咬死了，後來我的丈夫也被老虎咬死了，如今我的兒子又死在了老虎口中！」孔子問：「那為什麼不離開這裡呢？」婦人答道：「這裡沒有苛刻的政令和繁重的賦役啊。」

孔子對弟子們說：「年輕人要記住，苛刻殘暴的政令比老虎還要凶猛可怕啊！」

嗟來之食

【原文】

齊大飢，黔敖①為食於路，以待餓者而食②之。

有餓者，蒙袂輯屨③，貿貿然④來。黔敖左奉食，右執飲，曰：「嗟！來食！」

揚其目而視之，曰：「予唯不食嗟來之食，以至於斯也！」

從而謝⑤焉。終不食而死。

——《禮記·檀弓下》

【注釋】

①黔敖：春秋時齊國的一個富人。
②食：動詞，給⋯⋯吃。
③蒙袂：用袖子蒙著臉。輯屨：用繩子捆緊著麻鞋。
④貿貿然：昏昏沈沈的樣子。
⑤謝：表示歉意。

【譯文】

齊國暴發大饑荒，富人黔敖在路旁準備了食物，等待飢餓的人來了，施捨給他們吃。

有一個餓得很厲害的人，用袖子蒙著臉，拖著破草鞋，兩眼無光，跌跌撞撞地走來。黔敖見了，左手捧著食物，右手端起湯水，喊道：「喂！來吃吧！」

那個飢餓的人突然瞪起雙眼，盯著黔敖說：「我就是因為不吃這種吆喝著施捨的食物，才會餓成現在這個樣子的！」

黔敖連忙道歉。那人始終不肯吃，最後餓死了。

小偷獻技

【原文】

楚將子發好求技道之士①。楚有善為偷者，往見曰：「聞君求技道之士，臣偷也，願以技齎②一卒。」

子發聞之，衣不給帶，冠不暇正，出見而禮之。

左右諫曰：「偷者，天下之盜也，何為之禮？」

君曰：「此非左右之所得與。」

後無幾何③，齊興兵伐楚，子發將師以當之，兵三卻④。楚賢良大夫皆盡其計而悉其誠，齊師愈強。於是市偷進請曰：「臣有薄技，願為君行之。」

子發曰：「諾。」不問其辭而遣之。

偷則夜解齊將軍之幬帳⑤而獻之。子發因使人歸之，曰：「卒有出薪⑥者，得將軍之帷，使歸之於執事⑦。」

明又復往，取其枕。子發又使人歸之。

明日又復往，取其簪。子發又使歸之。

齊師聞之，大駭。將軍與軍吏謀曰：「今日不去，楚君恐取吾頭。」乃還師而去。

—— 《淮南子·道應訓》

【注釋】

①技道之士：指擅長某種技藝、本領的人。
②齎（音基）：把東西送給別人。
③幾何：不久，表示時間短暫。
④卻：敗退，退避。

⑤幬帳：帷帳。

⑥出薪：出去打柴草。

⑦執事：古時指侍從，左右供使令的人。

【譯文】

　　楚國將領子發喜好尋求有一技之長的人。楚國有個擅長偷竊的人，前去拜見子發，說：「我聽說您尋求有技能的人，我是個小偷，願意把我的技藝貢獻出來充當您的一個差役。」

　　子發聽說了，顧不得衣服帶子沒繫好，帽子也來不及戴端正，就急急忙忙出去見他，並以賓客之禮相待。

　　左右的人勸諫說：「小偷是盜竊天下財物的，為什麼對他如此禮遇呢？」

　　子發說：「這不是你們所能理解的。」

　　不久，齊國興兵攻打楚國，子發率軍抵擋，但交戰三次都失敗了。楚國的賢良大夫們都獻盡計策來顯示他們的忠誠，可齊國軍隊卻愈戰愈強。這時那個小偷請求說：「我有微个足道的技藝，願為您效勞。」

　　子發說：「好吧。」也不問問他怎樣做就派他去了。

　　小偷夜裡溜進齊軍主帥的營帳，將帷帳偷了回來獻給子發。子發便派人將帷帳送回齊營，並說：「我們有個士兵出去打柴，得到了將軍的帷帳，現特派人送還給你的侍從。」

　　第二天夜裡，小偷再次潛入，偷了齊軍主帥的枕頭。子發又派人送了回去。

　　第三天夜裡，小偷又潛入，偷了齊軍主帥的髮簪。子發再次派人送了回去。

　　齊軍上下聽說了這件事，甚為恐懼。齊軍主帥與軍中官吏商量說：「現在再不撤退，楚軍恐怕就要取我的頭了。」於是，齊軍撤軍而去。

公儀休嗜魚

【原文】

公儀休相魯而嗜魚[①]，一國獻魚，公儀子弗受。

其弟子諫曰：「夫子嗜魚，弗受何也？」

答曰：「夫唯嗜魚，故弗受。夫受魚而免於相，雖嗜魚，不能自給[②]魚；今毋受魚而不免於相，則能長自給魚。」

此明於為人為己者也。

——《淮南子·道應訓》

【注釋】

① 公儀休：春秋時期魯國人。相魯：做魯國的丞相。
② 自給：自我供給。

【譯文】

公儀休是魯國的丞相，由於愛吃魚，一國的人都送魚給他，可公儀休從不接受。

他的弟子勸他說：「老師你喜歡吃魚，為什麼不接受呢？」

公儀休回答說：「就是因為我喜歡吃魚，所以才不接受。如果我貪這點小利而收下魚，最終一定會被罷去丞相之位，那時即使想吃魚，也不能自給自足了；如今我不接受別人的魚，就不會被罷免，如此就能長期自給自足了。」

公儀休真是懂得處理他人利益和個人利益關係的人啊。

哭母不哀

【原文】

　　東家母死，其子哭之不哀。西家子見之，歸謂其母曰：
「社何愛速死^①？吾必悲哭社！」

　　夫欲其母之死者，雖死亦不能悲哭矣。

　　　　　　　　　　　　　　　　——《淮南子·說山訓》

【注釋】
①社：古代江淮一帶方言稱母親為「社」。愛：吝惜。

【譯文】

　　東鄰家的母親去世了，他的兒子哭喪時並不悲傷。西鄰家的兒子見
了，回去對自己的母親說：「母親，你怎麼不快點死呢？你死了我必定
哭得十分悲傷。」

　　凡是惦記著母親早點死的人，等到母親真的去世時必定不會哭得十
分悲傷啊。

羅之一目

【原文】

　　有鳥將來，張羅^①而待之。得鳥者，羅之一目也。

　　今為一目之羅，則無時^②得鳥矣。

　　　　　　　　　　　　　　　　——《淮南子·說山訓》

【注釋】
①羅：羅網。

② 無時：沒有機會。

【譯文】

有一隻鳥將要飛過來，張開羅網等待它。捕獲了這隻鳥的，只是羅網上的一個網洞。

但現在要去製作只有一個網洞的羅網，就不會有機會捕獲鳥了。

塞翁失馬

【原文】

近塞上之人有善術①者，馬無故亡而入胡②。人皆弔③之，其父曰：「此何遽④不為福乎？」

居數月，其馬將胡駿馬而歸。人皆賀之，其父曰：「此何遽不能為禍乎？」

家富良馬，其子好騎，墮而折其髀⑤。人皆弔之，其父曰：「此何遽不為福乎？」

居一年，胡人大入塞，丁壯者控弦⑥而戰。近塞之人，死者十九，此獨以跛之故，父子相保。

——《淮南子·人間訓》

【注釋】

① 術：指古時用種種方術來觀察自然或社會現象，以推測國家或個人的命運，後世稱為「術數」，如星占、卜筮、算卦等。

② 亡：走失。胡：胡地，古時對邊塞少數民族的稱呼。

③ 弔：慰問遭遇不幸者。

④ 遽：就，遂。

⑤ 髀（音必）：大腿。

⑥ 控弦：拉弓。

【譯文】

臨近邊塞之地住著一位擅長道術的老翁，有一天他的馬無緣無故地走失，跑到胡地去了。人們都來安慰他，老翁說：「誰知道這是不是好事呢？」

幾個月後，那丟失的馬帶著胡地的駿馬歸來了。人們都來祝賀他，老翁說：「誰知道這是不是災禍呢？」

老翁家裡養了許多好馬，他的兒子愛好騎馬，一次從馬上摔了下去，大腿骨折了。人們都來安慰他，老翁說：「誰知道這是不是好事呢？」

一年後，胡人大舉入侵塞內，青年壯丁都引弓參戰。邊塞的居民十之八九都戰死了，唯獨老翁的兒子因跛腳沒有參軍，父子才得以保全。

螳螂搏輪

【原文】

齊莊公出獵，有一蟲舉足將搏①其輪。問其御曰：「此何蟲也？」

對曰：「此所謂螳螂者也。其為蟲也，知進而不知卻②不量力而輕敵。」

莊公曰：「此為人而必為天下勇武矣！」回車而避之。

勇武聞之，知所盡死③矣。

——《淮南子・人間訓》

【注釋】

① 搏：搏鬥，擊打。

② 卻：退。

③ 盡死：竭盡全力，不惜犧牲。

【譯文】

　　有一次，齊莊公外出打獵，路上看見一隻昆蟲舉起腳來要和莊公的車輪搏鬥。莊公問車伕說：「這是什麼蟲子？」

　　車伕回答說：「這就是平常所說的螳螂。這隻蟲子，只知前進而不知後退，不自量力而敢於輕視敵人。」

　　齊莊公感慨說：「這蟲子如果生而為人，必定是天下最勇猛的武士！」於是命令車子退回去，以避開那隻螳螂。

　　軍隊裡的勇士和兵卒聽說了這件事，個個都知道自己應該竭盡全力為國犧牲了。

愛人與害人

【原文】

　　楚恭王與晉人戰於鄢陵①，戰酣，恭王傷而休。

　　司馬子反渴而求飲，豎陽谷奉酒而進之②。子反之為人也，嗜酒而甘③之，不能絕於口，遂醉而臥。

　　恭王欲復戰，使人召司馬子反，辭以心痛。王駕而往視之，入幄中而聞酒臭。恭王大怒曰：「今日之戰，不穀④親傷，所恃者，司馬也，而司馬又若此，是亡楚國之社稷，而不率吾眾也。不穀無與復戰矣！」

　　於是罷師而去之，斬司馬子反為僇⑤。

——《淮南子・人間訓》

【注釋】

① 楚恭王：即楚共王，春秋時期楚國國君。鄢陵：鄭國地名，在今河南鄢陵。

② 豎：供役使的小臣。陽谷：人名。

③ 甘：動詞，非常喜歡，以此為樂。

④不穀：古代諸侯自稱之謙辭。穀：善、美。

⑤僇：通「戮」，殺。

【譯文】

楚恭王率軍與晉國人在鄢陵展開大戰，鏖戰正酣時，恭王受了傷，只好暫時休戰。

司馬子反回營時口渴難耐，向近臣要水喝，近臣陽谷捧著酒獻給子反。子反這個人最喜歡飲酒，見到酒就樂不可支，他接過酒喝個不停，沒多久就酩酊大醉，躺在床上睡著了。

楚恭王打算再與晉軍開戰，派人去叫司馬子反，子反謊稱自己心痛，不受詔令。楚恭王於是親自駕車前去探望，一進軍帳就聞到一股酒味。楚恭王頓時大怒，說：「這次大戰，我不幸受了傷，所能仰仗的只有司馬了，可他卻成了這副樣子，他心中沒有楚國的社稷，不想率領我的士兵作戰啊。算了，這仗沒个打了！」

於是楚恭王撤軍離開鄢陵，並以耽誤戰事之罪名將子反斬首。

炳燭之明

【原文】

晉平公問於師曠曰①：「吾年七十，欲學，恐已暮矣！」

師曠曰：「何不炳燭②乎？」

平公曰：「安有為人臣而戲其君乎？」

師曠曰：「盲臣安敢戲君乎？臣聞之：少而好學如日出之陽③，壯而好學如日中之光④，老而好學如炳燭之明。炳燭之明，孰與昧⑤行乎？」

平公曰：「善哉！」

——《說苑・建本》

【注釋】

① 晉平公：春秋時晉國的國君。師曠：字子野，春秋時著名樂師，據稱生而無目，故自稱盲臣。

② 炳燭：點燃蠟燭照明。炳：點，點燃。

③ 陽：溫和的陽光。

④ 壯：壯年，古時稱三十歲為壯年。日中：正午。

⑤ 昧：黑，暗，引申為「愚昧」。

【譯文】

　　晉平公詢問師曠說：「我今年七十歲了，很想要學習，恐怕為時已晚了！」

　　師曠說：「您為什麼不點燃蠟燭來照明呢？」

　　晉平公說：「哪裡有當臣子的戲弄自己的國君呢？」

　　師曠說：「我這個雙目失明的臣子哪敢戲弄國君您啊！臣聽說：一個人在少年時愛好學習，就像生活在早晨溫和的陽光下；壯年時愛好學習，就像生活在正午的烈日下；老年時愛好學習，就像將蠟燭點燃散發出光亮。點燃蠟燭的亮光與在黑暗愚昧中行走哪個更好呢？」

　　晉平公高興地說：「好極了！」

秦西巴縱麑

【原文】

　　孟孫獵而得麑①，使秦西巴②持歸。其母隨而鳴，秦西巴不忍③，縱而與之。孟孫怒而逐秦西巴。

　　居一年，召以為太子傅。左右曰：「秦西巴有罪於君，今以為太子傅，何也？」孟孫曰：「夫以一麑不忍，又將能忍吾子乎？」

—— 《說苑・貴德》

【注釋】

① 孟孫：戰國時魯國國君的姓氏。麑（音倪）：小鹿。

② 秦西巴：孟孫的屬臣。

③ 弗忍：動了惻隱之心。

【譯文】

　　孟孫打獵捕獲一隻小鹿，派秦西巴帶回家去。母鹿一路跟隨悲哀地鳴叫，秦西巴動了惻隱之心，將小鹿放還給母鹿。孟孫因此發怒將秦西巴趕走了。

　　過了一年，孟孫召回秦西巴讓他擔任太子的老師。左右親信說：「秦西巴有罪於君主，現在又讓他擔任太子傅，這是為什麼呢？」孟孫回答：「秦西巴不忍心傷害一隻小鹿，又怎麼可能忍心傷害我的兒子呢？」

六翮與毛氄

【原文】

　　趙簡子游於西河而樂之，嘆曰：「安得賢士而與處①焉？」

　　舟人古乘跪而對曰②：「夫珠玉無足，去此數千里而所以能來者，人好③之也。今士有足而不來者，此是吾君不好之乎？」

　　趙簡子曰：「吾門左右客④千人，朝食不足，暮收市徵⑤，暮食不足，朝收市徵。吾尚可謂不好士乎？」

　　舟人古乘對曰：「鴻鵠高飛遠翔，其所恃者六翮⑥也。背上之毛，腹下之氄⑦，無尺寸之數。去之滿把⑧，飛不能為之益卑⑨；益之滿把，飛不能為之益高。不知門下左右客千人者，有六翮之用乎？將盡毛氄也。」

【注釋】

①處：相處，交接。

②舟人：划船的船伕。古乘：人名。

③好：喜歡，喜愛。

④客：食客。古代權貴豪族都豢養大量的門客，為其出力。

⑤市征：市場稅收。

⑥翮（音格）：鳥類雙翅中的正羽，代指鳥的兩翼。

⑦毳（音翠）：鳥身上的細絨毛。

⑧滿把：滿手所握。

⑨益：更加。卑：低。

【譯文】

趙簡子在河上乘船遊玩得很開心，忽然感慨道：「怎麼才能得到天下的賢士，和他們一同遊玩啊？」

划船的船伕古乘跪在他面前說：「珍珠、寶玉沒有腳，它們離這裡有千裡之遠，卻能來到這裡，那是因為人們喜愛它。賢才有腳卻不來這裡，是主公您不喜愛他們的緣故啊！」

趙簡子說：「我門下的食客有上千人，早上食物不夠了，我就在晚上徵收貿易賦稅供給他們；晚上食物不夠了，我就在早上徵收貿易賦稅供給他們。我這樣還不算喜愛賢士嗎？」

船伕古乘回答說：「鴻雁能夠飛得那麼高，那麼遠，它所依靠的是翅膀呀。至於長在背上的短毛和生在腹下的細絨毛沒有長短大小的定數。拔去一把，飛得也不見得會低些；增加一把，飛得也不見得會高些。我不知道您門下的上千門客中，有像鳥之雙翼那樣的人才嗎？恐怕都是些像鳥背上、腹下的細絨毛那樣的人吧！」

螳螂捕蟬

【原文】

　　吳王欲伐荊①，告其左右曰：「敢有諫者死！」

　　舍人有少孺子者②，欲諫不敢，則懷丸操彈，游於後園，露沾其衣。如是者三旦。

　　吳王曰：「子來，何苦沾衣如此？」

　　對曰：「園中有樹，其上有蟬，蟬高居悲鳴，飲露，不知螳螂在其後也；螳螂委身曲附③，欲取蟬，而不知黃雀在其旁也；黃雀延頸④，欲啄螳螂，而不知彈丸在其下也。此三者，皆務欲得其前利，而不顧其後之有患也。」

　　吳王曰：「善哉！」乃罷其兵。

——《說苑‧正諫》

【注釋】

① 荊：即楚國。

② 舍人：官職名，國君身邊親近的官員。孺子：年輕人。

③ 委身：低下身子。曲附：指彎下身體躲在後面。

④ 延頸：伸長了脖子。

【譯文】

　　吳王想要討伐楚國，並警告左右的臣子說：「誰要是敢勸諫，我就處死誰！」

　　有一個侍奉吳王的年輕人想要勸諫吳王，可又不敢，於是他一大清早就懷揣彈丸，手拿皮弓，在吳王的後園遊走，露水沾濕了他的衣服。他連續三個早晨都這樣做。

　　吳王看見了，說：「你過來，你為何自討苦吃把衣服都弄濕了？」

　　年輕人說：「後園中有一棵樹，樹上有一隻蟬，它高居悲鳴，喝著露水，卻不知道有隻螳螂在它身後；螳螂曲身躲在蟬後，想要抓住蟬，

卻不知道有隻黃雀在它身後；黃雀伸長了脖子，想要啄食螳螂，卻不知道有人站在樹下，舉著彈弓正在瞄準它。這三種動物，都想要得到眼前的利益，卻不顧潛伏在身後的禍患。」

　　吳王說：「有道理啊！」於是，就打消了討伐楚國的主意。

舌存齒亡

【原文】

　　常樅張其口而示老子曰[1]：「吾舌存乎？」

　　老子曰：「然。」

　　「吾齒存乎？」

　　老子曰：「亡[2]。」

　　常樅曰：「子知之乎？」

　　老子曰：「夫舌之存乎，豈非以其柔耶？齒之亡乎，豈非以其剛耶？」

　　常樅曰：「嘻！是已。天下之事已盡[3]矣，何以復語子哉？」

——《說苑·敬慎》

【注釋】

①常樅：老子的老師。老子：即老聃，春秋末期的思想家。

②亡：失去。這裡指脫落。

③盡：都，全，囊括。

【譯文】

　　常樅張開嘴給老子看了看，問道：「我的舌頭還在嗎？」

　　老子說：「在的。」

　　常樅又問：「我的牙齒還在嗎？」

老子說：「沒有了。」

常樅再問：「你知道這是什麼原因嗎？」

老子答道：「那舌頭所以存在，豈不是因為它是柔軟的嗎？牙齒已不存在，豈不是因為它是剛硬的嗎？」

常樅說：「好啊！是這樣的。世界上的事情都已囊括其中了，我還有什麼可以再告訴你的呢？」

梟將東徙

【原文】

　　梟逢鳩。鳩曰：「子將安之？」梟曰：「我將東徙。」鳩曰：「何故？」梟曰：「鄉人皆惡我鳴，以故東徙。」鳩曰：「子能更鳴，可矣；不能更鳴，東徙，猶惡子之聲。」

　　　　　　　　　　　　　　　　　　——《說苑·談叢》

【譯文】

　　貓頭鷹遇到鳩鳥，斑鳩問道：「你準備飛去哪裡啊？」貓頭鷹說：「我打算搬到東邊去。」斑鳩問：「為什麼要搬家呢？」貓頭鷹說：「村裡的人都討厭我的叫聲，所以我想搬到東邊去。」斑鳩說：「你要是能夠改變自己的叫聲，就可以了。如果不能改變，即使你搬到了東邊，那裡的人還是會討厭你的聲音的。」

反裘負芻

【原文】

　　魏文侯①出遊，道見路人反裘而負芻②。

　　文侯曰：「胡為反裘而負芻？」

對曰：「臣愛其毛。」

文侯曰：「若不知其裡盡而毛無所恃③耶？」

——《新序·雜事》

【注釋】

① 魏文侯：名斯，戰國時期魏國國君。

② 裘：皮衣。芻（音除）：柴草。

③ 恃：依靠，憑藉。

【譯文】

魏文侯出外巡遊，路上看見一個人反穿著皮衣，肩上扛著柴草。

魏文侯問道：「你為什麼反穿著皮衣扛柴草呢？」

那人回答說：「我愛惜裡面的毛。」

魏文侯說：「難道你不知道如果皮破了，毛也就無處依存了嗎？」

食鳧雁以秕

【原文】

鄒穆公有令：食鳧雁必以秕①，無得以粟②。於是倉③無秕而求易於民，二石粟而得一石秕。吏以為費，請以粟食之。

穆公曰：「去，非汝所知也！夫百姓飽牛而耕，暴④背而耘，勤而不惰者，豈為鳥獸哉？粟米，人之上食⑤，奈何其以養鳥？且爾知小計，不知大會⑥。周諺曰『囊漏貯中』，而獨不聞歟？夫君者，民之父母。取倉粟移之於民，此非吾之粟乎？鳥苟⑦食鄒之秕，不害鄒之粟也。粟之在倉與在民，於我何擇⑧？」

——《新序·刺奢》

【注釋】

① 鄒穆公：即邾穆公。鄒國即邾國，在今山東鄒城東南。曹姓，周封子
　　爵國，為魯附庸，後為楚國所滅。鳧雁：指鴨、鵝。秕：沒有成熟的
　　穀子。

② 無得：不得，不准。粟：舊時泛稱穀米。

③ 倉：官府的糧倉。

④ 暴：古「曝」字，日曬。

⑤ 上食：上等糧食。

⑥ 大會：大的計劃。

⑦ 苟：假如。

⑧ 擇：兩樣。

【譯文】

　　鄒穆公頒發命令：餵養鴨鵝一定要用秕子，不准用穀子！於是官府
的糧倉裡面如果沒有秕子了，就用穀子和老百姓調換，甚至兩石穀子才
換得一石秕子。相關官吏認為這是太浪費了，請求用穀子餵養鴨鵝。

　　穆公說道：「去吧！這不是你們所能懂得的！老百姓餵飽了牛去犁
田耕作，光著背脊在烈日下除草施肥，千辛萬苦而不偷懶，難道是為了
餵養鳥獸嗎？穀子是人上等的糧食，為什麼拿來養鳥呢？你們只知道小
數目的計算，但不知道算人賬啊。周人的諺語『糧倉裡裝糧食的口袋漏
了，糧食還貯藏在糧倉裡』，難道沒有聽說過嗎？人君是老百姓的父
母，把國家糧倉中的糧食轉存到老百姓那裡，這還不是我的糧食嗎？鳥
如果只吃鄒國的秕子，就不會損害鄒國的糧食呀。糧食藏在官府的糧倉
裡和藏在民間，對於我沒有什麼區別。」

葉公好龍

【原文】

　　葉公子高①好龍，鉤以寫龍②，鑿③以寫龍，屋室雕文以

寫龍。

　　於是天龍聞而下之，窺頭於牖④，施尾於堂。葉公見之，棄而還走，失其魂魄，五色無主⑤。

——《新序・雜事》

【注釋】
① 葉公子高：名諸梁，字子高，楚國貴族，封於葉地。
② 鉤：衣帶鉤，衣服上的裝飾品。寫：刻畫。
③ 罍：「爵」的假借字，指古代飲酒的器具。
④ 牖（音有）：窗戶。
⑤ 五色：指臉色和神情。無主：失去自控力，難以自主。

【譯文】
　　葉公子高非常喜歡龍，他在衣帶鉤上刻上龍，酒杯上也刻上龍，房屋、居室、門窗、樑柱上無處不雕繪龍的形象。

　　天上的真龍聽說了，便下凡來到人間，它把頭伸進窗戶裡探望，尾巴拖到堂屋外。葉公看見了真龍，急忙轉身逃跑，嚇得失魂落魄，面無血色。

雞與鴻鵠

【原文】
　　田饒事魯哀公而不見察。田饒謂魯哀公曰：「臣將去君而鴻鵠舉矣①。」哀公曰：「何謂也？」田饒曰：「君獨不見夫雞乎？頭戴冠者，文也；足傅距②者，武也；敵在前敢鬥者，勇也；見食相呼，仁也；守夜不失時，信也。雞雖有此五者，君猶曰瀹③而食之。何則？以其所從來近也。夫鴻鵠一舉千里，止君園池，食君魚鱉，啄君菽粟④。無此五者，

君猶貴之，以其所從來遠也。臣請鴻鵠舉矣。」

　　哀公曰：「止！吾書子之言。」田饒曰：「臣聞食其食者不毀其器；蔭其樹者不折其枝。有士不用，何書其言為？」遂去之燕。

　　燕立以為相。三年，燕之政大平，國無盜賊。哀公聞之，慨然太息，為之避寢⑤三月，抽損上服⑥，曰：「不慎其前而悔其後，何可復得。」

——《新序・雜事》

【注釋】

①鴻鵠（音胡）：天鵝。舉：騰飛。

②傅：附著。距：雄雞腳掌後面像腳趾一樣突起的部分。

③瀹（音月）：煮。

④菽粟：豆和小米，泛指糧食。

⑤避寢：獨居。

⑥抽損上服：降低享受的標準。

【譯文】

　　田饒侍奉魯哀公卻不被理解和看重。有一天，他對哀公說：「臣將要離開君主，像天鵝那樣遠走高飛了。」哀公問：「你為何要這麼說？」田饒說：「君主難道沒見過那公雞嗎？它頭上頂著紅冠，是那樣文雅；腳上長著尖距，是那樣英武；勁敵在前敢於搏鬥，是那樣勇猛；見到食物呼喚同伴一同享用，是那樣仁愛；守夜報時從不失誤，是那樣誠信。公雞雖然具備這五種優點，可是君主還是讓人將其燉成湯吃了。這是為什麼呢？因為它就在君主身邊啊。那天鵝就不同了：它們一飛千裡，暫時停歇在君主花園的池子裡，吞食君主的魚鱉，啄食君主的糧食。它們沒有公雞的五種優點，但君主還是珍視它們，這是因為它們從遠處來啊。所以我要像天鵝那樣遠走高飛了。」

　　哀公說：「留下來吧！我把您說的話寫下來記住。」田饒說：「我聽說吃別人食物的人不毀壞人家的器皿，靠樹木遮蔭的人不折斷樹的枝

條，放著有才德的人不重用，寫下他的話有什麼用呢？」於是離開魯國前往燕國。

燕國於是任用田饒為相國。田饒當政三年，燕國社會安定，沒有盜賊作亂。魯哀公聽到這個消息，慨然嘆息，為之獨居三個月，並降低了衣食標準，說：「因為以前的不慎重，現在後悔莫及，上哪裡再能得到田饒啊！」

東食西宿

【原文】

俗說：齊人有女，二人求①之。東家子醜而富，西家子好而貧。

父母疑不能決，問其女，定所欲適②：「難指斥③言者，偏袒④，令我知之。」

女便兩袒。怪問其故。曰：「欲東家食，而西家宿。」

此為兩袒者也。

——《風俗通》

【注釋】

① 求：求婚。
② 適：女子出嫁。
③ 指斥：指明，表白。
④ 偏袒：袒露一臂以示意。

【譯文】

民間傳說，齊國人有一個女兒，兩家人同時來求婚。東家的兒子長得醜但很富有，西家的兒子長得美但很貧窮。

父母猶豫不定，就問女兒，讓她自己決定嫁給誰：「要是難以啟口

言說，你就袒露一隻胳膊，讓我們知道你的意思。」

　　女兒便袒露了兩隻胳膊。父母覺得很奇怪，就問她什麼意思。女兒說：「我想在東家吃飯，在西家住宿。」

　　這就是所謂兩袒的傳說呀。

一葉障目

【原文】

　　楚人居貧，讀《淮南子》，得「螳螂伺蟬自障①葉，可以隱形」。大喜，遂於樹下仰取葉，螳螂執葉伺蟬，以摘之。葉落樹下，樹下先有落葉，不能具分別，掃取數斗歸，一一以葉自障，問其妻曰：「汝見我不？」妻始時恆答言「見」，竟日②乃厭倦不堪，紿③云：「不見。」

　　楚人嘿然④大喜，賚⑤葉入市，對面取人物。吏遂縛詣⑥縣。縣官受辭，自說本末。官大笑，放而不治。

──《笑林》

【注釋】

①障：遮蔽，遮掩。
②竟日：終日，整天。
③紿（音帶）：古通「詒」，欺騙，欺詐。
④嘿然：沉默無言的樣子。
⑤賚（音基）：攜帶。
⑥詣：前去。

【譯文】

　　楚國有個書生家境貧寒，閒居家中，讀《淮南子》，見到這樣的記載：螳螂捕蟬時用來遮掩身體的樹葉，可以隱身。他大喜過望，於是在

一棵樹下抬頭尋找，一隻螳螂正爬在一片葉子上伺機捕蟬，他就去採摘這片葉子。不料那片樹葉飄落地下。樹下原本就有落葉，混在一起無法辨認。他於是將落葉全部掃起，收了好幾斗都帶回家去，然後一片一片拿起樹葉遮住自己的眼睛，問他妻子：「你能看見我嗎？」開始，妻子一直說「能看見」，折騰了一整天，妻子疲憊厭倦，無法忍受，便騙他說：「看不見了！」

這人心裡暗自大喜，就帶上那片樹葉去集市，當著別人的面偷拿別人的東西。官府的差吏將其當場抓住，綁著押送縣衙。縣官接到訴訟狀，那人將事情的經過說了一遍。縣官聽了忍不住哈哈大笑，便把他放了並沒有懲治。

傾家贍君

【原文】

漢世有人，年老無子，家富，性儉嗇。惡衣蔬食，侵晨①而起，侵夜而息；營理產業，聚斂無厭②，而不敢自用。

或人從之求丐者，不得已而入內，取錢十，自堂而出，隨步輒③減。比④至於外，才餘半在。閉目以授乞者，尋復囑云：「我傾家贍君，慎勿他說，復相效而來。」

老人俄⑤死，田宅沒官，貨財充於內帑⑥矣。

—— 《笑林》

【注釋】

① 侵晨：破曉，天剛亮。侵：接近。
② 斂：搜刮。厭：滿足。
③ 輒：就。
④ 比：比及，等到。
⑤ 俄：不久，旋即，表示極短的時間。

⑥內帑：國庫。帑（音躺）：國庫所藏金帛。

【譯文】

漢代有個人，年紀很老了還沒有子女，家裡非常有錢，生性非常儉樸吝嗇。衣著破破爛爛，終日粗茶淡飯，每天天不亮就起來，快到半夜才睡覺，經營自己的產業，積攢搜刮錢財從不滿足，而自己不捨得花費。

有人盯著他向他乞討，他迫不得已進入內屋，取十文錢，從堂屋出來，邊走邊減，等到走出外面，只剩下一半了。他心疼地閉著眼睛將錢交給乞討者，過一會兒又叮囑道：「我將家裡的錢都拿來給你了，你可千萬不要對別人說，不然別人也會傚傚著來向我要錢。」

老頭不久便死了。他的田地房屋被官府沒收，錢財都上繳給了國庫。

截竿入城

【原文】

魯有執長竿入城門者，初豎執之，不可入；橫執之，亦不可入。計無所出。

俄有老父至①，曰：「吾非聖人，但見事多矣！何不以鋸中截②而入？」

遂依而截之。

——《笑林》

【注釋】

① 俄：一會兒，不久。老父：古時對年長男人的尊稱。
② 中截：中間截斷。

【譯文】

　　魯國有個人拿著長竹竿進城門，起初豎拿著長竹竿，城門不夠高，不能進入城門；城門不夠寬又橫過來拿著，也不能進入城門。他實在是想不出什麼辦法來了。

　　不久，有個老人走過來，說：「我雖然不是聖賢，但見到過的事情多了呢。你為什麼不用鋸子將長竹竿從中間截斷，然後帶進城門去呢？」

　　於是，那個魯國人依從了老人的辦法將長竹竿截斷了。

漢人煮簀

【原文】

　　漢人有適吳，吳人設筍，問是何物，語曰：「竹也！」

　　歸煮其床簀①而不熟，乃謂其妻曰：「吳人轣轆②，欺我如此！」

——《笑林》

【注釋】

①簀：竹蓆。

②轣轆（音麗鹿）：原指車子的軌道。「軌道」諧音「詭道」，因此將狡詐稱為「轆」。

【譯文】

　　漢地有個人到吳地去，吳地的人用竹筍來招待他。他問這是什麼東西？吳地人回答說：「這是竹子。」

　　漢地人回家後便拿著床上的竹蓆去煮，卻怎麼也煮不爛，於是對妻子說：「吳地人真狡詐啊，竟然這麼欺騙我。」

山雞舞鏡

【原文】

　　山雞愛其毛羽，映水則舞。

　　魏武[1]時，南方獻之，帝欲其鳴舞無由[2]。公子蒼舒[3]令置大鏡其前，雞鑑[4]形而舞，不知止。

　　　　　　　　　　　　　　　　——《異苑》

【注釋】

①魏武：即曹操，三國時期著名的政治家、軍事家、文學家，東漢末年建安年間任丞相，封魏王。去世後曹操之子曹丕稱帝，追尊其為魏武帝。

②無由：指沒有辦法。

③蒼舒：人名。

④鑑：照。

【譯文】

　　山雞愛惜自己的羽毛，每在水中照見自己的身影便會翩翩起舞。

　　魏武帝曹操當政的時候，南方進貢了一隻山雞，曹操想讓山雞跳舞，卻沒有辦法。公子蒼舒令人把一面大鏡子放在山雞前面。山雞看見了自己的身影，便跳起舞來，而不知道停止。

支公好鶴

【原文】

　　支公[1]好鶴，住剡東岇山[2]。有人遺[3]其雙鶴，少時翅長欲飛。支意惜之，乃鎩其翮[4]。

鶴軒翥⑤不復能飛，乃反顧翅垂頭，視之如有懊喪意。林曰：「既有凌霄之姿⑥，何肯為人作耳目近玩！」養令翮成，置使飛去。

——《世說新語・言語》

【注釋】

① 支公：支遁，字道林，東晉名僧，同時又是名士，與謝安、王羲之等交往甚密。

② 剡（音善）：水名，在今浙江嵊州。東岉山：山名。

③ 遺：贈送。

④ 鎩（音殺）：摧殘。翮（音格）：禽鳥羽毛中間的硬管，代指鳥翼。

⑤ 軒翥（音註）：振翅欲飛的樣子。

⑥ 姿：通「資」，資質，稟賦。

【譯文】

　　支道林特別喜歡鶴，住在剡溪邊的東 山。有人送了他一對鶴。過了不久小鶴翅膀長成了，想要飛翔。支道林捨不得鶴飛走，就剪短了鶴的翅膀。

　　鶴張開翅膀，卻沒辦法再飛了，於是回頭看自己的翅膀，垂下了頭，看上去很是沮喪的樣子。支道林說：「鶴既然有翱翔天空的資質，哪裡會甘心給人當作觀賞的寵物！」於是，就加緊餵養，使它的翅膀長好，就放它們飛走了。

床頭捉刀人

【原文】

　　魏武將見匈奴使。自以形陋，不足雄①遠國，使崔季珪②代，帝自捉刀立床頭。既畢，令間諜問曰：「魏王何如？」

匈奴使答曰：「魏王雅望非常，然床頭捉刀人，此乃英雄也。」魏武聞之，追殺此使。

——《世說新語・容止》

【譯文】

　　曹操將要接見匈奴的使節。他自認為相貌醜陋，不能對遠方國家顯示出自己的威嚴，便叫崔季珪代替，自己握著刀站在崔季珪的床榻邊。接見後，曹操派密探去問匈奴使節說：「你看魏王怎麼樣？」匈奴使節回答說：「魏王的儀容風采非同一般，然而床榻邊握刀的人，才是英雄啊。」曹操聽到回答後，派人追去殺了這名使者。

焦湖廟祝

【原文】

　　焦湖廟祝有柏枕①，三十餘年，枕後一小坼②孔。

　　縣民湯林行賈，經廟祈福。祝曰：「君婚姻未？可就枕坼邊。」

　　令湯林入坼內，見朱門、瓊宮、瑤台勝於世。見趙太尉，為林婚。育子六人，四男二女。選秘書郎，俄遷③黃門郎。林在枕中，永無思歸之懷，遂遭違忤④之事。祝令林出外間，遂見向枕。

　　謂枕內歷年載，而實俄頃⑤之間矣。

——《幽明錄》

【注釋】

① 廟祝：寺廟中管香火的人。祝：寺廟中司祭禮者，以言告神為主人祈福。

② 坼：裂開。

③ 俄遷：不久就升任。遷：古時調動官職叫「遷」，一般指升職。

④ 違忤：違背，抵觸，這裡指不稱心。

⑤ 俄頃：頃刻，一會兒。

【譯文】

焦湖廟裡掌管香火的巫祝有一個柏木枕頭，三十多年了，枕後裂出一個口子。

縣裡有個名叫湯林的商人，經過焦湖廟時向神靈祈福。廟中的巫祝問他：「你結婚了嗎？可以靠著枕頭的裂開處入睡。」

巫祝讓湯林進入裂孔，只見朱紅的大門、華麗的宮室、巍峨的樓台，勝過世間。湯林拜見了趙太尉，趙太尉便讓他成婚。婚後湯林生有六個孩子，四男二女。湯林先被選為秘書郎，不久又升任黃門郎。湯林在枕中再也沒有思念家鄉的念頭，之後，卻遭到不稱心的事。巫祝讓他從枕中出來，於是他看到了剛才那個柏枕。

管理香火的人說在枕中經歷了許多年頭，可實際上只是一會兒的時間罷了。

蜀侯性貪

【原文】

昔蜀侯①性貪，秦惠王②聞而欲伐之。山澗峻險，兵路不通。乃琢石為牛，多與金帛置牛後，號牛糞之金，以遺蜀侯。

蜀侯貪之，乃塹③山填谷，使五丁力士④以迎石牛。秦人帥師隨後而至。

滅國亡身，為天下笑。以貪小利失其大利也。

——《劉子‧貪愛》

【注釋】

① 蜀侯：春秋戰國時蜀國國君。蜀：在四川省。

② 秦惠王：又稱秦惠文王，戰國時期秦國國君，嬴姓，名駟，在位時北掃義渠，西平巴蜀，東出函谷，南下商於，為秦統一全國打下了基礎。

③ 塹（音欠）：挖掘。

④ 五丁力士：神話傳說中的五個大力士。

【譯文】

從前，蜀國國君性格貪婪，秦惠王聽說後想討伐他。但蜀地山高崖深，軍隊沒有道路可以行進。於是，秦人雕鑿了石牛，把很多金銀財寶放在牛的後面，稱為牛的金糞，並把它送給蜀國國君。

蜀國國君貪圖石牛，就開始鑿山填谷，派五名大力士去迎接石牛。結果，秦將趁機率領大軍隨後進入蜀國。

蜀國國君使國家滅亡自己身死，被天下人恥笑，這就是貪圖小利而失去大利啊。

對牛彈琴

【原文】

昔公明儀為牛彈清角之操[1]，伏食如故。非牛不聞，不合其耳矣。

轉為蚊虻[2]之聲，孤犢[3]之鳴，即掉尾奮耳[4]，躞蹀[5]而聽。

——《牟子理惑論》

【注釋】

① 公明儀：戰國時期的音樂家。清角：古曲調名，聲音清淡高雅。操：琴曲。

② 蚊虻：蚊子和牛虻。

③ 孤犢：離開母親的小牛。

④ 掉尾奮耳：甩動尾巴豎起耳朵。

⑤ 躞蹀（音碟謝）：邁小步來回走動。

【譯文】

公明儀曾經給牛彈奏古雅的清角調琴曲，可牛依然像先前一樣埋頭吃草。不是牛聽不到他的琴聲，而是曲調不入它耳。

於是，公明儀轉而用琴模仿蚊蟲和牛虻的嗡嗡聲，還有小牛離失後尋找母親的哀鳴聲。牛立即擺動著尾巴豎起耳朵，邁著小步來回走著傾聽。

杯弓蛇影

【原文】

樂廣字修輔，遷河南尹①，嘗有親客②，久闊③不復來。廣問其故，答曰：「前在坐，蒙賜酒，方欲飲，見杯中有蛇，意甚惡之，既飲而疾。」

於時，河南聽事④壁上有角，漆畫作蛇，廣意意⑤杯中蛇即角影也。復置酒於前處，謂客曰：「酒中復有所見不？」答曰：「所見如初。」廣乃告其所以⑥，客豁然意解⑦，沉痾頓愈⑧。

——《晉書・樂廣傳》

【注釋】

① 遷：調任。河南尹：中國東漢時期官職，晉朝時沿用。東漢建都於河

南洛陽，為提高河南郡的地位，其長官不稱太守而稱尹，掌管洛陽附
近二十一縣。

②親客：關係密切的客人。

③闊：闊別，疏遠。

④聽事：官府辦理政事的廳堂，亦作「廳事」。

⑤意：料想，猜想。

⑥所以：緣由，原因。

⑦意解：疑難問題得到解答，放下思想負擔。

⑧沉疴：久治不癒的病。頓：頓時，立刻。

【譯文】

　　樂廣，字修輔，他做河南尹時，曾經有一位親密的朋友，分別之後
很久都不見再來。樂廣就去問朋友不來的原因，朋友回答說：「前些日
了去你家裡作客，承蒙你設酒款待，我正要舉杯飲酒，忽然看見杯中有
一條小蛇，心裡十分厭惡它，喝了那杯酒後，我就得了重病。」

　　當時，河南聽事堂的牆壁上掛著一張角弓，弓上有用漆畫的小蛇，
樂廣猜測朋友所說的蛇就是角弓的影子。樂廣在原來的地方再次請那位
朋友喝酒，對朋友說：「酒杯中還能看見上次的東西嗎？」朋友回答
說：「和上次一樣。」於是樂廣就把事情的緣由告訴了朋友，朋友的疑
團忽然解開，心情豁然開朗，久治不癒的疾病也立刻好了。

大鰲與螞蟻

【原文】

　　東海有鰲①焉，冠蓬萊而浮游於滄海②，騰躍而上則干③
雲，沒而下潛於重泉④。

　　有紅蟻者聞而悅之，與群蟻相要⑤乎海畔，欲觀鰲焉。

　　月餘日，鰲潛未出。群蟻將反⑥，遇長風激浪，崇濤萬
仞⑦，海水沸，地雷震。群蟻曰：「此將鰲之作也⑧。」

數日，風止雷默，海中隱如岳，其高概⑨天，或游而西。

群蟻曰：「彼之冠山⑩，何異我之戴粒⑪？逍遙封壤之巔⑫，歸伏乎窟穴⑬之下也。此乃物我之適，自己而然，我何用數百里勞形而觀之乎？」

——《苻子》

【注釋】

① 鰲：古代傳說中海裡的大龜。

② 冠：帽子。這裡用作動詞，戴帽子。蓬萊：古代傳說中的仙山，與方丈、瀛州並稱。

③ 干：衝犯。

④ 重泉：深水處。

⑤ 要：通「邀」，邀請。

⑥ 反：通「返」，返回。

⑦ 崇濤：巨浪。仞：古代長度單位，周制八尺為一仞。

⑧ 將：當是。作：興起。

⑨ 概：原指古代量米麥時刮平斗斛的器具，引申為平、齊。

⑩ 冠山：頭頂大山。

⑪ 戴粒：頭頂著米粒。

⑫ 封壤：螞蟻洞外面的土堆，也叫蟻冢。

⑬ 窟穴：指螞蟻的巢穴。

【譯文】

東海中有一隻大海龜，頭上頂著蓬萊山在海上隨意漫遊，騰躍而起可以觸及天上的雲彩，淹沒下潛可以抵達幽深的海底。

有隻紅螞蟻聽到此事非常高興，就約上一群螞蟻來到海邊，想要看看這隻大龜。

一個多月時間，大龜潛在水底沒有出來。螞蟻們正準備返回，突然遇到狂風大浪，巨大的浪頭足有萬仞高，海水沸騰了一般，就像雷聲震

動大地。螞蟻們說：「這一定是大海龜在興風作浪。」

幾天過後，風停雷止，海面隱約有座大山，高與天齊，時而向西移動。

螞蟻們說：「大海龜頭頂大山，跟我們頭頂米粒有什麼不同呢？和我們在蟻冢頂端逍遙自在，回家潛伏在巢穴之中沒有區別。這便是環境與自身條件相適應，自然而然，我們何必跋涉數百里，這麼辛苦來看它呢？」

與狐謀皮

【原文】

　　周人有愛裘而好珍羞①，欲為千金之裘而與狐謀其皮；欲具少牢②之珍而與羊謀其羞。言未卒③，狐相率逃於重丘之下④，羊相呼藏於深林之中。

　　故周人十年不製一裘，五年不具一牢。何者？周人之謀失之矣。

——《苻子》

【注釋】

① 周人：周地的人。周地相當於今河南省洛陽市以及鞏義市一帶的地方。珍羞：珍奇貴重的食品。羞：通「饈」。
② 牢：古代做祭品用的牛、羊、豬，三牲具備叫「太牢」，只用豬、羊叫「少牢」，「一牢」指用一隻羊做成的美食。
③ 卒：盡，完。
④ 相率：互相跟著。重丘：重疊的山丘。

【譯文】

　　周地有個人愛好穿皮衣，愛好吃美味，他想縫製一件價值千金的狐裘，便去和狐狸商量剝取它的皮；又想殺一隻羊當作祭祀的食品，便去

和羊商量用它的肉。話還沒說完，狐狸就爭相跟隨，逃到起伏的丘陵裡去了，羊也爭相呼喊著躲到深山密林中去了。

所以，周人十年都沒能製成一件皮衣，五年也沒有找到一隻祭祀用的羊。為什麼呢？因為他的謀劃太失算了呀！

羿射不中

【原文】

夏王使羿射於方尺之皮徑寸之的①。乃命羿曰：「子射之，中，則賞子以萬金之費；不中，則削子以千邑②之地。」

羿容無定色，氣戰於胸中，乃援弓③而射之，不中；更④射之，又不中。

夏王謂傅彌仁曰⑤：「斯羿也，發無不中！而與之賞罰，則不中的者，何也？」

傅彌仁曰：「若羿也，喜懼為之災，萬金為之患矣。人能遺其喜懼，去其萬金，則天下之人皆不愧於羿矣。」

——《苻子》

【注釋】

① 夏王：夏朝的統治者。羿：即后羿，傳說中的人物，擅長射箭。的：靶子。
② 邑：古代人們聚居的地方，大的叫都，小的叫邑。這裡指夏王分封給后羿的土地。
③ 援弓：拉弓。
④ 更：再一次。
⑤ 傅：保傅，古代官職。彌仁：人名。

【譯文】

夏王讓后羿射一尺見方獸皮箭靶上直徑一寸的靶心。他命令后羿道：「你射這個靶子吧！射中了，就賜你萬金作為獎賞；射不中，就削減你的千戶封邑。」

后羿聽了臉色變化不定，胸中氣息難平，於是拉開弓射去，沒有射中；再射一箭，又沒有中。

夏王對保傅彌仁說：「這個后羿，射箭向來百發百中，而我今天和他約定了賞罰，他卻射不中了，這是為什麼呢？」

保傅彌仁答道：「那個后羿啊，貪婪和恐懼的心理害了他，萬金厚賞造成了他的禍患。人如果能夠克服貪婪和恐懼，把賞罰置之度外，那麼天下之人都能成為無愧於后羿的神箭手了。」

中州之蝸

【原文】

中州①之蝸，將起②而責其是非，欲東之泰山，會③程三千餘歲；欲南之江漢④，亦會程三千餘歲。因自量其齒⑤，則不過旦暮之間，於是悲憤莫勝，而枯於蓬蒿之上，為螻蟻⑥所笑。

——《於陵子‧人問》

【注釋】

① 中州：古地名，指今河南省一帶。該地為古九州的中心，故稱。
② 起：奮發，振作。
③ 會：統計。
④ 江漢：長江和漢江。
⑤ 齒：年齡，這裡指壽命。
⑥ 螻蟻：螻蛄和螞蟻，泛指微小的生物。

【譯文】

中州的一隻蝸牛，想要振作起來，責備自己的無所作為。它想往東去泰山，計算行程要走三千多年；又想南下江漢，計算行程也需三千多年。而算算自己的壽命，不過早晚之間就要死去。於是它不勝悲憤，枯死在蓬蒿上，被螻蟻嘲笑。

博士買驢

【原文】

鄴下[1]諺曰：博士[2]買驢，書券三紙[3]，未有驢字。使汝以此為師，令人氣塞[4]。

—— 《顏氏家訓・勉學》

【注釋】

[1] 鄴下：古地名，位於今河北省臨漳縣境內。獻帝建安時，曹操據守鄴城。

[2] 博士：古時官職名，秦漢時是掌管書籍文典、通曉史事的官職，這裡是指老學究。

[3] 券：契據。紙：量詞，張。

[4] 氣塞：呼吸堵塞。

【譯文】

鄴下流傳這樣一句諺語：博士買驢，寫了三頁契約，還沒見到一個「驢」字。

如果你請了這樣的人做老師，一定會把人給氣死的。

千萬買鄰

【原文】

　　宋季雅罷南康郡①，市宅居僧珍宅側②。

　　僧珍問宅價，曰：「一千一百萬。」

　　怪其貴。季雅曰：「一百萬買宅，千萬買鄰。」

　　　　　　　　　　　　　　——《南史·呂僧珍傳》

【注釋】

①宋季雅：人名。南康郡：郡名，西晉太康三年（282）置，在今江西
　省贛州市。

②市：買。僧珍：即呂僧珍，字元瑜，南朝梁東平人，以性情恭慎聞名
　當時，梁武帝時曾官輔國將軍，步兵校尉。

【譯文】

　　宋季雅被罷除南康郡守的官職，在呂僧珍的住宅旁邊買了一處宅
居。

　　呂僧珍問宅院的價錢，宋季雅說：「一千一百萬錢。」

　　呂僧珍覺得奇怪，認為價格貴了。宋季雅說：「我是用一百萬錢買
房宅，用一千萬錢買鄰居呀！」

傍河牽船

【原文】

　　劉道真①遭亂，於河側為人牽船，見一老嫗操櫓②。道真
嘲之曰：「女子何不調機弄杼③？因甚傍河操櫓？」

　　女答曰：「丈夫何不跨馬揮鞭？因甚傍河牽船？」

又嘗與人共飯素盤草舍中，見一嫗將^④兩小兒過，並著青^⑤衣，嘲之曰：「青羊引雙羔。」婦人曰：「兩豬共一槽。」

道真無語以對。

——《啟顏錄·劉道真》

【注釋】

① 劉道真：晉朝人，腐儒的形象代表。

② 櫓：撥水使船前進的工具，置於船後，像魚尾一樣搖動。

④ 調機弄杼：指在織布機上織布。杼：織布用的梭子。

④ 將：帶領。

⑤ 青：黑。

【譯文】

劉道真遭遇社會動亂，在河邊給別人拉船，見一老婦人河中搖船。他嘲諷道：「女人怎麼不去織布？為什麼要靠著在河上搖船為生？」

老婦人答道：「男人怎麼不在疆場上騎馬揮鞭？為什麼要在這河上幫人拉船？」

又有一次，劉道真與人共用一個盤子在草房子中吃飯，看見一個老婦人領著兩個孩子從門前走過，都穿的是黑衣裳，他便嘲諷人家道：「黑羊領著兩隻小羊。」那婦人說道：「兩頭豬共用一個食槽。」

劉道真無言以對。

遭見賢尊

【原文】

有一大蟲^①，欲向野中覓食，見一刺蝟仰臥，謂是肉臠^②，欲銜之。忽被蝟捲著鼻，驚走，不知休息。直至山中，睏乏，不覺昏睡。刺蝟乃放鼻而走。

大蟲忽起歡喜，走至橡樹下，低頭見橡斗③，乃側身語云：「且來遭見賢尊④，願郎君⑤且避道！」

——《啟顏錄》

【注釋】

① 大蟲：老虎。

② 肉臠：肉塊。臠：切成小塊的肉。

③ 橡斗：即橡栗，或櫟實。橡樹（櫟樹）的果實，外殼有刺毛。

④ 賢尊：父親。

⑤ 郎君：對年輕男子的尊稱。

【譯文】

有一隻老虎，想到野外尋找食物，看到一隻刺蝟仰面躺在地上，以為是塊肉，便想去叼它。忽然老虎被刺蝟一捲身捲住了鼻子，嚇得狂奔起來，不敢停息。一直跑到山裡，老虎又困又累，不知不覺昏睡過去，刺蝟於是放開老虎的鼻子跑了。

老虎忽而起身，十分開心，走到橡樹下面，它低頭看見地上的橡栗，趕緊側身躲在一旁說：「今天早上曾碰見過令尊大人，希望貴公子暫且給我讓讓路！」

鑰匙尚在

【原文】

昔有愚人入京選①，皮袋被賊盜去。

其人曰：「賊盜我袋，將終不得我物也。」或問其故。答曰：「鑰匙尚在我衣帶上，彼將何物開之？」

——《朝野僉載》

①入京選：去京城參加提拔官員的考試。

【譯文】
　　從前有一個愚笨的人進京城選官，他的皮袋被人偷走了。
　　他說：「盜賊雖然偷走了我的皮袋，但他永遠得不到我袋子裡的東西。」有人問他什麼原因。他回答說：「皮袋的鑰匙還繫在我的衣帶上，那小偷拿什麼開啟呢？」

獵者能吹竹為百獸之音

【原文】
　　鹿畏貙①，貙畏虎，虎畏羆②。羆之狀，被發人立③，絕④有力而甚害人焉。
　　楚⑤之南有獵者，能吹竹為百獸之音。寂寂持弓、矢、罌、火而即之山⑥。為鹿鳴，以感其類，伺其至，發火而射之。貙聞其鹿也，趨而至。其人恐，因為虎⑦而駭之。貙走而虎至，愈恐，則又為羆，虎亦亡去。羆聞而求其類，至，則人也，捽搏挽裂而食之⑧。

——《柳河東集・羆說》

【注釋】
①貙（音出）：野獸名，像狐狸，形體較大。
②羆（音皮）：熊的一種，也叫棕熊、馬熊或人熊，毛棕褐色，能爬樹游水，直立害人。
③人立：指像人一樣站立。
④絕：非常，極其。
⑤楚：古國名，在今湖北省、湖南省一帶。

⑥ 寂寂：清靜無聲。罌：一種小口大肚的罐子。

⑦ 因為虎：指模仿老虎的聲音。

⑧ 捽（音除）：揪住。搏：捉住。挽：拉。

【譯文】

鹿害怕，貙害怕老虎，老虎害怕羆。羆披散著毛髮，可以像人一樣站立，力氣非常大而且又最能傷害人。

楚地之南有一個獵人，能用簫管吹出各種野獸的叫聲。有一天，他悄悄拿著弓、箭、罐子和火種到山上去。他先模仿鹿的叫聲，感應和引誘它的同類，等鹿一來，便在箭上燃起火種射殺它們。貙聽到了鹿的叫聲，便趕忙跑了過來。獵人很害怕，於是模仿老虎的聲音嚇唬貙。貙被嚇跑了，可老虎聽到聲音也來了，獵人更加害怕，又模仿羆的聲音，老虎也被嚇跑了。羆聽到了叫聲，前來尋找同類，到了以後，發現是個人，羆便把獵人揪住抓過來，拉扯撕裂，把他吃掉了。

愛財亡命

【原文】

永之氓咸善游①。一日，水暴甚，有五六氓乘小船絕湘水②。中濟，船破，皆游。其一氓盡力而不能尋常③。

其侶曰：「汝善游最也，今何後為？」

曰：「吾腰千錢，重，是以後。」

曰：「何不去之？」

不應，搖其首。有頃，益怠④。

已濟者立岸上，呼且號曰：「汝愚之甚，蔽⑤之甚！身且死，何以貨為？」

又搖其首，遂溺死。

　　　　　　　　　　　——《柳河東集·哀溺文》

【注釋】

① 永：永州，今湖南省零陵縣。柳宗元長期貶在這裡。民：古時指百姓。咸：都。

② 絕：穿過，渡過。湘水：即今湖南省湘江。

③ 尋常：八尺為「尋」，再加倍為「常」，這裡指游得很慢。

④ 怠：疲倦，疲乏。

⑤ 蔽：昏聵，糊塗。

【譯文】

　　永州的百姓都善於游泳。有一天河水突然暴漲，有五六個人乘著小船橫渡湘江。橫渡到江中時，船忽然破了，船上的人紛紛跳進水裡逃生。其中有一個人費了很大的力氣但仍然沒能游多遠。

　　他的同伴說：「你是最會游泳的，今天怎麼落在後面了？」

　　那人說：「我腰間纏著一千錢，很重，所以落後了。」

　　同伴說：「為什麼不把它扔了？」

　　那人不回答，只是搖頭。過了一會，更加沒有力氣了。

　　已經游過江的人站在岸上，衝著那人又呼又叫：「你愚蠢到了極點，糊塗到了極點！人都要死了，還要錢財有何用？」

　　那人還是搖頭，於是就沉下去被淹死了。

臨江之麋

【原文】

　　臨江之人，畋得麋麑①，畜②之。入門，群犬垂涎，揚尾皆來。其人怒。怛③之。自是日抱就④犬，習⑤示之，使勿動，稍使與之戲。

　　積久，犬皆如人意。麋麑稍大，忘己之麋也，以為犬良⑥我友，抵觸偃仆⑦，益狎⑧。犬畏主人，與之俯仰⑨甚善，

然時啖⑩其舌。

　　三年，麋出門，見外犬在道甚眾，走欲與為戲。外犬見而喜，且怒，共殺食之，狼藉道上。麋至死不悟。

　　　　　　　　　　　　　　　　──《柳河東集‧三戒》

【注釋】

① 畋（音甜）：打獵。麋麑：幼鹿。

② 畜：飼養。

③ 怛（音答）：恐嚇，驚嚇。

④ 就：接近，湊近。

⑤ 習：經常。

⑥ 良：的確。

⑦ 抵觸偃仆：碰撞翻滾。抵觸：相互碰撞。偃仆：仰臥仆倒。

⑧ 益：更加。狎：態度親近而不莊重。

⑨ 俯仰：周旋，應付。

⑩ 啖（音旦）：吃，這裡表示「舔」。

【譯文】

　　臨江有個人，打獵時捉到一隻小鹿，帶回家飼養。剛一進門，家裡養的一群狗饞得流口水，都搖著尾巴過來。那個人非常憤怒，便恐嚇那群狗。從此主人每天抱著小鹿接近狗，經常讓狗看，告訴狗不可傷害它。後來又逐漸讓狗和小鹿在一起玩耍。

　　時間長了，那些狗都順從了主人的意願。小鹿逐漸長大，忘記了自己是鹿，以為狗真的是自己的朋友，和狗互相碰撞在地上打滾玩耍，越來越親近。狗害怕主人，也和鹿一起玩耍，十分友善，但時常饞得舔自己的嘴唇。

　　幾年之後，鹿走出家門，看見外面很多狗在路上，跑過去想和它們玩耍。這群野狗見了鹿非常高興，狂怒地衝上前去，一起把它吃掉了，那屍骨亂七八糟地拋在路上。那鹿到死也不明白狗怎麼會吃它。

黔之驢

【原文】

　　黔①無驢，有好事者船載以入。至則無可用，放之山下。

　　虎見之，龐然大物也，以為神。蔽林間窺之，稍出近之，慭慭然②，莫相知。

　　他日，驢一鳴，虎大駭，遠遁，以為且噬③己也，甚恐。然往來視之，覺無異能④者，益習其聲⑤，又近出前後，終不敢搏。稍近，益狎，蕩倚沖冒⑥。驢不勝⑦怒，蹄之。虎因喜，計之曰：「技止此耳！」因跳踉大㘎⑧，斷其喉，盡其肉，乃去。

　　　　　　　　　　　　　　——《柳河東集·三戒》

【注釋】

①黔：黔中道的簡稱，唐朝時設立，轄今天四川南部和貴州北部地區。

②慭（音印）慭然：小心謹慎的樣子。

③噬：咬，吃。

④異能：特殊的本領。

⑤益：漸漸。習：習慣。

⑥蕩：碰撞。倚：靠近。沖冒：衝擊，冒犯。

⑦不勝：禁不住。

⑧跳踉：騰躍跳動。㘎（音喊）：老虎怒吼的樣子。

【譯文】

　　黔地本來沒有驢，有個多事的人用船載了一頭驢進入黔地。運到以後並沒有什麼用途，便把驢放到了山腳下。

　　一隻老虎看見了驢，見它是一個龐然大物，誤以為是神怪。老虎躲在樹林裡偷偷地觀察，又慢慢地走出來，漸漸地靠近它，小心翼翼地觀

察，可實在搞不清楚這是個什麼東西。

有一天，驢突然叫了一聲，老虎大驚，趕忙逃得遠遠的，以為驢要吃自己，非常害怕。但是老虎再來回仔細打量，發現驢並沒有什麼特殊本領，漸漸地也習慣了它的叫聲，於是老虎進一步靠近驢，在它前後移動，但始終不敢進攻。再稍微靠近些，更加親近了，老虎不斷地碰撞、挨近、衝擊、冒犯驢，驢十分憤怒，就用蹄子踢老虎。老虎一看，心中暗自驚喜，悄悄地謀算著說：「它的本領也不過如此！」於是，老虎騰躍而起，大吼一聲，猛地咬斷了驢的喉管，吃光了驢的肉，方才離開。

永某氏之鼠

【原文】

永①有某氏者，畏日②，拘忌異甚③。以為己生歲直子④，鼠，子神也，因愛鼠，不畜貓犬，禁僮勿擊鼠。倉廩庖廚⑤，悉以恣鼠⑥，不問。

由是，鼠相告，皆來某氏，飽食而無禍。某氏室無完器椸，⑦無完衣，飲食，大率⑧鼠之餘也。晝纍纍與人兼行⑨，夜則竊齧鬥暴⑩，其聲萬狀，不可以寢，終不厭。

數歲，某氏徙居他州。後人來居，鼠為態如故。其人曰：「是陰類惡物也，盜暴尤甚。且何以至是乎哉？」假⑪五六貓，闔門⑫，撤瓦，灌穴，購僮羅捕之。殺鼠如丘，棄之隱處，臭數月乃已。

嗚呼！彼以其飽食無禍為可恆也哉！

—— 《柳河東集·三戒》

【注釋】

① 永：永州，今湖南零陵。

②畏日：畏忌不吉利的日子，即指迷信的禁忌。

③拘忌異甚：禁忌特別厲害。

④生歲：出生的年份。直：通「值」，遇到。子：子年，即鼠年。

⑤倉廩：古時稱穀倉為倉，米倉為廩，這裡泛指儲存糧食的倉庫。庖
　廚：廚房。

⑥悉：全都。恣：任憑。

⑦桃（音宜）：衣架。

⑧大率：大概，大多。

⑨纍纍：屢屢。兼行：一起行動。

⑩齕（音內）：咬。斗暴：凶狠爭鬥。

⑪假：借。

⑫闔門：關閉門戶。

【譯文】

　　永州有個人，特別畏懼犯禁忌之日，迷信得特別厲害。他認為他出生的那年是子年，老鼠就是子年的神，便愛護老鼠，家裡不許養貓養狗，禁止僕人打殺老鼠。家裡的倉庫、廚房，全都任憑老鼠肆意妄為，不加過問。

　　因此，老鼠們就相互轉告，都跑到他家裡來了，大吃大喝而沒有任何災禍。這個人家裡沒有一樣完整的東西，衣櫃裡沒有一件完好的衣服；凡是吃的喝的，大多是老鼠吃剩下的。大白天，老鼠經常和人在一起活動；到了夜晚，啃東西，打架鬥毆，發出的聲音千奇百怪，讓人無法睡覺，而那個人始終不感到討厭。

　　過了幾年，這個人搬到別的州去了。後來一戶人家搬進來住，老鼠依舊鬧得像過去一樣凶。新搬來的人說：「這些見不得光亮的壞東西，偷竊打鬧得太厲害了，究竟是怎麼弄到這個地步的？」便借來了五六隻貓，關上大門，掀開磚瓦，用水澆灌老鼠洞，雇僕人到處搜尋追捕。殺死的老鼠堆得跟山丘一樣，老鼠的屍體被扔到偏僻的地方，臭味好幾個月後才散去。

　　唉！那些老鼠以為這樣吃飽喝足並且沒有災禍的日子是可以永恆持久的嗎？

罵屍蟲文

【原文】

　　有道士言：「人皆有屍蟲三①，處腹中，伺人隱微失誤，輒籍記。日庚申②，幸其人之昏睡，出讒於帝以求饗。以是人多謫過、疾癘、夭死。」

　　　　　　　　　　　　——《柳河東集・罵屍蟲文》

【注釋】

① 人皆有屍蟲三：道家認為人體中有三屍，亦稱三蟲、三彭，又名青姑、白姑、血姑。上屍名彭琚，好寶物，中屍名彭瓚，好五味，下屍名彭矯，好色慾。而且上屍居腦宮，中屍居明堂，下屍居腹胃。三屍常居在人體，是慾望產生的根源，是嘉害人體的邪魔。

② 日庚申：中國古代用天干與地支配合來紀年月日時，天干有10個，地支有12個，兩兩結合，一輪為60，稱一個花甲。這裡是指庚申這一天。

【譯文】

　　有位道士說：「人體內部都有三條屍蟲，寄居在人腹中，它們暗中觀察人的隱蔽、微小的過錯，就記錄下來。到庚申那天，趁人熟睡的時候，跑出人體去玉帝那裡進讒，以求得玉帝賞給它食物。因此，人們經常會因為過失遭受貶謫、疾病、死亡。」

河豚之死

【原文】

　　河之魚，有豚其名者，游於橋間，而觸其柱，不知遠去。怒其柱之觸己也，則張頰豎鬐①，鼓腹而浮於水，久之

莫動。飛鳶過而攫之②，磔③其腹而食之。

好游而不知止，因游而觸物，不知罪己，妄肆④其忿，至於磔腹而死，可悲也夫！

——《柳河東集·河豚之死》

【注釋】

① 頰：面頰，這裡指魚腮。鬣（音獵）：魚鰭。

② 鳶（音冤）：小型猛禽，屬鷹科。攫：抓取。

③ 磔：肢體分裂，此指撕裂。

④ 肆：放縱，發洩。

【譯文】

有一種河裡的魚，名叫豚，在橋下游動，觸碰到了橋墩，不知道離橋遠點。河豚為橋墩撞到了自己而惱怒，張開魚鰓立起魚鰭，鼓起肚子浮在水面上，很久不動。老鷹飛過抓住了它，撕裂魚腹把它吃了。

喜歡游動卻不知道停止，因為游動而碰到東西，不知道反省自己的過錯，胡亂發洩其怒氣，導致被撕裂肚腹而死，多麼可悲啊！

說 天 雞

【原文】

狙氏子①不得父術，而得雞之性焉。其畜養者冠距不舉②，毛羽不彰③，兀然④若無飲啄意，泊⑤見敵，則他雞之雄也；伺晨⑥，則他雞之先也，故謂之天雞。

狙氏死，傳其術於子焉。且反先人之道，非毛羽彩錯⑦，嘴距銛利⑧者，不與其棲⑨，無復向時伺晨之儔、見敵之勇⑩，峨冠高步，飲啄而已。

吁！道之壞矣有是夫！

【注釋】

① 狙（音居）氏子：養猴人家的兒子。狙：古書裡指一種猴子，這裡是以職業為姓氏。

② 冠：雞冠。距：雄雞腿後突出像腳趾的尖銳物，鬥的時候用來刺對方。

③ 彰：鮮明。

④ 兀然：昏然無知的樣子。

⑤ 洎（音忌）：到，及。

⑥ 伺晨：早上打鳴。

⑦ 彩錯：彩色錯雜，形容羽毛美麗。

⑧ 銛（音鮮）利：鋒利。

⑨ 棲：禽類停宿。

⑩ 向時：從前。儔：這裡指雞。

【譯文】

　　一位養猴人家的兒子沒有繼承父輩的技藝，但掌握了雞的習性。他養的雞，雞冠和雞爪都不很突出，羽毛也不鮮亮，呆頭呆腦，好像連吃喝都不在意，但等到與別的雞搏鬥時，則成了雞中的英雄；早晨報曉，也在雞群中領先，所以稱之為天雞。

　　這個人去世後，他的養雞技藝傳給了兒子。而他兒子則反其道而行，不是羽毛色彩鮮亮豔麗、嘴和雞爪鋒利的雞，不予飼養。他兒子養的雞不再像之前父親所養的，報曉比其他雞早，遇見敵人時勇猛搏鬥，而是高聳著雞冠邁著氣派的步伐，能吃能喝而已。

　　唉！世風敗壞也是這個樣子啊！

貓 虎 說

【原文】

農民將有事①於原野，其老②曰：「遵故實以全③，其秋庶④可望矣。」乃具所嗜為獸之羞⑤，祝而迎曰：「鼠者，吾其貓乎！豕者，吾其虎乎！」其幼戚⑥曰：「迎貓可也，迎虎可乎？豕盜於田，逐之而去。虎來無豕，餒⑦將若何？抑又聞虎者不可與之全物，恐其決⑧之之怒也；不可與之生物，恐其殺之之怒也。如得其豕，生而全，其怒滋⑨甚。射之⑩攫之，猶畏其來，況迎之邪？噫，吾亡無日矣！」

或有決於鄉先生，先生聽而笑曰：「為鼠迎貓，為豕迎虎，皆為害乎食也。然而貪吏奪之，又迎何物為？」

由是知其不免，乃撤所嗜，不復議貓虎。

—— 《唐文粹》

【注釋】

① 有事：指祭祀活動。
② 老：對別人父母的稱呼。
③ 故實：舊事，故例。全：指祭品。
④ 庶：幸，表示希望。
⑤ 羞：通「饈」，美味的食物。
⑥ 戚：悲傷。
⑦ 餒：飢餓。
⑧ 決：咬斷。
⑨ 滋：更加。
⑩ 攫（音獲）：用捕獸籠捕取。

【譯文】

有個農民將要去田野中祭祀，他的父母告訴說：「遵照以往的慣

例，用完整的祭品，秋天才有望取得好收成。」他於是準備好野獸喜歡吃的東西作為美食，祈禱並歡迎道：「老鼠啊，我請來貓啦！野豬啊，我請來老虎啦！」他的小兒子憂傷地說：「迎來貓是可以的，迎來虎行嗎？野豬在田間偷吃莊稼，可以將它趕走，老虎來了是沒有野豬，但它餓了怎麼辦？況且我還聽說，老虎這野獸不可以給它完整的東西，恐怕會刺激它咬碎整隻的生物；不可以給它吃活的東西，恐怕會刺激它咬死活的生物。如果讓它得到野豬，是活的而且是完整的，它的狂暴就更厲害了。用弩箭射、用捕獸籠捕捉，尚且害怕它來，何況去迎接它啊！唉！我們的死期快到了！」

有人拿此事請鄉裡的先生裁決，先生聽了笑道：「為趕走鼠迎接貓，為趕走野豬迎接虎，都是因為損害我們的糧食。 然而貪官污吏搶奪食物，又該迎接什麼東西呢？」

由此看來，糧食被掠奪是無法避免的，便撤去野獸喜歡吃的食物，不再爭論貓虎之事了。

井中撈月

【原文】

昔有五百獼猴，遊行林中，俱至大樹下。樹下有井，井中有月影現。

時獼猴主①見是月影，語諸伴言：「月今日死，落在井中，當共出②之，莫今世間長夜闇冥③。」

共作議言，云：「何能出？」

時獼猴主言：「我知出法，我捉④樹枝，汝捉我尾，展轉⑤相連，乃可出之。」

時諸獼猴，即如主語，展轉相捉。樹弱枝折，一切獼猴墜入井中。

——《法苑珠林·愚戆篇·雜痴部》

【注釋】

① 獼猴主：獼猴群中的頭目。

② 出：使⋯⋯出來。

③ 長夜：長久地處於黑夜。冥：黑暗。

④ 捉：抓住。

⑤ 展轉：通「輾轉」，翻來覆去。

【譯文】

　　從前有五百隻獼猴，在樹林中遊走，一起來到一棵大樹下。大樹下有口井，井中有月影映現。

　　獼猴的頭目見此月影，對眾夥伴說：「月亮今日淹死了，落在井中，我們應該一同撈出它，不讓世間長久地處於黑夜之中。」

　　大家一起討論撈月亮的方法，說：「有什麼辦法可以把月亮撈出來？」

　　獼猴的頭目說：「我有辦法，我抓住樹枝，你抓住我的尾巴，這樣一個一個相連接，就可以夠到月亮並把它撈出來。」

　　五百隻獼猴都按照頭目的話去做，一個一個連接起來。可樹枝脆弱，突然折斷了，所有的獼猴都墜入了井中。

空中樓閣

【原文】

　　往昔之世，有富愚人，痴無所知。到餘①富家，見三重樓，高廣嚴麗②，軒敞疏朗③，心生渴仰④，即作是念：我有財錢，不減於彼，云何頃來而不造作如是之樓？

　　即喚木匠而問言曰：「解作彼家端正舍不⑤？」

　　木匠答言：「是我所作。」

　　即便語言：「今可為我造樓如彼。」

是時，木匠即便經地疊墼⑥作樓。愚人見其疊墼作舍，猶懷疑惑，不能了知，而問之言：「欲作何等⑦？」

　　木匠答言：「作三重屋。」

　　愚人復言：「我不欲下二重之屋，可先為我作最上屋。」

　　木匠答言：「無有是事。何有不作最下屋而得造彼第二之屋？不造第二，云何得造第三重屋？」

　　愚人固言：「我今不用下二重屋，必可為我作最上者。」

　　時人聞已，便生怪笑，咸作是言：「何有不造下第一屋而得上者？」

──《百喻經‧三重樓喻》

【注釋】

①餘：其他的，別的。

②高廣：高大，寬廣。嚴麗：莊嚴，華麗。

③軒敞：敞亮。疏；通達。朗：明亮。

④渴：迫切的。仰：羨慕。

⑤解：懂，明白。不：通「否」，表疑問。

⑥疊墼（音基）：砌磚。墼：未燒的磚坯，這裡指磚。

⑦何等：什麼樣的。

【譯文】

　　從前，有一個愚蠢無知的富人。有一次他到另一個富人家裡，看見一座三層的樓閣，高大寬廣，莊嚴華麗，寬敞明亮，非常羨慕，心裡想：我也很有錢，並不比他少，為什麼以前沒想到造一座這樣的樓呢？

　　富人立刻叫來木匠，說道：「你能不能造一座跟那家一樣的樓閣？」

　　木匠回答說：「那座樓就是我造的。」

　　富人便說：「那你就為我造一座跟那家一樣的樓吧。」

　　於是木匠開始量地基，疊磚，造樓。富人看見木匠疊磚，心生疑惑，不曉得是怎麼一回事，就問木匠：「你這是打算造什麼？」

木匠說：「造三層的樓呀。」

富人又說：「我不要下面的兩層，你先給我造最上面的一層。」

木匠回答說：「沒有這樣的事。哪有不造最下面一層樓而造第二層樓的？不造第二層樓又怎麼談得上造第三層樓呢？」

富人固執地說：「我就是不要下面兩層，你一定得給我造最上面一層。」

當時的人聽說了這件事，都覺得奇怪和好笑，他們都說：「怎麼可能不造第一層而直接建造上一層呢？」

盲人摸象

【原文】

有王告一大臣：「汝牽一象來示眾盲者。」……時彼眾盲各以手觸。

大王即喚眾盲各各問言：「象類①何物？」

其觸牙者即言象形如蘆菔②根，其觸耳者言象如箕③，其觸頭者言象如石，其觸鼻者言象如杵④，其觸腳者言象如木臼⑤，其觸脊者言象如床，其觸腹者言象如甕⑥，其觸尾者言象如繩。

——《大般涅槃經》

【注釋】

① 類：類似，像。

② 蘆菔（此處讀伯，他處亦讀服）：蘿蔔。

③ 箕：簸箕，揚米去其糠的器具。

④ 杵：一頭粗一頭細的圓木棒，用於舂米。

⑤ 臼：用石或木製成的舂米的器具。

⑥ 甕：甕，一種盛東西的陶器，腹部較大。

【譯文】

　　從前有一位君主對大臣說：「你去牽一頭大象來給眾盲人摸摸。」……眾盲人都各自用手去摸大象。

　　君主把盲人叫來，一個個問他們：「大象像什麼東西？」

　　摸到象牙的人說大象像蘿蔔根，摸到象耳的人說大象像簸箕，摸到象頭的人說大象像巨石，摸到象鼻的人說大象像一根杵，摸到象腳的人說大象像一塊石臼，摸到象脊背的人說大象像一張床，摸到象腹的人說大象像一隻甕，摸到象尾巴的人說大象像一根繩子。

賣　油　翁

【原文】

　　陳康肅公①善射，當世無雙，公亦以此自矜②。

　　嘗射於家圃③，有賣油翁釋擔而立，睨④之，久而不去。見其發矢十中八九，但微頷⑤之。

　　康肅問曰：「汝亦知射乎？吾射不亦精乎？」

　　翁曰：「無他，但手熟爾。」

　　康肅忿然曰：「爾安敢輕吾射！」

　　翁曰：「以我酌⑥油知之。」

　　乃取一葫蘆置於地，以錢覆其口，徐以杓酌油瀝之⑦，自錢孔入而錢不濕。因曰：「我亦無他，唯手熟爾。」

　　康肅笑而遣之。

　　　　　　　　——《歐陽文忠公文集‧歸田錄》

【注釋】

①陳康肅公：陳堯咨，北宋人，諡號康肅。

②自矜（音今）：自誇，自詡。

③家圃：家裡射箭的場地。

④睨：斜著眼看，表示輕蔑，不以為然的樣子。

⑤頷：點頭。

⑥酌：量，斟。

⑦杓：通「勺」，杓子，舀東西的器具。瀝：液體向下灌注。

【譯文】

　　陳康肅公善於射箭，他的技藝當時無人能敵，他也為此驕傲自負。

　　他曾經有一天在家裡的射箭場上射箭，有一個賣油翁放下擔子，站在場邊斜著眼睛觀看，很久都沒有離開。他看到康肅公射箭，十次有八九次射中靶子，只是微微點點頭。

　　康肅公問道：「你也懂得射箭嗎？難道我的箭術不精湛嗎？」

　　賣油翁說：「沒有什麼，只不過手熟罷了。」

　　康肅公生氣地說：「你竟敢輕視我的箭術！」

　　賣油翁說：「我從倒油的經驗中瞭解到這個道理。」

　　於是賣油翁取來一隻葫蘆放在地上，又拿來一枚帶孔的銅錢覆蓋在葫蘆嘴上，慢慢地用勺子舀油注入葫蘆，只見油從錢孔中注入，銅錢未被沾濕。賣油翁因此說道：「這沒什麼，只是手法熟練罷了。」

　　康肅公笑著讓他走了。

恐鐘有聲

【原文】

　　陳述古密直①，嘗知②建州浦城縣。富民失物，捕得數人，莫知的為盜者③。述古紿④曰：「某廟有一鐘，至靈，能辨盜。」

　　使人迎置後閣祠之⑤。引囚立鐘前，諭曰：「不為盜者摸之無聲，為盜者則有聲。」

　　述古自率同職⑥禱鐘甚肅。祭訖⑦，以帷圍之。乃陰⑧使

人以墨塗鐘。良久，引囚逐一令引手入帷摸之。出乃驗其手，皆有墨，唯有一囚無墨。訊之，遂承為盜。

　　蓋恐鐘有聲，不敢摸也。

——《夢溪筆談·權智》

【注釋】

①陳述古：即陳襄，字述古，宋代人，神宗時為侍御史。密直：「樞密院直學士」簡稱。樞密院是古代掌管軍事和邊防等的官署。

②知：主持，管理，這裡指做縣令。

③莫：沒有誰，沒有哪一個。的：的確，確實。

④紿（音待）：欺騙。

⑤後閣：指官署後院的側門。祠：祭祀。

⑥同職：同僚，同事。

⑦訖：完畢，結束。

⑧陰：暗中。

【譯文】

　　樞密院直學士陳述古，曾出任建州浦城知縣。有一次，一個富人失竊。雖然抓到一些人卻不知道哪個是真正的盜賊。陳述古騙他們說：「某某廟裡有一口鐘，能辨認盜賊，特別靈驗。」

　　他派人把那口鐘抬到官署後閣加以供奉。把這群囚犯帶到鐘前，對他們說：「沒有偷東西的人觸摸這口鐘，它不會發聲；偷了東西的人觸摸，鐘就會發出聲響。」

　　陳述古親自率領他的同僚，在鐘前十分恭敬地祈禱。祭祀完畢後，用帷帳把鐘圍起來，暗地裡讓人用墨汁塗鐘。過了很久，領著犯人讓他們一個個把手伸進帷帳裡去摸鐘。出來就檢驗他們的手，發現都有墨汁，只有一人手上無墨。對這個人進行審訊，他這才承認自己是盜賊。

　　原來這個人是害怕鐘響，不敢去觸摸。

日 喻

【原文】

生而眇^①者不識日，問之有目者。

或告之曰：「日之狀如銅盤。」扣盤而得其聲。他日聞鐘，以為日也。

或告之曰：「日之光如燭。」捫^②燭而得其形。他日揣^③，以為日也。

日之與鐘、亦遠矣，而眇者不知其異，以其未嘗見而求之人也。

—— 《蘇東坡集》

【注釋】

① 眇（音秒）：原文指瞎了一隻眼，這裡指兩眼俱瞎。

② 捫（音門）：按，摸，這裡指敲打。

③ 篪（音悅）：古代漢族管樂器，像編管之形，形狀像笛而較短。

【譯文】

有個人生下來就瞎了眼睛，不知道太陽是什麼樣子，就去問眼睛正常的人。

有人告訴他說：「太陽的形狀像個大銅盆。」盲人回到家中就敲起了銅盆，盆子發出了聲響。後來他聽到鐘聲，以為這就是太陽了。

又有人告訴他說：「太陽發光，就像蠟燭一樣。」盲人摸了摸蠟燭，知道了蠟燭的形狀。後來他摸到一根竹笛，以為這就是太陽了。

太陽與鐘、竹笛相差太遠了，但是盲人不知道它們之間的區別，這是因為他從來沒有見過太陽，而是全靠詢問別人。

謝醫卻藥

【原文】

　　始吾居鄉，有病寒而咳者，問於醫，醫以為蠱①，不治且殺人。取其百金而治之，飲以蠱藥，攻伐其腎腸，燒灼其體膚，禁切其飲食之美者②。期月③，而百疾作，內熱惡寒，而咳不已，累然④真蠱者也。

　　又求諸⑤醫，醫以為熱，授之以寒藥，且朝吐之，暮夜下之，於是始不能食。懼而反之，則鐘乳、烏喙⑥，雜然並進，而漂疽癰疥眩瞀之狀⑦，無所不至。

　　三易醫而疾愈甚。

　　里老父⑧教之曰：「是醫之罪，藥之過也。子何疾之有！人之生也，以氣⑨為主，食為輔。今子終日藥不釋口，臭味亂於外，而百毒戰於內，勞其主，隔其輔，是以病也。子退而休之，謝醫卻藥⑩，而進所嗜，氣完而食美矣，則夫藥之良者，可以一飲而效。」

　　從之。期月而病良已。

——《蘇東坡集》

【注釋】

① 蠱：人腹中的寄生蟲。

② 禁切：禁忌割捨。美：指美味的食物。

③ 期月：一整月。

④ 累然：瘦弱疲憊的樣子。

⑤ 諸：「之於」的合音字。

⑥ 鐘乳、烏喙：均為中藥名。

⑦ 漂：浮現，呈現。疽癰（音居庸）：惡性膿瘡。疥：疥瘡，又稱疥癬，一種傳染性皮膚病，刺癢。眩瞀（音昌）：目眩眼花。

⑧里老父：鄉里的長輩。

⑨氣：指元氣，中醫學名詞。

⑩謝：辭謝。卻：拒絕。

【譯文】

從前我居住在鄉里，有一個人患寒病而咳嗽，去求醫，醫生診斷為腹中有蠱蟲，如不醫治會死人。他便取來百金請醫生替他治療。醫生讓他喝殺蠱蟲的藥，以攻治他的腎和腸，灼燒他的皮膚身體，並禁止他吃美味的食物。一個月後，百病都產生了，發熱怕冷，咳嗽不停，真的像是個患蠱病之人。

又去請另一醫生診斷，醫生診斷是熱病，給他吃寒藥。結果早上嘔吐，晚上腹瀉，於是開始不能進食了。病人害怕，回頭又去找原先的醫生，連石鐘乳、烏頭之類的藥也雜亂著一同吃下，結果惡性膿瘡、奇癢的疥瘡、眼睛昏花等各種毛病一齊發作。

換了三次醫生，病情更加嚴重。

鄉里的老人教導他說：「這是醫生的罪過，藥物的過錯！你有什麼病？人活著，以氣為主，食物為輔。現在你成天藥不離口，藥臭在外面擾亂，各種藥的毒性在你體內互相混戰，勞損了你體內的氣，隔斷了你的正常飲食，因此你才病了。你回家去好好休息，謝絕醫生和藥物，吃你所喜歡的食物，元氣充實了，吃東西也有味道了。這是最好的藥，一劑即可見效。」

病人聽從了老人的勸告，過了一個月，病就完全治好了。

黠　鼠

【原文】

蘇子①夜坐，有鼠方齧②，拊③床而止之，既止復作；使童子燭之，有橐④中空，嘐嘐聱聱⑤，聲在橐中。

曰：「嘻！此鼠之見閉⑥而不得去者也。」發而視之，寂

無所有，舉燭而索，中有死鼠。童子驚曰：「是方齧也，而遽⑦死耶？向為何聲，豈其鬼耶？」

覆而出之，墮地而走。雖有敏者，莫措其手。

蘇子嘆曰：「異哉！是鼠之黠也。」

——《蘇東坡集》

【注釋】

① 蘇子：即蘇軾自己。

② 齧（音內）：咬。

③ 拊：拍打。

④ 橐（音駝）：口袋。

⑤ 嘐嘐（音膠）聱聱（音纂）：象聲詞，形容老鼠咬物的聲音。

⑥ 見閉：被關閉。見：被。

⑦ 遽：就，立刻。

【譯文】

　　蘇軾夜裡坐著休息，聽見有隻老鼠正在啃東西。他拍打了床板，啃東西的聲音停下了，但剛停一會兒又馬上響起來。蘇軾叫童子拿蠟燭來照一照，發現有只空口袋，吱吱喳喳，啃東西的聲音就是從這只口袋裡發出來的。

　　蘇軾說：「噢，這隻老鼠是因為鑽進袋子裡出不來才咬啊！」開啟口袋觀察，卻靜悄悄什麼東西也沒有。舉起蠟燭去看，發現裡面有一隻死老鼠。

　　童子吃驚地說：「它剛才還在啃東西，怎麼忽然就死了呢？剛才是什麼聲音，難道是鬼嗎？」

　　童子翻轉口袋把老鼠倒出來，那隻老鼠一落地就溜了。雖然有手腳敏捷的人，也措手不及。

　　蘇軾感嘆道：「奇怪呀，這隻老鼠居然這麼狡猾！」

牧羊而夢為王公

【原文】

　　人有牧羊而復者，因羊而念馬，因馬而念車，因車而念蓋[1]，遂夢曲蓋鼓吹[2]，身為王公。

　　夫牧羊之與王公，亦遠矣；想之所因，豈足怪乎？

——《蘇東坡集》

【注釋】

① 蓋：古代車上遮雨蔽日的篷子，形圓如傘，下有柄。

② 曲蓋：弓形的車蓋。鼓吹：古代演奏的打擊樂器和吹奏樂器，如鼓、茄、簫等，這裡指王公貴族出行時隨行的儀仗樂隊。

【譯文】

　　有個人放羊回家，在路上由羊想到了馬，由馬想到了車，由車想到了車蓋。回到家做夢，夢到自己坐在弓形車蓋的馬車上，兩邊吹奏著樂曲，自己已經成為王公貴族了。

　　牧羊人和王公實在差得太遠了。但牧羊人的聯想都是有依據的，哪裡又值得奇怪呢？

威無所施

【原文】

　　忠、萬、雲安多虎[1]。有婦人晝日置二小兒沙上而浣[2]衣於水者。虎自山上馳來，婦人倉皇沉水避之，二小兒戲沙上自若。虎熟視之，至以首抵觸，庶幾[3]其一懼；而兒痴竟不知怪，虎亦卒去。

意虎之食人，必先被之以威，而不懼之人，威無所施歟！

──《蘇東坡集》

【注釋】
① 忠、萬、雲安：今重慶忠縣、萬州區、雲陽縣。
② 浣：洗濯。
③ 庶幾：或許可以，表示希望或推測。

【譯文】
　　忠、萬、雲安地方上有很多老虎。有個婦人白天把兩個小孩放在沙地上，而自己在溪中洗衣服。老虎從山上奔來，婦人慌忙跳進水裡躲避，兩個小孩子在沙上戲耍，神態依然如故。老虎盯著他們看了很久，走過去用頭觸碰他們，希望小孩害怕。而小孩天真，竟然不知道驚怪。老虎最終離去了。

　　想來那老虎吃人，必定對人施加威風，但遇到無所畏懼的人，老虎的威風就無從施加了吧！

海屋添籌

【原文】
　　嘗有三老人相遇，或問之年。
　　一人曰：「吾年不可記，但憶少年時與盤古有舊①。」
　　一人曰：「海水變桑田②時，吾輒下一籌③，爾來④吾籌已滿十間屋。」
　　一人曰：「吾所食蟠桃⑤，棄其核於崑崙山⑥下，今已與崑崙齊矣！」
　　以余觀之，三子者與蜉蝣朝菌何以異哉⑦？

【注釋】

① 盤古：神話中開天闢地的英雄。有舊：有過交情。

② 桑田：種桑樹的田地，泛指農田。

③ 籌：也稱算籌，這是古代一種計算或計數的用具。

④ 爾來：即「邇來」，近來。

⑤ 蟠桃：神話傳說中的仙桃，三千年才結一次果。

⑥ 崑崙山：神話傳說中神仙居住的地方。

⑦ 蜉蝣：一種古老的昆蟲，壽命極短。朝菌：朝生暮死的菌類植物。

【譯文】

曾經有三個老人相遇，有人問他們多大年紀了。

一位老人說：「我的年齡已不記得了，只能回憶起小時候與盤古有過交情。」

另一位老人說：「每當滄海變成桑田的時候，我就拿一個籌碼記錄一次，現在籌碼已經積滿十間屋子了。」

第三位老人說：「我曾經吃了蟠桃，把桃核丟在了崑崙山下，現在桃核長成的樹已經和崑崙山一樣高了。」

依我看來，這三位老先生，與朝生夕死的蜉蝣、朝菌有什麼區別呢？

傍人門戶

【原文】

桃符仰視艾人而罵曰①：「汝何等草芥，輒居吾上？」

艾人俯而應曰：「汝已半截入土②，猶爭高下乎？」

桃符怒，往復紛然不已。門神解③之曰：「吾輩不肖④，方傍人門戶，何暇爭閒氣耶？」

——《東坡志林》

【注釋】

①桃符：古時風俗，在元旦那日用桃木板書寫神荼、鬱壘兩神名字，懸掛門旁，以避邪。五代時期，西蜀宮廷開始在桃符上題寫聯語，後來成為春聯的別稱。艾人：古時風俗，端午節時，用艾草紮成人形，放置於門框，可以消除毒氣。

②半截入土：扎艾草人在端午節，對於元旦張貼的桃符來說，已經過了半年時間，所以艾人罵桃符已經半截入土，即已經存在了半年時間。

③解：勸解。

④不肖：不賢。

【譯文】

桃符仰面看著艾人罵道：「你是何等草芥，竟然這麼狂妄地住在我的上面？」

艾人俯身向下回應說：「你都已經半截入土了，還有臉和我爭上位和下位嗎？」

桃符大怒，和艾人反覆爭辯不休。門神從旁邊勸解他們說：「我們這些沒出息的，都依附著人家的門戶過日子，哪裡還有閒工夫爭這種無謂的意氣呀！」

措大吃飯

【原文】

有二措大①相與言志。

一云：「我平生不足，惟飯與睡耳。他日得志，當飽吃飯了便睡，睡了又吃飯。」

一云：「我則異於是。當吃了又吃，何暇復睡耶！」

——《東坡志林》

超譯·歷代經典寓言

一八一

【注釋】

①措大：也作「醋大」，舊指貧寒失意的讀書人，狀其窮酸、腐迂之相，帶有輕蔑的味道。

【譯文】

有兩個窮酸秀才湊在一起相互談論自己的人生志向。

一個說：「我這輩子缺的只有吃飯和睡覺。將來發達了，一定要吃飽了就睡，睡醒了就吃。」

另一個說：「我的想法和你不一樣，我必定是吃飽了接著吃，哪有閒工夫去睡覺啊！」

戴嵩畫牛

【原文】

蜀中有杜處士，好書畫，所寶以百數。有戴嵩①《牛》一軸，尤所愛，錦囊玉軸②，常以自隨。

一日曝③書畫，有一牧童見之，拊掌④大笑曰：「此畫鬥牛也。鬥牛力在角，尾搐⑤入兩股間，今乃掉尾⑥而鬥，謬矣！」處士笑而然之。

古語有云：「耕當問奴，織當問婢。」不可改也。

——《東坡志林》

【注釋】

①戴嵩：唐代畫家，以畫牛著稱。
②錦囊玉軸：玉軸裝裱，盛以錦囊，指對書畫作品的珍藏。
③曝：曬。
④拊掌：拍手。
⑤搐：抽縮。

⑥掉尾：搖尾巴。

【譯文】

四川有個杜處士，喜愛書畫，所珍藏的書畫有幾百件。其中有一幅是戴嵩畫的牛，尤其珍愛。他用錦囊做畫套，以玉做畫軸，經常隨身帶著。

有一天，他將書畫鋪開在太陽下曬，有個牧童看見了戴嵩畫的牛，拍手大笑道：「這張畫是畫的鬥牛啊！鬥牛的力氣用在角上，尾巴應該緊緊夾在兩腿中間。現在這幅畫上的牛卻是搖著尾巴在鬥，太荒謬了！」杜處士笑笑，感到他說的很有道理。

古人有句話說：「耕種的事應該去問農民，織布的事應該去問婢女。」這個道理是不能改的啊！

一蟹不如一蟹

【原文】

艾子行於海上，見一物圓而扁，且多足，問居人①曰：「此何物也？」曰：「蝤蛑②。」

既又見一物，圓扁多足，問居人曰：「此何物也？」曰：「螃蟹也。」

又於後得一物，狀貌皆若前所見而極小，問居人曰：「此何物也？」曰：「彭越③也。」

艾子喟然嘆曰：「何一蟹不如一蟹也。」

——《艾子雜說》

【注釋】

①居人：指居住在海邊的人。
②蝤蛑（音糾謀）：今稱「梭子蟹」。

③彭越：即「蟛蜞」，一螯大一螯小，一似蟹而小，螯足無毛，穴居在海邊沙窩或江河口的泥岸中。

【譯文】

艾子行走在海灘上，看見一種動物體圓而扁，有很多的腳，便問居住在海邊的人：「這是什麼東西呢？」回答說：「這是蝤蛑。」

接著又看見一種動物，扁圓多腳，又問居住在海邊的人說：「這是什麼東西呢？」回答說：「這是螃蟹。」

後來又看見一種動物，形體狀貌都和先前所看見的動物一模一樣，只是很小，便問居住在海邊的人說：「這又是什麼東西呢？」回答說：「這是彭越。」

艾子聽了長嘆一口氣，說：「為何一蟹不如一蟹呀！」

齊王築城

【原文】

齊王一日臨朝①，顧謂侍臣曰：「吾國介於數強國間，歲苦支備②，今欲調丁壯③，築大城，自東海起，連即墨④，經大行⑤，接轘轅⑥，下武關⑦，逶迤⑧四千里，與諸國隔絕，使秦不得窺⑨吾西，楚不得竊吾南，韓、魏不得持吾之左右，豈不大利耶？今百姓築城，雖有少勞，而異日不復有征戍侵虜⑩之患，可以永逸矣。聞吾下令，孰不欣躍而來耶？」

艾子對曰：「今旦大雪，臣趨朝，見路側有民，裸露僵踣⑪，望天而歌。臣怪之，問其故。答曰：『大雪應候⑫，且喜明年人食賤麥，我即今年凍死矣。』正如今日築城，百姓不知享永逸者當在何人也。」

—— 《艾子雜說》

【注釋】

① 臨朝：指帝王在朝廷上處理政務。

② 支備：調度戰備。支：調度，支付。

③ 丁壯：即壯丁，指壯年的男子。

④ 即墨：齊國的重要城市，在今山東省平度縣東南。

⑤ 大行：即太行山，主峰在今山西省晉城縣南。

⑥ 轘（音環）轅：山名，在今河南省偃師東南，接鞏義、登封二市界。
　　據《元和志》所載：「山路險阻，凡十二曲，將去復還，故曰轘。」

⑦ 武關：在今陝西省商縣東。

⑧ 逶迤（音威宜）：形容山脈、河流、道路等彎曲延續不絕。

⑨ 窺：窺覦，從縫隙或隱蔽處偷看，指伺隙圖謀。

⑩ 侵虞：侵犯。

⑪ 踣（音伯）：跌倒，倒斃。

⑫ 應候：順應時令。

【譯文】

　　齊王有天上早朝，回頭對侍臣們說：「我國處於幾個強國之間，年年苦於調度戰備，現在我想抽調一批壯丁，修築一座規模很大的城，從東海築起，連通即墨，途經太行山，連接轘轅山，直下武關，曲折蜿蜒四千里，即可與各強國隔絕，使秦國不能窺覦我國的西方，楚國不得偷犯我國的南方，韓國和魏國不得牽制我國的左右，這難道不是一件非常有利的事嗎？現在讓老百姓去修築這座城，雖會有些勞累，但日後就不會再有遠征和遭受侵犯的禍患，可以一勞永逸了。老百姓聽到我下達這個命令，誰能不歡欣踴躍地參加呢？」

　　艾子答道：「今天早晨下雪，我來赴早朝。看見路旁有一個百姓，赤身露體，凍僵在地上，望著天唱歌。我很奇怪，便問他是什麼緣故。他對我說：『這場大雪順應了時令，正高興明年人們能吃到便宜的麥子，可是我在今年就要被凍死了。』這件事正像今天所說的築城，等到城築完，不知道享受永久安樂的是些什麼人呢。」

營丘士好折難

【原文】

營丘①士，性不通慧，每多事，好折難②而不中理。

一日，造艾子問曰：「凡大車之下，與橐駝③之項，多綴鈴鐸④，其故何也？」艾子曰：「車，駝之為物甚大，且多夜行，忽狹路相逢，則難於迴避，以借鳴聲相聞，使預得迴避爾。」

營丘士曰：「佛塔之上，亦設鈴鐸，豈謂塔亦夜行而使相避邪？」艾子曰：「君不通事理乃至於此！凡鳥鵲多托高以巢，糞穢狼藉，故塔之有鈴，所以警鳥鵲也，豈以車、駝比耶？」

營丘士曰：「鷹鶻之尾，亦設小鈴，安有鳥鵲巢於鷹鶻之尾乎？」艾子大笑曰：「怪哉，君之不通也！夫鷹隼⑤擊物，或入林中，而絆足絛線，偶為木之所縮⑥，則振羽之際，鈴聲可尋而索也。豈謂防鳥鵲之巢乎？」

營丘士曰：「吾嘗見挽郎⑦秉鐸而歌，雖不究其理，今乃知恐為木枝所縮而便於尋索也。抑不知縮郎之足者，用皮乎？用線乎？」

艾子慍而答曰：「挽郎乃死者之導也，為死人生前好詰難，故鼓鐸以樂其屍耳！」

——《艾子雜說》

【注釋】

①營丘：古邑名，位於今山東臨淄西北。
②折難：難，用言論去說服和刁難別人。
③橐（音駝）駝：駱駝。

④鐸（音奪）：一種大鈴，本為古樂器，形如鏡、鉦而有舌。

⑤隼（音準）：一種體型較小的猛禽。

⑥綰：把長條形的東西盤繞起來打成結。

⑦挽郎：舊俗，出殯時牽引靈柩唱輓歌引路的人。

【譯文】

　　營丘有個讀書人，性情不善變通，但每每多事，喜歡用言論去刁難別人，卻又不合情理。

　　一天，他拜訪艾子時問道：「凡是大車下面和駱駝的脖子上，大多掛著鈴鐸，那是什麼原因呢？」艾子說：「車和駱駝都是比較大的東西，並且時常夜間行走，忽然在狹窄的路上相逢，就難以迴避，所以借用鈴聲讓大家互相聽見，使其預先知道迴避。」

　　營丘讀書人又說：「佛塔頂上，也掛有鈴鐸，難道說塔也夜間行路，需要藉助鈴聲使其互相迴避嗎？」艾子說道：「你不通事理，怎麼到了這般地步！凡是鳥鵲大多將巢穴築在高處，弄得下面糞便狼藉，所以塔頂上設有鈴鐸，用以驚嚇鳥鵲，怎麼可以和大車、駱駝相比呢？」

　　營丘讀書人說：「豢養的鷹鶻尾巴上也繫有小鈴鐸，哪有鳥鵲把巢築在鷹鶻的尾巴上呢？」艾子大笑道：「奇怪啊！你太不可理喻啦！鷹鶻捕捉獵物，有時要進入樹林，但它的腳爪會被繩索絆住，偶爾可能為樹木所纏繞；它撲動翅膀掙扎之時，振響鈴鐸，人們就可以循聲找去，怎麼能說是為了防備鳥鵲做巢呢？」

　　營丘讀書人說：「我曾經看見出殯時牽引靈柩的人搖著鈴鐸唱輓歌，一直沒弄清其中道理，今天終於知道了是怕被樹枝纏住了便於別人找他啊。也不知道綁在挽郎腳上的繩子是用皮線呢，還是用絲線？」

　　艾子惱怒地答道：「挽郎是送葬隊伍的引導，因為那死者生前喜歡在別人談話時故意刁難別人，所以搖著鈴鐸以取悅他的屍體啊！」

買鳧獵兔

【原文】

　　昔有人將獵而不識鶻①，買一鳧②而去。原上兔起，擲之使擊，鳧不能飛，投於地。又再擲，又投於地。至三四。鳧忽蹣跚③而人語曰：「我鴨也，殺而食之乃其分，奈何加我以擲之苦乎？」

　　其人曰：「我謂爾為鶻，可以獵兔耳，乃鴨耶！」

　　鳧舉掌而示，笑以言曰：「看我這腳手，可以搦④得他兔否？」

　　　　　　　　　　　　　　　　　——《艾子雜說》

【注釋】

① 鶻（音古）：鷹隼類鳥名，可飼養用以打獵。

② 鳧（音服）：野鴨。

③ 蹣跚：指腿腳不靈便，走路一歪一扭、一瘸一拐的樣子。

④ 搦（音諾）：按下，抑遏。

【譯文】

　　從前有個人想打獵卻不認得鶻，竟買了一隻野鴨回去。原野上突然一隻兔子跳起來，他便趕緊把野鴨拋擲出去，讓它去抓兔子。野鴨不會飛，落在了地上。他又一次把野鴨拋擲出去，野鴨還是落在地上。這樣反覆了三四次。野鴨突然站起來一搖一擺地走著，發出人的聲音說道：「我是野鴨呀，被殺了吃肉才是我的本分，為什麼把胡亂拋擲的痛苦強加在我的身上呢？」

　　那人說：「我以為你是鶻，可以捕兔子，誰知你竟是野鴨啊！」

　　野鴨舉起蹼掌給那人看，笑著對他說：「你看看我這蹼掌，能抓住那兔子嗎？」

超譯·歷代經典寓言

一八八

龍王逢蛙

超譯‧歷代經典寓言

【原文】

　　昔有龍王，逢一蛙於海濱，相問訊後，蛙問龍王曰：「王之居處何如？」

　　王曰：「珠宮貝闕[①]，翬飛璇題[②]。」

　　龍復問：「汝之居處何若？」蛙曰：「綠苔碧草，清泉白石。」

　　復問曰：「王之喜怒如何？」

　　龍曰：「吾喜則時降膏澤[③]，使五穀豐稔[④]；怒則先之以暴風，次之以雷霆，繼之以飛電，使千里之內，寸草不留。」

　　龍謂蛙曰：「汝之喜怒何如？」

　　曰：「吾之喜則清風明月，一部鼓吹[⑤]；怒則先之以努眼[⑥]，次之以腹脹，然後至於脹過而休。」

　　　　　　　　　　　　——《艾子雜說》

【注釋】

①珠宮：用珍珠綴成的宮殿。貝闕：用彩貝綴成的樓宇。

②翬（音揮）飛：形容宮殿壯麗。翬：原指山雉的羽毛，引申為飛的樣子。璇題：美玉雕刻的題額。璇：美玉。

③膏澤：滋潤土壤的雨水。

④稔：莊稼成熟。

⑤鼓吹：本為古代的一種樂器合奏，這裡指蛙鳴聲。

⑥努眼：瞪大眼睛。

【譯文】

　　從前，龍王在海邊碰到一隻青蛙，互相問訊之後，青蛙問龍王說：

「龍王您居住的地方是怎麼樣的？」

龍王說：「用珠寶海貝建造的宮殿，飛簷壯麗，玉額華美。」

龍王也問道：「你居住的地方是怎樣的呢？」青蛙說：「有綠色的苔蘚，碧青的草叢，還有清澈的山泉，潔白的石頭。」

青蛙又問道：「龍王您高興和發怒時會是怎樣的？」

龍王說：「我開心時就會降下滋潤的雨水，使得莊稼有好的收成；發怒時就先刮狂風，然後是雷霆，繼之以閃電，致使方圓千里之內寸草不留。」

龍王問青蛙說：「你高興和發怒時會怎樣呢？」

青蛙說：「我開心時就會清風明月，使勁地鳴叫；發怒時就先鼓暴出眼睛，然後膨脹肚子，脹到極點就完事啦。」

非其父不生其子

【原文】

齊有富人，家累①千金。其二子甚愚，其父又不教之。

一日，艾子謂其父曰：「君之子雖美，而不通世務，他日曷能克其家②？」

父怒曰：「吾之子敏③，而且恃多能④，豈有不通世務耶？」

艾子曰：「不須試之他，但問君之子所食者米從何來？若知之，吾當妄言⑤之罪。」

父遂呼其子問之。其子嘻然笑曰：「吾豈不知此也？每以布囊取來。」

其父愀然⑥而改容曰：「子之愚甚也！彼米不是田中來？」

艾子曰：「非其父不生其子。」

——《艾子雜說》

【注釋】

① 累：積攢。

② 曷（音何）：何，怎能。克：勝任。

③ 敏：靈敏，聰明。

④ 多能：多種本領。

⑤ 妄言：造謠誣衊。

⑥ 愀（音巧）然：神色變得嚴肅。

【譯文】

　　齊地有個富人，家裡積攢了許多錢財。但是他的兩個兒子很愚笨，做父親的又不教導他們。

　　一天，艾子對他們的父親說：「你的兒子雖然都長得很漂亮，但不通世務，將來怎麼擔當起這個家呢？」

　　他們父親非常惱怒，說：「我的兒子很聰明，並且具有各種本領，怎麼會不通世務呢？」

　　艾子說：「不需要測試別的，只要問你的兒子吃的米，是從哪裡來的？如果他們知道，我承擔妄言亂語的罪名。」

　　父親就叫來他的兒子詢問。他的兒子笑嘻嘻地說：「我怎麼會不知道這個呢？米每次都是從布袋裡取來的。」

　　他父親聽了神情嚴肅起來，改變了面容說：「你們真是笨到極點了！難道不知道米是從田裡來的嗎？」

　　艾子說道：「沒有這樣的父親，不會生出這樣的兒子！」

鬼怕惡人

【原文】

　　艾子行水途，見一廟，矮小而裝飾甚嚴。前有一小溝，有人行至，水不可涉。顧廟中，而輒取大王像，橫於溝上，履①之而去。

復有一人至，見之，再三嘆之曰：「神像直有如此褻慢②！」乃自扶起，以衣拂飾，捧至座上，再拜而去。

須臾，艾子聞廟中小鬼曰：「大王居此以為神，享里人祭祀，反為愚人之辱，何不施禍以譴③之？」

王曰：「然則禍當行於後來者。」

小鬼又曰：「前人以履大王，辱莫甚焉，而不行禍；後來之人，敬大王者，反禍之，何也？」

王曰：「前人已不信矣，又安禍之！」

艾子曰：「真是鬼怕惡人也！」

——《艾子雜說》

【注釋】

① 履：踩，踩踏。
② 直：通「值」，當。褻（音謝）慢：輕慢，不莊重。
③ 譴：責備，這裡指懲處。

【譯文】

艾子行走在一條水道上，遇到一座寺廟，雖然建築矮小但裝飾莊嚴肅穆。寺廟前有一條小水溝，有一個人走到溝旁，無法涉水過去。他回到廟裡，就搬起廟中大王的神像，橫放在水溝上，踩著過去了。

又有一人來到這裡，見此情景，連連嘆息道：「神像怎麼能受到這般冒犯褻瀆！」於是親自將神像扶起，用自己的衣服擦拭乾淨，捧回神座上，再三拜祭後方才離去。

沒多久，艾子聽到寺廟中有小鬼在說話：「大王在這裡做神仙，享受鄉民的祭祀，反而被愚昧無知的人侮辱了，為什麼不施加災禍責罰他呢？」

大王說：「若是這樣，那麼災禍應該施加給後面過來的那個人。」

小鬼又問：「前面那個人用腳踐踏大王，再沒有比這更大的侮辱了，卻不把災禍施加給他；後面過來那個人，對大王是恭敬的，反而施

加災禍給他，這是為什麼呢？」

大王說：「前面那個人已經不信鬼神了，我又怎麼能夠降禍於他呢？」

艾子感嘆道：「真的是鬼怕惡人啊！」

肉食者鄙

【原文】

艾子之鄰，皆齊之鄙①人也。聞一人相謂曰：「吾與齊之公卿，皆人而稟三才②之靈者，何彼有智，而我無智？」

一曰：「彼日食肉，所以有智；我平日食粗糲③，故少智也。」

其問者曰：「吾適有糶④粟錢數千，姑與汝日食肉試之。」

數日，復又聞彼二人相謂曰：「吾自食肉後，心識明達⑤，觸事有智，不徒⑥有智，又能窮理。」

其一曰：「吾觀人腳面，前出甚便，若後出豈不為繼來者所踐？」其一曰：「吾亦見人鼻竅，向下甚利，若向上，豈不為天雨注之乎？」

二人相稱其智。

艾子嘆曰：「肉食者其智若此。」

——《艾子雜說》

【注釋】

① 鄙：鄙陋無知。

② 三才：指天、地、人。

③ 粗糲：粗米，粗糧。

④糶（音跳）：賣糧食。

⑤心識：思維見識。明達：清晰通達。

⑥不徒：不僅，不但。

【譯文】

　　艾子的鄰居，都是齊國鄙陋無知之人。曾聽到一人對另一個人說：「我與齊國的公卿大夫，都是接受了天、地、人之靈氣的，為什麼他們有智慧，而我沒有智慧呢？」

　　另一個人說：「他們天天吃肉，所以有智慧；我們平常盡吃些粗茶淡飯，所以缺少智慧。」

　　那個問話的說：「我正好有賣糧食的錢數千，姑且拿出來與你天天吃肉試試看。」

　　過了幾天，又聽到他倆對話：「我自從吃肉以後，思維見識清晰通達，遇到什麼事情都有智慧，不僅有智慧，還能深刻探究其中的道理。」

　　另一個人說：「我觀察人的腳面，向前面伸出很合適，如果朝後面伸出，豈不是要被後面跟來的人踩到嗎？」前一個人說：「我也看到人的鼻孔向下長很適合，如果向上長，豈不是要被天上下的雨灌進去了嗎？」

　　兩人互相稱讚起他們的才智來了。

　　艾子聽後感嘆道：「吃肉的人智力就是這樣啊！」

神狗自道我是

【原文】

　　艾子有從禽之僻①，畜一獵犬，甚能搏②兔。艾子每出，必牽犬以自隨。凡獲兔，必出其心肝以與之食，莫不飫③足。故凡獲一兔，犬必搖尾以視艾子，自喜而待其飼也。

　　一日出獵，偶兔少，而犬飢已甚。望草中二兔躍出，鷹

翔而擊之。兔狡，翻覆之際，而犬已至，乃誤中其鷹，斃焉，而兔已走矣。

艾子匆遽④將死鷹在手，嘆恨之次⑤，犬亦如前搖尾自喜，顧艾子以待食。

艾子乃顧犬而罵曰：「這神狗猶自道我是哩⑥！」

——《艾子雜說》

【注釋】

① 從禽之僻：追獵鳥獸的癖好。僻：通「癖」，嗜好。
② 搏：捕捉。
③ 飫：飽食。
④ 匆遽：匆忙，急促。
⑤ 次：中間。
⑥ 神狗：莫名其妙的狗。這裡的「神」字帶貶義。哩：通「哩」。

【譯義】

艾子有打獵的愛好，養的一條獵狗非常擅於捕捉兔子。艾子每次出去打獵，必定要讓它跟隨著自己。每次捕捉到兔子後，必定會掏出兔子的心肝給它吃，沒有一次不給它吃飽的。所以每次捕捉到兔子，獵狗定會搖著尾巴注視著艾子，喜滋滋地等待著艾子餵牠。

有一天艾子出去打獵，偶然兔子很少，而獵狗已經餓得咕咕叫了。忽然，看見兩隻兔子從草叢中跳出來，獵鷹飛過去追擊。兔子很狡猾，東逃西躥之際，獵狗已經奔過去，撲上去卻誤咬到獵鷹，把獵鷹咬死了，而兔子趁機逃跑了。

艾子匆忙跑過去把死鷹撿起來，心疼憤恨之時，獵狗又像從前那樣搖著尾巴沾沾自喜地走來，看著艾子，等待著給它餵食。

艾子瞪著獵狗痛罵道：「你這條莫名其妙的狗，竟然還在這裡自以為了不起哩！」

口是禍之門

【原文】

艾子病熱，稍昏，夢中神遊陰府①，見閻羅王②升殿治事。有數鬼抬一人至，一吏前白之曰：「此人在世，唯務持人陰事③，恐取財物；雖無過者，一巧造端④，以誘陷之，然後摘⑤使准法。合以五百億萬斤柴於鑊湯中煮訖放⑥。」

王可之，令付獄。有一牛⑦執之而去。

其人私謂牛頭曰：「君何人也？」

曰：「吾鑊湯獄主也，獄中之事皆可主之。」

其人又曰：「既為獄主，固首主也，而豹皮褌若此之弊⑧？」

其鬼曰：「冥中⑨無此皮，若陰人焚化方得，而吾名不顯於人間，故無焚觊⑩者。」

其人又曰：「某之外氏⑪獵徒也，家常有此皮，若蒙獄主見憫，少減柴數，得還，則焚化十皮，為獄主作。」

其鬼喜曰：「為汝去『億萬』二字，以欺其徒，則汝得速還，兼免沸煮之苦三之二也。」

於是又入鑊煮之。其牛頭者，時來相問，小鬼見如此，必欲庇之，亦不敢令火熾，遂報柴足。

即出鑊，束帶將行，牛頭曰：「勿忘皮也。」

其人乃回顧曰：「有詩一首奉贈云：『牛頭獄主要知聞，權在閻王不在君；減刻官柴猶自可，更求枉法豹皮。」

牛頭大怒，又入鑊湯，益薪煮之。

艾子既寤，語於徒曰：「須信口是禍之門也。」

——《艾子雜說》

【注釋】

① 神：指靈魂。陰府：即陰曹地府的簡稱，迷信稱人死後進入的世界為
　　陰間，統治陰間的官府為陰府。

② 閻羅王：簡稱閻王，迷信中統領陰間的神。

③ 務：從事。持：挾持。陰事：隱私之事。

④ 造端：捏造事端。

⑤ 摘：摘取。

⑥ 合：應當。鑊：古時指無足的鼎，後泛指鍋。

⑦ 捽（音足）：揪。

⑧ 裩：通「褌」，褲子。弊：敗壞，破爛。

⑨ 冥中：指陰間。

⑩ 貺（音況）：贈，賜。

⑪ 外氏：舅舅家。

【譯文】

　　艾子生病發高燒，有些昏昏沉沉，睡夢中神遊陰曹地府，正見到閻
羅王升堂問事。有幾個小鬼抬上來一個人，一個鬼吏上前稟報導：「這
個人在陽世時，只顧著幹些挾制別人隱私的缺德事，用恐嚇手段詐取財
物；就連清白無過的人，也被他巧設機關，誘迫拖下水，然後按他的指
使照他的辦法去幹壞事。對此人應該用五百億萬斤柴火放在鍋中燒煮，
然後再放他回去。」

　　閻王同意了，下令交付牢獄執行。有個牛頭鬼上來揪住他押了下
去。

　　那個人私下詢問牛頭鬼說：「你是什麼人呀？」

　　牛頭鬼說：「我是鑊湯獄的主管者，凡是鑊湯獄中的事情我都可以
做主。」

　　那人又問：「既然是獄中的主管者，必定是首領了，但為什麼穿的
豹皮褲子這麼破呀？」

　　牛頭鬼說：「陰間沒有這種豹皮，如果陽間有人燒化才能得到。而
我的名望在人世間並不顯著，所以沒有人燒化給我。」

　　那人又說：「我舅舅是個獵戶，家裡常有這種皮，若得到您的憐

憫，減少一些燒柴數字，我能夠活著回去，就一定燒化十張豹皮，為獄主您做一條豹皮褲。」

牛頭鬼大喜道：「我為你刪除『億萬』二字，以欺騙那些小鬼，你就可以迅速回家，並可減去三分之二開水燒煮的苦楚！」

於是，將那人又進鍋裡去煮。這個牛頭鬼不時來詢問情況，小鬼們見牛頭鬼這般態度，想必是要保護那人，也就不敢把火燒得太旺，於是報告說柴禾已經夠了。

那人出了湯鍋，繫好了腰帶準備要走，牛頭鬼說：「可別忘了那豹皮！」

那人便回過頭來對牛頭鬼說：「有一首詩贈送給你：牛頭獄主要知聞，權在閻王不在君；減刻官柴猶自可，更求枉法豹皮褲。」

牛頭鬼一聽勃然大怒，又把那人又進滾燙的大鍋中，添加柴禾去燒煮他。

艾子醒了後，對他的徒弟說：「必須相信嘴巴是釀成災禍的大門啊！」

恃勝失備

【原文】

有人嘗遇強寇鬥。矛刃已接，寇先含水滿口，忽噀①其面。其人愕然，刃已揕②胸。後又一壯士，復與寇遇，已先知水之事。寇復用之，水才出口，矛已洞頸。蓋以陳芻狗③，其機已洩。恃④勝失備，反受其害。

——《夢溪筆談·權智》

【注釋】

① 噀（音訓）：含在口中而噴出。
② 揕（音振）：刺。
③ 蓋：因為。陳芻狗：古代祭祀時用過的用茅草紮成的狗，比喻過時的

無用的東西。芻（音除）：草。

④恃：倚仗。

【譯文】

　　有個人曾經遇到一個強盜並與他搏鬥。雙方的矛與刃已經交鋒，強盜預先含了滿滿一口水，忽然噴向他的臉。那個人大吃一驚，利刃已經刺入了胸口。後來又有一個壯漢也與強盜相遇，事先知道這個強盜會噴水。強盜再次使出這一招，水剛剛出口，矛已經刺穿了強盜的脖子。因為這已是無用的伎倆，其機密已經洩漏了。倚仗著曾經的勝利而不加防備，反而受其傷害。

只許州官放火

【原文】

　　田登作郡①，自諱②其名，觸者必怒，吏卒多被榜笞③。於是舉州皆謂燈為火。

　　上元④放燈，許人入州治⑤遊觀。吏人遂書榜揭於市曰：「本州依例放火三日。」

——《老學庵筆記》

【注釋】

①田登：宋朝人。作郡：做某地郡守。

②諱：避諱。

③榜笞（音吃）：公告用竹板拷打。

④上元：陰曆正月十五為上元節，也稱元宵。

⑤州治：舊時一州最高行政長官的官署，這裡指內城。

【譯文】

　　田登做郡守時，忌諱別人直呼他的名字，凡有觸犯者，必定大發雷

霆，不少吏卒因此遭到鞭笞毒打。於是全州的老百姓都把「燈」（與「登」同音）稱為「火」。

正月十五元宵節放花燈，允許老百姓進城遊覽觀看。他手下的官吏不敢寫「放燈」，只好在公告牌上寫道：「本州按照慣例放火三天。」

富翁五賊

【原文】

昔有一士，鄰於富家，貧而屢空①，每羨其鄰之樂。旦日，衣冠謁②而請焉。

富翁告之曰：「致富不易也。子歸齋三日，而後予告子以其故。」

如言，復謁，乃命待於屏間③，設高几，納師資之贄④，揖而進之，曰：「大凡致富之道，當先去其五賊。五賊不除，富不可致。」

請問其目，曰：「即世之所謂仁、義、禮、智、信是也。」

士盧胡而退⑤。

——《桯史》

【注釋】
① 屢空：指經常貧困。
② 謁：拜見，拜訪。
③ 屏間：屏風外面。
④ 師資：拜師的錢財禮物。贄（音治）：古時初次求見人時所送的禮物，見面禮。
⑤ 盧胡：也作「胡盧」，原指笑聲發於喉間，這裡是沉默之意。

【譯文】

　　從前有個讀書人，住在一個富翁的隔壁，自家卻長期貧窮，總是羨慕鄰居的富裕快活。有一天，他穿戴整齊登門拜訪，向鄰居請教致富的方法。

　　富翁告訴他說：「發家致富不是件容易的事啊！你先回去戒齋三天，然後我再告訴你其中的奧秘。」

　　讀書人按照鄰居說的做了，然後再來拜訪。富翁便讓他在屏風外面等著。富翁擺好了高大的几案，接受了對方拜師的禮物，作了個揖，而後請讀書人進屋，說：「大概說來，致富的奧秘，應當首先革除五大禍害。五大禍害不革除，富貴是不可能得到的。」

　　讀書人請問五大禍害的名稱。富翁說：「就是世人所說的仁、義、禮、智、信這些呀！」

　　讀書人聽了，閉口沉默而去。

看命司

【原文】

　　中都有談天者①，居於觀②橋之東，日設肆③，於門標之曰「看命司④」。

　　其術稍售，其徒⑤憎之曰：「司者，有司⑥之稱，一妄庸術，乃以有司自命，豈理也哉！」相與謀訟⑦之。

　　一人起曰：「是不難，我能使之去。」

　　旦日，徒居其對衢⑧，亦易其標曰「看命西司」。過者多悟而笑，其人愧赧⑨，亟⑩撤不敢留。

──《桯史》

【注釋】

①中都：指京城。談天者：測算天命之人，即算命先生。

② 觀：宮門前的雙闕，後用以指代「宮門」。

③ 設肆：擺攤。肆：商鋪、手工業作坊。

④ 司：官署。

⑤ 徒：徒眾，這裡指同行。

⑥ 有司：指官吏。古代設官分職，各有專司，故稱有司。

⑦ 訟：原指在法庭上爭辯是非曲直，這裡指對付那人的辦法。

⑧ 衢（音渠）：大街。

⑨ 赧（音染）：因羞愧而臉紅。

⑩ 亟：急切，急忙。

【譯文】

　　京城有個算命的人，坐在宮門橋的東面，白天擺個攤，在門額上掛起一塊招牌，稱為「算命的官署」。

　　算命稍稍有了些生意，他的一些同行憎恨他，說：「所謂司，是官署的稱呼，這樣一種信口胡謅的小技藝，卻自稱為官署，真是豈有此理！」於是幾個人商量著要與他論個是非曲直。

　　有一個人站起來說：「這並不難，我有辦法讓他離開。」

　　第二天，這個人搬到對面的街道上，也掛起一個招牌，說是「算命西官署」。

　　路過的人大多領會其中的意味而笑，那個算命先生羞愧不已，趕忙撤掉算命攤離去了。

更渡一遭

【原文】

　　昔有人得一鱉，欲烹而食之，不忍當①殺生之名，乃熾火使釜水百沸②，橫筱③為橋，與鱉約曰：「能渡此則活汝。」

　　鱉知主人以計取之，勉力爬沙④，僅能一渡。

主人曰：「汝能渡橋，甚善！更⑤為我渡一遭，我欲觀之。」

——《桯史》

【注釋】
① 當：擔當，承擔。
② 熾：火燒得很旺。釜：古代的一種炊具。
③ 筱：小竹子。
④ 爬沙：螃蟹行走叫爬沙，這裡指甲魚爬行。
⑤ 更：再，重覆。

【譯文】
　　從前有一個人得到一隻甲魚，想要煮了吃掉，但不願承擔殺生的惡名，於是便用烈火將鍋裡的水燒得滾燙，在鍋上橫架一根小竹子作為橋，與甲魚約定說：「你能夠渡過此橋，我就讓你活命。」
　　甲魚知道主人是用計謀要奪取它性命，就用盡全力往前爬，勉強地爬了過去。
　　主人說：「你能渡過這橋，太好了！請再為我爬一回，我想要好好看看。」

墨魚自蔽

【原文】
　　海有蟲，拳然①而生者，謂之墨魚。其腹有墨，游於水，則以墨蔽②其身，故捕者往往跡墨而漁之③。
　　噫！彼所自蔽者，乃所以自禍④也歟？人有恃智，亦足以鑑。

——《田間書·雜言》

【注釋】

① 拳然：捲曲不伸展。

② 蔽：隱蔽。

③ 跡：循著墨跡。漁之：逮到。

④ 自禍：自己招來災禍。

【譯文】

　　海裡有一種生物，捲曲著生長，叫作墨魚。它的腹中有墨囊，游在水中時，就用墨汁掩護自己，所以捕魚的人往往跟蹤著墨跡就能逮到它了。

　　啊！它用來隱護自己的東西，恰好是給自己招來災難的原因啊！那些憑藉著自己小聰明的人，也應該以此為鑑了。

赴火蟲

【原文】

　　林子夜對客①，有物粉羽②，飛繞燭上。以扇驅之，既去復來。如是者七八，終於焦首爛額，猶撲撲，必期以死。人莫不笑其愚也。

　　予謂聲色利慾，何啻膏火③？今有蹈之而不疑、滅其身而不悔者，亦寧④免為此蟲笑哉？噫！

——《田間書・雜言》

【注釋】

① 對客：與客人對答聊天。

② 粉羽：帶粉的翅膀。

③ 啻（音赤）：止，只。膏火：點燈的油。

④ 寧：豈，難道。

【譯文】

有一個姓林的人，夜晚與客人對答聊天，有一隻翅膀帶粉的蛾子，繞著蠟燭飛來飛去。用扇子驅趕它，剛飛走又回來。這樣重覆了七八次，終於被燒得焦頭爛額，還不時拍打著翅膀，直到最後死亡，沒有人不笑它蠢的。

我認為聲色利慾，又何嘗不是照明之火？現今投入其中而不遲疑的、毀滅自身卻不後悔的人，不也免不了像飛蛾一樣被譏笑嗎？唉！

意成乎道

【原文】

予嘗步自橫溪①，有一叟分石而釣②，其甲得魚至多且易取，乙竟日亡所獲也。乃投竿問甲曰：「食餌③同，釣之水亦同，何得失之異耶？」

甲曰：「吾方下釣時，但知有我而不知有魚，目不瞬④，神不變，魚忘其為我，故易取也。子意乎魚，目乎魚，神變則魚逝矣，奚其獲？」

乙如其教，連取數魚。

予嘆曰：「旨⑤哉！意成乎道也！」

——《田間書・雜言》

【注釋】

①橫溪：水名，位於今江西崇義北。

②叟：老漢。分石：分別坐在兩塊石頭上。

③餌：釣魚用的魚食。

④瞬：眨眼。

⑤旨：美味，這裡引申為讚美之詞。

　　我曾經漫步於橫溪。有兩位老人分別坐在石頭上釣魚，其中甲老人釣到的魚很多，並且輕而易舉，乙老人一整天都沒有收穫。乙老人放下釣竿問甲老人：「魚餌相同，釣魚的水域也相同，為什麼我們兩人收穫差距如此之大呢？」

　　甲老人說：「我開始下釣鉤的時候，心中想到的是我自己而不是魚，眼睛不眨，神色不變，魚忘了坐在這裡的是我，所以很容易釣到。而你一心想著的是魚，眼睛盯著魚，神情多變，魚嚇跑了，怎麼能釣到呢？」

　　乙老人按照他教的做，接連釣到好幾條魚。

　　我感嘆道：「好啊！意願的實現在於掌握規律啊！」

義　鵲

【原文】

　　大慈山之陽①，有拱木②，上有二鵲各巢③而生子者。其一母為鷙④所搏，二子失母，其鳴啁啁⑤；其一方哺子，若⑥見而憐之，赴而救之，即銜置一處哺之，若其子然。

　　噫！鵲，禽屬也，非有人性也，乃能義如此，何以人而不如鳥乎？

——《田間書·雜言》

【注釋】

①陽：山的南面。

②拱木：徑圍大如兩臂合圍的樹，泛指大樹。

③各巢：各自築巢。

④鷙：鷹之類的猛禽。

⑤啁啁：鳥鳴聲。

⑥若：等到。

【譯文】

　　大慈山的南面，有一棵兩手合抱的大樹，樹上有兩隻喜鵲，各自築巢並產下小喜鵲。其中一隻喜鵲媽媽被老鷹叼走了，兩隻小喜鵲失去了媽媽，悲傷地鳴叫。另一隻喜鵲媽媽正在給自己的小喜鵲餵食，等看到兩隻失去媽媽的小喜鵲，它非常同情，飛過去救助，將它們叼回自己的巢中一同哺育，就像是對待自己的孩子一樣。

　　噫！喜鵲是一種飛禽，不會有人性，卻有這般義氣，為什麼人還比不上鳥呢？

眉眼口鼻爭能

【原文】

　　眉、眼、口、鼻四者，皆有神①也。

　　一日，口為鼻曰：「爾有何能，而位居吾上？」

　　鼻曰：「吾能別香臭，然後子方可食，故吾位居汝上。」

　　鼻為眼曰：「子有何能，而位在吾上也？」

　　眼曰：「吾能觀美惡，望東西，其功不小，宜②居汝上也。」

　　鼻又曰：「若然，則眉有何能，亦居吾上？」

　　眉曰：「我也不解與諸君廝③爭得，我若居眼鼻之下，不知你一個面皮安放哪裡？」

──《醉翁談錄》

【注釋】

①神：靈氣，靈性。

②宜：應當，應該。

③廝：相互。

【譯文】

眉毛、眼睛、嘴巴、鼻子四種器官，都有靈性。

有一天，嘴巴對鼻子說：「你有什麼能耐，位置擺在我的上面？」

鼻子說：「我能夠分辨香味和臭味，然後你才能吃，所以我的位置在你上面。」

鼻子又對眼睛說：「你有什麼能耐，位置在我的上面？」

眼睛說：「我能夠看出美醜，瞭望四方，功勞不小，應當擺在你上面。」

鼻子又說：「如果這樣，那眉毛有什麼能耐也在我上面呢？」

眉毛說：「我也不明白怎麼與你們爭得這個位置，如果我生在眼睛和鼻子底下，那不知道你這一個臉面安放在哪裡呢？」

齧鏃法

【原文】

隋末有沓君謨①善射，閉目而射，應②口而中，云志其目則中目，志其口則中口。有王靈智者學射於君謨，以為曲盡其妙，欲射殺君謨，獨擅③其美。君謨執一短刀，箭來輒④截之。惟有一矢，君謨張口承⑤之，遂齧其鏃笑曰⑥：「學射三年，未教汝齧鏃⑦法。」

——《太平廣記》

【注釋】

①沓（音展）君謨：人名。

②應：隨著。

③擅：獨攬。

④輒：就。

⑤承：接受，承接。

⑥齧（音內）：咬。鏃：箭頭。

⑦鏃（音卒）：箭頭。

【譯文】

隋朝末年，有個叫眅君謨的人擅長射箭，能夠閉著眼睛射箭，要說射哪裡就射中哪裡，想射中眼睛就射中眼睛，想射中口就射中口。王靈智向眅君謨學習射箭，自認為已經掌握了射箭的精妙技藝，想要射殺眅君謨，獨自享有神射手的美譽。眅君謨握著一把短刀，有箭射來就砍斷它。只有一支箭，眅君謨張口接住，竟然咬斷了箭頭，笑著說：「你跟我學習射箭三年，幸好沒教會你咬斷箭頭的方法。」

秦士好古

【原文】

秦朝有一士人，酷好古物，價雖貴必求之。

一日，有人攜敗席踵門①告曰：「昔魯哀公命席以問孔子②，此孔子所坐之席。」秦上大愜意③，以為古，遂以附郭之田④易之。

逾時⑤，又一人持古杖以售之，曰：「此乃太王避狄⑥，杖策去邠時所操之也⑦！蓋先孔子之席數百年，子何以償我？」秦士傾家資與之。

既而，又有人持朽碗一隻，曰：「席與杖皆未為古，此碗乃桀⑧造，蓋商又遠於周。」秦士愈以為遠，遂虛所居之宅而予之。

三器既得，而田資罄⑨盡，無以衣食，然好古之心，終未忍舍三器。於是披哀公之席，把太王之杖，執桀所作之碗，行丐於市，曰：「衣食父母，有太公九府⑩錢，乞一文！」

—— 《事林廣記》

【注釋】

① 踵門：親至其門。踵：親自到。

② 魯哀公：春秋時魯國的國君。命席：即賜給席座。

③ 愜意：稱心，滿意。

④ 負郭之田：靠近城牆的田地。郭：外城。

⑤ 逾時：過了些時候。

⑥ 太王避狄：周文王之祖古公亶父因戎狄威逼，率領族人由豳（音彬）遷到岐山下的周原（今陝西岐山北），由此成為周王朝的奠基人。

⑦ 杖策：拄著枴杖。豳：古地名，在今中國陝西省邠縣、枸邑縣西南一帶。箠：杖，棍。

⑧ 桀：姒姓，名癸，諡號桀，史稱夏桀，夏朝最後一位君主，歷史上有名的暴君。

⑨ 罄：本義為器物中空，引申為盡，用盡。

⑩ 九府：周代掌管財幣的機構。

【譯文】

　　秦朝有個讀書人，嗜好古董，即使價格再高，也一定要弄到手。

　　有一天，一個人拿著一張破爛蓆子，登門來對他說：「以前魯哀公賜坐席向孔子問政。這就是孔子所坐之席。」秦士非常高興，認為很古老了，就用靠近城牆的田地交換。

　　過了些時候，又有一個人手持一根舊枴杖來賣，對他說：「這是當初周太王避狄人之亂，離開豳地時所持的枴杖！大概比孔子所坐的蓆子早幾百年呢！您準備給我什麼樣的報酬？」秦士將家中所有的資產都給了那人。

　　接著，又有一個人手捧一個朽爛的木碗來兜售，說：「席和杖都算不上古董。我的這只木碗是夏桀所造，大概早於周朝了吧！」秦士更加覺得古老了，就把自己所住的宅院騰空給了那人。

　　秦士三件古物到手，但田產資金都已用盡，無衣無食。然而他嗜好古董之心卻始終沒有改變。於是，他就披上哀公之蓆子，拄著周公太王之杖，捧著夏桀之碗，沿街乞討，口中喊道：「衣食父母啊，您若有太公時的九府錢，就行行好賞賜我一文吧。」

越人遇狗

超譯‧歷代經典寓言

【原文】

　　越人①道上遇狗，狗下首搖尾，人言曰：「我善獵，與若中分②。」

　　越人喜，引而俱歸，食以粱肉，待之以人禮。狗得盛禮，日益倨③，獵得獸，必盡啖乃已。

　　或嗤④越人曰：「爾飲食之，得獸，狗輒盡啖，將奚⑤以狗為？」

　　越人悟，因與分肉，多自與。狗怒，齧其首，斷頸足，走而去之。

　　夫以家人豢狗，而與狗爭食，幾何不敗也！

——《伯牙琴》

【注釋】

①越人：古族名，泛指居住在長江中下游以南的各部族。

②中分：對半分。

③倨：傲慢。

④嗤：譏笑。

⑤奚：何，疑問詞。

【譯文】

　　有個越人在路上遇到一隻狗，那狗低著頭搖著尾巴，用人的聲音說道：「我擅長捕獵，捕到獵物與你平分。」

　　越人很高興，帶著狗一起回家，餵給它米飯和肉，用人的禮節待它。狗受到盛情禮遇，一天天傲慢起來，捕捉到獵物，必定自己全部吃掉。

　　有人就譏笑那越人說：「你餵養它，它捕捉到獵物，全都自己吃了，你為什麼還要養狗呢？」

越人醒悟了，因此與狗分獵物，而且自己要多拿些。狗發怒了，咬越人的頭，扯斷了他的脖子，離家而去。

把狗當成家人養，卻又和狗爭食，哪有不失敗的呢！

亡賴附鬼

【原文】

有鬼降於楚[1]曰：「天帝命我治若土，余良威福而人[2]。」眾愕然，共命唯謹[3]，祀之廟，旦旦薦血食[4]，跪而進之，將幣[5]。

市井亡賴[6]附鬼益眾，以身若婢妾然；不厭[7]，及其妻若[8]女。鬼氣所入，言語動作與鬼無不類，乃益倚氣勢，驕齊民。凡不附鬼者，必譖[9]使之禍。齊民由是重困。

天神聞而下之，忿且笑曰：「若妖也，而廟食於此，作威福不已！」為興疾霆[10]，碎其廟，震亡賴以死，楚禍遂息。

——《伯牙琴》

【注釋】

①有鬼降於楚：根據下文，應該是楚地的鬼降於齊地。
②良：善於，能。而：通「爾」，你。
③命：受命。唯謹：唯有謹慎。
④旦旦：天天。薦：獻上。血食：謂享薦牲的祭祀。
⑤幣：通「弊」，疲憊。
⑥亡賴：無賴。
⑦厭：滿足。
⑧若：這裡是「及」的意思。
⑨譖：進讒。
⑩疾霆：迅疾猛烈之雷霆。

【譯文】

有個楚地的鬼降於齊地，說：「天帝命我來治理你們這塊地方，我能夠對你們降禍賜福！」人們很是惶恐，都小心翼翼，唯命是從，將其供奉在廟中，天天宰殺牲畜獻祭，跪著獻給它，時間長了都很疲憊。

市井的無賴依附鬼的越來越多，把自己的身軀當作奴婢一樣；還嫌不夠，要其妻女也供它使喚。這些被鬼氣侵入的人，言語動作與鬼沒有不同，更加依仗鬼的勢力，對齊地的百姓驕橫。凡是不依附鬼的人，他們必定向鬼進讒言，使他罹患災禍。齊地的百姓陷入重重困境之中。

天神聽說此事降臨人間，又氣憤又好笑地說：「你這樣的鬼怪，卻在廟裡受如此供奉，作威作福沒個完！」說罷，便發動猛烈的雷霆，擊碎廟宇，震死了所有的流氓無賴，從此楚鬼帶來的災禍便得以平息。

囫圇吞棗

【原文】

客有曰：「梨益齒而損脾，棗益脾而損齒。」

一呆弟子思久之，曰：「我食梨則嚼而不咽，不能傷我之脾；我食棗則吞而不嚼，不能傷我之齒。」

狃者[1]曰：「你真是囫圇吞卻一個棗也。」遂絕倒[2]。

——《湛淵靜語》

【注釋】

[1] 狃者：開玩笑者。
[2] 絕倒：前仰後合地大笑。

【譯文】

有個客人說：「吃梨對牙齒有好處，對脾卻有損傷；吃棗對脾有益處，對牙齒卻有損害。」

有個傻小子思考了很久，猛然醒悟，說：「我吃梨的時候，只用牙

齒咬而不吞下去，這樣就不能損傷我的脾了；吃棗的時候，整個吞下去而不用牙齒嚼，這樣就不能損傷我的牙齒了。」

　　有個喜歡開玩笑的人說：「你真是囫圇吞下一個棗呀！」大家聽了笑得前仰後合。

寒號蟲

【原文】

　　五台山有鳥，名寒號蟲①。四足，有肉翅，不能飛。其糞即五靈脂②。當盛暑時，文采絢爛，乃自鳴曰：「鳳凰不如我！」比至深冬嚴寒之際，毛羽脫落，索然如鷇雛③，遂自鳴曰：「得過且過！」

——《輟耕錄》

【注釋】

① 寒號蟲：又名「鶡鴠（音何旦）」，動物名，外形如蝙蝠大。冬眠於岩穴中，入睡時倒懸其體。
② 五靈脂：中藥名。
③ 索然：孤苦的樣子。鷇雛（音顧除）：須母鳥哺食的雛鳥。

【譯文】

　　五台山上有一種鳥，名叫寒號蟲。它有四隻腳，一對肉翅，但不能飛。它的糞便就是古時用作行瘀之中藥的「五靈脂」。正當盛暑之時，它身上長滿了色彩絢麗的羽毛，於是自得其樂地叫道：「鳳凰也比不上我！」到了深冬嚴寒時節，毛羽脫落，就像剛從蛋殼裡孵出來的小鳥，它就自言自語地叫道：「能過下去就這樣過下去。」

人虎說

超譯・歷代經典寓言

【原文】

　　莆田壼山下①，有路通海，販鬻者由之②。

　　至正丁未春③，民衣虎皮，鍛利鐵為爪牙，習其奮躍之態，絕類④。乃出伏灌莽⑤中，使偵者緣木⑥而視，有負囊至者，則嘯以為信，虎躍出扼其吭⑦，殺之。或臠⑧其肉，為噬齧⑨狀；裂其囊，拔物之尤者⑩，餘封秘如故，示人弗疑。人競傳壼山下有虎，不食人，惟吭其血，且神之。

　　已而，民偶出，其婦守岩穴。聞木上聲急，意必有重貨，乃蒙皮而搏之。婦人質⑪脆柔，販者得與抗。婦懼，逸去。微見其蹠⑫，人也。歸謀諸鄰，噪逐之。抵穴，獲金帛無算，民竟逃去。

　　嗚呼！世之人虎，豈獨民也哉！

——《宋文憲公全集》

【注釋】

① 莆田：今福建莆田。壼山：即壼中山，在今莆田城南二十里處。

② 販鬻（音鬱）：販賣。由：經過。

③ 至正：元順帝妥懽帖睦爾年號。丁未：至正二十七年，公元1367年。

④ 絕類：極其相似。

⑤ 灌莽：草木叢生處。

⑥ 緣木：爬上樹。

⑦ 吭：咽喉。

⑧ 臠：切成塊的肉，割碎。

⑨ 噬齧：咬。

⑩ 拔：挑選出。尤：特異，突出，這裡指最值錢的。

⑪ 質：指體質，體格。

⑫ 蹠（音執）：腳掌。

莆田的壼山腳下，有條路通向大海，販賣貨物的商人都得從這裡經過。

至正二十七年的春天，有一個鄉民披上老虎皮，鍛造鋒利的鐵器作為爪牙，練習老虎跳躍的動作形態，與老虎極其相似。他於是出去潛伏在密林之中，派探察的人爬到樹上瞭望，發現有背著行囊的人，就模仿動物的叫聲作為訊號。那人便像老虎一樣跳出來，掐住來人的喉嚨，殺掉他，有的將其皮肉撕爛，偽裝成老虎咬過的樣子。然後開啟行人的行囊，挑選裡面最值錢的東西，剩下的仍封藏好，和原先一樣，讓人看了不起疑心。漸漸地，人們競相傳說壼山有老虎，不吃人，專門吮吸人血，並且傳得神乎其神。

不久，這個裝扮老虎的鄉民偶爾外出，他的老婆守在山洞裡。聽到樹上瞭望者的叫聲特別急迫，以為必定是有貴重的貨物，便穿上虎皮去搏殺商販。女人體質單薄而軟弱，商販便能與她對抗。婦人害怕了，就逃跑。商販看到了老虎的腳掌，原來是人啊。他回去後與鄰居謀劃，一同吆喝著追逐「老虎」。追到山洞裡，截獲的金銀財寶不可計數。假扮老虎的鄉民終究還是逃跑了。

唉！世上偽裝成老虎的，又豈止這一個鄉民！

以豕代耕

【原文】

商於子①家貧，無犢以耕，乃牽一大豕，駕之而東。大豕不肯就軛②，既就復解，終日不能破一畦③。

寧毋先生過而尤之曰④：「子過矣！耕當以牛，以其力之巨，能起塊也；蹄之堅，能陷淖⑤也。豕縱大，安能耕耶？」

商於子怒而弗應。

寧毋先生曰：「《詩》不云乎『乃造其曹，執豕於牢⑥』？

言將以為肴。今子以之代耕，不幾⑦顛之倒之乎？吾憫而詔子⑧，子乃反怒而弗答，何也？」

商於子曰：「子以予顛之倒之，予亦以子倒之顛之。吾豈不知服田⑨必以牛，亦猶牧⑩吾民者必以賢！不以牛，雖不得田其害小；不以賢，則天下受禍其害大。子何不以尤我者尤牧民者耶？」

寧毋先生顧謂弟子曰：「是蓋有激者⑪也。」

——《宋文憲公全集》

【注釋】

① 商於子：作者虛構的人物。

② 軶（音厄）：牲口拉東西時套在脖子上的曲木。

③ 哇（音其）：小塊的地。

④ 寧毋：作者虛構的人物。尤：責備。

⑤ 淖（音造）：爛泥。

⑥ 乃造其曹，執豕於牢：見於《詩經・大雅・公劉》，大意是「告訴那些夥計，捉豬在圈欄」。造：告訴。曹：夥伴，夥計。

⑦ 不幾：不近乎。

⑧ 憫：同情，憐憫。詔：告訴。

⑨ 服田：架牲口耕田。

⑩ 牧：統治，管理。

⑪ 有激者：心中有不平之氣者。激：激憤。

【譯文】

商於子家中貧窮，沒有牛耕田，就牽一頭大豬，駕起來往東走。大豬不肯被套上軶，一套上就掙脫了，一整天也不能耕完一小塊田。

寧毋先生經過時責備他道：「你錯啦！耕田應當用牛，因為牛的力氣很大，能夠翻起土塊；牛蹄子堅硬，可以站立於泥淖中。豬縱然再大，怎麼能耕田呢？」

商於子很生氣，沒有搭理他。

寧毋子先生說：「《詩經》不是說過『告訴那些夥計，捉豬在圈欄

中』嗎？這是說要將豬作為美味佳餚。如今你拿它來代牛耕地，不是把事情弄顛倒了嗎？我同情你才告訴你，你反而發怒不搭理我，為什麼啊？」商於子說：「你認為我把事情弄顛倒了，我還認為你把事情顛倒了呢。我難道不知道耕田必須用牛，就如同治理百姓必須用賢人一樣？不用牛雖然耕不好田，其害處還是小的；如果不用賢人，那麼天下百姓遭受禍害，害處就大了。你怎麼不用責備我的話去責備那些統治百姓的人呢？」

寧毋先生回頭對弟子們說：「這應該是個內心激憤的人啊！」

北宮殖碎珠

【原文】

雍丘有北宮殖①，操舟捕魚蚌自給。夜宿河濱，忽獲夜光之珠，明照百步外。雍丘之人以北宮殖得奇寶也，爭刺②羊豕往賀之，曰：「自若居雍丘，出則操舟，入則舍③舟，其衣罔罔爾④，其食㔽㔽爾⑤。宋人之窶⑥者，未有過於若也。若今一旦得奇寶，奇寶者世之珍，何欲不屢⑦哉？」

宋大夫聞之亦往賀，曰：「宋君欲求照乘之珠者十枚，既得其九，環宋國之疆而詔之，無有應者。不意若得之河濱也。若當襲以呵錫⑧，貯以寶⑨，吾挈若西獻之⑨，貴與富弗須口⑩也。」

北宮殖將行，其父還自秦，北宮殖具以告。

其父哭曰：「予居雍丘十世矣！安於一舟。今以是珠獻，必致貴富。貴富則驕，驕則暴，暴則亂，亂則危，危則大壞而後已。求如今日操舟，尚可得耶？吾安用是為也！吾安用是為也！」

碎之。

【注釋】

① 雍丘：地名，春秋時杞國故都，後歸屬宋國，在今河南省杞縣。北宮
殖：人名，複姓北宮。

② 刺：殺。

③ 舍：居住。

④ 罔罔爾：衣服破破爛爛的樣子。罔：通「網」。爾：「而已」的合音
字。

⑤ 扈（音戶）扈爾：食物粗劣，什麼都吃。扈扈：形容寬廣，寬泛。

⑥ 窶（音具）：貧窮。

⑦ 饜（音厭）：吃飽，這裡指滿足。

⑧ 襲：多層衣服，這裡指層層包裹。呵：語氣詞。錫：通「」，細布。

⑨ 械（音堅）：木箱，木匣。

⑨ 挈（音切）：帶領。西：西為右，右為尊長，表示敬重。

⑩ 弗（音服）須口：不必用嘴來說。

【譯文】

　　雍丘有個人名叫北宮殖，以撐船打魚拾蚌為生。一天夜裡，他睡在河濱，忽然得到一枚夜光珠，它的光亮能照到百步以外。雍丘的人們都以為北宮殖得到了奇寶，爭著殺豬宰羊前往向他道賀，說：「自從你住在雍丘，出去是撐船，回來則住在船上，穿的衣服破破爛爛，吃的食物粗劣不堪，宋國的窮人，沒有比你更窮的。你如今得了奇寶，這奇寶是世上珍品，你還有什麼慾望不能滿足呢？」

　　宋國的大夫聽到此事，也前往道賀，說：「宋國國君想要得到照亮車乘的寶珠十枚，已經得到了九枚，在宋國全境範圍內下詔書尋求它，沒有響應的人。沒想到你在河濱得到了它。你應當將寶珠裹上層層細布，放在寶盒之中，由我帶領你敬獻給國君，你的榮華富貴就不需要開口說了。」

　　北宮殖正要啟程，他的父親剛從秦國回來，北宮殖便將事情詳細地告訴了他。

　　他的父親哭道：「我家居住在雍丘，已經十代了！平平安安地以一

條小船為生。如今因這珠子獻給國君，必定會得到富貴，富貴了就會驕橫，驕橫了就會暴戾，暴戾了就會亂性，亂性了就陷入危境，陷入危境就會以大災禍告終。到了那時再祈求仍然像現在這樣撐船為生，還能夠做到嗎？我為什麼要這樣做啊！我為什麼要這樣做啊！」

於是，碾碎了那珠子。

琴　諭

【原文】

客有為予言，楚、越之交恆多山。山民齊氏者，不識琴，問人曰：「何謂琴？」或答之曰：「琴之為制，廣前狹後，圓上方下，岳首而越底①，被之以絲，則鏗鏗然泠泠然可聽也②。」齊氏悅曰：「是知琴也。」

一日，至通都大邑，見負筑③來者，亟趨視之，驚曰：「是不類廣前狹後、圓上方下者耶？」反側視之，良久又曰：「是不類岳首而越底者耶？」以指橫渡之，則亦有聲出絲間，復曰：「是又不類鏗鏗泠泠之可聽耶？」遂力致其人而歸，師之三年，早晚不輟④，自以為盡其技也。

向之告者偶過焉。聞其聲，輒瞿然曰⑤：「子習者筑也，非琴也！不然，何若是嘈雜淫哇⑥也？」

因出琴而鼓。齊氏聞之，蹙額⑦曰：「子紿⑧我矣！子紿我矣！淡乎如大羹玄酒⑨，朴乎若蕢桴⑩土鼓，不足樂也。予所嗜者異乎是，若鸞⑪鳳之鳴，若笙簫之間作，若燕、趙美人之善謳。吾不知子琴之為筑，吾筑之為琴也。請終樂之！」

嗟夫！琴之為器，人所易識。山民乃以筑當之，則夫強指鄉願⑫為君子，日愛之而不知厭者，尚何怪乎？感斯言，

作琴諭。

——《宋文憲公全集》

【注釋】

① 岳首：琴頭像山岳。越底：琴底有小孔。

② 鏗鏗（音坑坑）：形容聲音洪亮。泠泠：形容清越、悠揚。

③ 筑：古代漢族絃樂器，形似琴，有十三弦，弦下有柱。

④ 輟：中斷，停止。

⑤ 輒：就。瞿然：驚訝的樣子。

⑥ 淫哇：淫邪之聲。

⑦ 蹙（音促）額：皺眉頭。

⑧ 紿（音帶）：欺騙。

⑨ 大羹：未放調味料的肉湯。玄酒：兌水的酒。

⑩ 蕢桴（音愧服）：用草和土摶成的鼓槌。蕢：草編的器具。桴：鼓槌。

⑪ 鸑：神話傳說中鳳凰一類的鳥。

⑫ 鄉愿：外貌忠厚老實，討人喜歡，實際上卻不能明辨是非的老好人。

【譯文】

在楚國和越國交界處連綿多山，有個姓齊的山民沒見過琴，問別人說：「什麼是琴啊？」有人回答他說：「琴的形狀，前面寬後面窄，上面圓下面方，琴頭像山，琴底有小孔，絲絃覆蓋，彈起來聲音洪亮而清越，非常好聽。」齊氏高興地說：「我這就知道什麼是琴了。」

一天，他來到交通四通八達的大城市，看見一個背著筑的人走來，趕緊跑上前去看，驚訝地說：「這不就像是前面寬後面窄，上面圓下面方的樣子嗎？」反覆觀察那筑，許久之後又說：「這不就像是琴頭像山，琴底有小孔的樣子嗎？」用手指橫著撥弄，也有聲音從絲絃上發出，又說：「這不也像響亮清越的悅耳聲音嗎？」他就竭力邀那人和他一起回家，向他學了三年，從早到晚都不停頓，自認為把他的彈琴技藝都學到手了。

先前告訴他什麼是琴的人偶然經過他家，聽到他彈奏筑的聲音，驚

訝地說：「你學的是筑，不是琴啊！要不然，聲音怎麼會是這麼嘈雜喧鬧啊？」

那人於是拿出琴來演奏。齊氏聽了後，皺著眉頭說：「你騙我啊！你騙我啊！你彈的聲音淡得如同沒放調料的肉湯和兌了水的酒，簡單得就像用草棒土鼓，不能算是音樂。我所愛的聲音跟這不一樣。我愛的是像鸞鳥鳳凰鳴叫的聲音，像笙簫交替吹奏的聲音，像燕趙美女動聽的歌聲。我不知道你的琴是筑呢，還是我的筑是琴。請你停止你的音樂吧！」

唉！琴作為一種樂器，人很容易識別。山民卻將筑當作琴，就如同硬要說偽善的老好人是君子，天天珍愛而不知厭倦，還有什麼好奇怪的呢？有感於此，便作了這篇琴諭。

雁　奴

【原文】

雁奴，雁之最小者，性尤機警。群雁夜必擇棲，恐人弋[1]也。每群雁夜宿，雁奴獨不瞑，為之伺察。或微聞人聲，必先號鳴，群雁則雜然相呼引去[2]。

後鄉人熟其故，巧設詭計，以中雁奴。爇[3]火照之。雁奴戛然[4]鳴，鄉人遽[5]沉其火。群雁驚起，視之，無物也，復就棲焉。

如是者四三。群雁以奴紿己也，共啄之，又就棲然。未幾，鄉人執火前，雁奴畏眾啄不敢鳴。雁群方寐，一網無遺者。

──《宋文憲公全集》

【注釋】

①弋（音益）：一種帶繩的箭，這裡指射殺。

② 雜然：雜亂的樣子。引去：飛去。

③ 爇（音弱）：點燃，焚燒。

④ 戛然：雁叫聲。

⑤ 遽：馬上。

【譯文】

　　雁奴是雁群中最小的一隻，生性特別機敏警覺。雁群夜晚必定選擇一個安全的地方睡覺，擔心有人去射殺。每到雁群睡覺的時候，唯獨雁奴不睡，為雁群站崗放哨。只要略微聽到一點人的聲響，一定會鳴叫，雁群就會互相叫喚逃走。

　　後來鄉里的人瞭解了原因，設下巧妙的計策。點燃火把照明，雁奴嘎嘎鳴叫，鄉里人立刻滅掉火。雁群驚醒了，看看不見有什麼動靜，就又繼續睡覺。

　　如此反覆三四次，雁群就認為雁奴在欺騙大家，便一同啄擊它，隨後繼續睡覺。過了一會兒，鄉里人又拿著火把上前，雁奴害怕被雁群啄擊而不敢鳴叫報警。群雁剛剛入睡，鄉里人一網撒下去，沒一個跑掉的。

蜀雞與烏鴉

【原文】

　　豚澤①之人養蜀雞，有文而赤翁②。有群雛周周鳴③。忽晨風④過其上，雞遽翼諸雛，晨風不得捕，去。

　　已而有烏來，與雛同啄。雞視之，兄弟也。與之上下，甚馴⑤。烏忽銜其飛去。雞仰視悵然，似悔為其所賣⑥也。

　　　　　　　　　　　　　　——《燕書》

【注釋】

① 豚澤：地名。

② 翁：鳥頸上的羽毛。

③ 雛（音余）：小雞。周周：通「啁啁」，小雞的叫聲。

④ 晨風：即「鷐風」，鳥名，屬鷂類。

⑤ 馴：馴服，溫順。

⑥ 賣：出賣，引申為欺騙。

【譯文】

　　豚澤這地方有人養了一隻蜀地的雞。雞身上有花紋而且脖頸上的羽毛是紅色的，有一群雛鳥圍繞著它叫著。忽然天上有一隻鷐鷹飛過，蜀雞趕快用翅膀護住小鳥。鷹沒辦法抓到小雞，就飛走了。

　　過了一會，一隻烏鴉飛來，和那些小雞一起啄食。小雞都把烏鴉當成了兄弟，和它一起玩耍。烏鴉表現得十分溫順。烏鴉突然銜著小雞飛走。蜀雞抬頭仰望，顯得十分惆悵，好像在後悔因為太輕信烏鴉，結果被它欺騙了。

越人阱鼠

【原文】

　　鼠好夜竊粟。越人置粟於盎①，恣鼠齧②，不顧。鼠呼群類入焉，必饜而後反③。

　　越人乃易粟以水，浮糠覆水上。而鼠不知也，逮夜復呼，群次第④入，咸溺死。

——《燕書》

【注釋】

① 盎：古代的一種盆，腹大口小。

② 恣：放縱。齧：啃。

③飫：飽食。反：通「返」。

④次第：依次，一個接一個。

【譯文】

　　老鼠喜歡夜間偷吃糧食。有個越地人把糧食裝入腹大口小的盆裡，放任老鼠去吃，不去管它。老鼠呼喚同伴跳進盆裡，每次必定吃飽了之後才回去。

　　越人於是將盆裡的糧食換成了水，水面上浮著一層谷糠。老鼠不知底細。到了晚上又呼喚同伴一個接著一個地跳入盆裡，結果全都被淹死了。

人貌狙心

【原文】

　　昔紀侯好狙①，使狙帥教焉。狙師脫土肖人貌飾之②，冠九山之冠③，衣結霞之衣④，躡文鸞之履⑤。升降周旋⑥，人也；拜立坐跪，人也。狙師度⑦可用，進紀侯。

　　紀侯觀之樂，舉觴觴焉⑧。狙飲已，竟跳擲裂冠裳遁去。

　　蓋狙，假人貌飾形也。其心狙也，因物則遷⑨爾。

——《燕書》

【注釋】

①紀侯：紀國之君。紀國是商朝的諸侯國，國祚延續到西周到春秋時代。國君為姜姓，國都紀，位於山東半島中北部，渤海萊州灣的西南岸，今壽光市。狙（音居）：獼猴。

②脫土：人名。肖：相似，像。

③九山之冠：一種象徵山岳的高帽。

④ 結霞之衣：繡有雲彩紋的衣裳。

⑤ 躡：踏，踩。文鵷之履：繡有鸞鳳圖案的鞋。

⑥ 升降：升堂下階。周旋：進退揖讓。

⑦ 度：推測，估計。

⑧ 觴：古代的一種酒器。後一個「觴」用作動詞，敬酒。

⑨ 遷：變化。

【譯文】

　　從前紀國的國君喜歡猴子，派馴養師調教猴子。馴養師脫土按照人的形象打扮猴子，給它戴上九山高帽，穿上繡有雲霞的衣服，腳踏繡有鸞鳳的鞋子。登堂下階，進退揖讓，和人一模一樣；行禮站立，端坐跪拜，也完全是個人的模樣。馴養師估摸著可以使用了，就獻給紀國國君。

　　紀國國君看了非常高興，舉過酒杯給它喝酒。猴子喝完了酒，竟然跳起來，摔擲酒杯撕裂衣帽逃走了。

　　但凡猴子假借人的相貌來打扮成人形，它的心還是猴子，因此遇到情況變化就原形畢露了啊！

衣冠禽獸

【原文】

　　齊西王須善賈海①，出入扶南、林邑、頓遜群蠻中②，貿遷諸寶，若毒冒、頗黎、火齊、馬腦之類③，白光燁燁④然。遇東風覆舟，附斷桅浮沉久之。幸薄岸⑤，被濕行夷陰山中。山幽不見日，常若雨將壓地。

　　西王須自分⑥必死，尋巖竇絕氣⑦，庶遺骸不為烏鳶飯⑧。未入，猩猩自竇中出，反復視，意若憐之者。取戎叔、蒍葵、委萎諸物⑨，指之食。西王須方餒⑩，甘之。竇右有小洞，棲新㹨⑪，厚尺餘，甚溫，讓西王須，猩獨臥於外。大

寒，不自恤。語言雖殊，朝夕⑫作聲，似慰解狀。如是者一年，不懈。

忽有餘皇⑬度山下。猩急挾西王須出，送之登。及登，則其友也。猩猩猶遙望不忍去。

西王須因謂其友曰：「吾聞猩血可染罽⑭，經百年不蔫⑮。是獸也膌⑯，刺之可得斗許，盍升岸捕之？」

其友大罵曰：「彼獸而人，汝則人而獸也！不殺何為？」囊石⑰加頸，沉之江。

君子曰：「負恩忘義，人弗戮，鬼斯戮之矣。西王須之見殺宜哉！」

——《燕書》

【注釋】

① 齊：古代地名，在今山東。西王須：人名。賈海：海上貿易。
② 扶南：古國名，又作夫南、跋南，意為「山岳」，轄境約今柬埔寨以及寮國南部、越南南部和泰國東南部一帶。林邑：古國名，象林之邑的省稱，故地在今越南中部。頓遜：古國名，又名典遜，位於今緬甸丹那沙林。蠻：我國古代對南方各民族的蔑稱。
③ 毒冒：即玳瑁，海龜科的海洋動物。頗黎：玻璃。火齊：雲母。馬腦：瑪瑙。
④ 燁燁：明亮，燦爛。
⑤ 幸：僥倖。薄：靠近。
⑥ 分：料想。
⑦ 竇：洞穴。絕氣：斷氣，死亡。
⑧ 庶：副詞，表示希望。胔（音字）：死者之肉。烏鳶：烏鴉和老鷹。
⑨ 戎叔：大豆類植物。戎：大。叔：通「菽」，豆類的總稱。苨葵：蘿蔔。委蕤：即「葳蕤」，一種植物，可以入藥。
⑩ 餒：飢餓。
⑪ 毳（音翠）：鳥獸的絨毛。
⑫ 嘔咿：象聲詞。

⑬餘皇：本為春秋時吳國的船名，泛指船。
⑭罽（音季）：毛織品。
⑮蔫：原指花草枯萎、下垂，顏色不鮮豔，引申為褪色。
⑯腯（音涂）：肥。
⑰囊石：用袋子裝石塊。

【譯文】

　　齊人西王須擅長海上貿易，來往於扶南、林邑、頓遜各國之間，買賣各種珍奇寶物，如玟瑰、玻璃、雲母、瑪瑙之類，寶器珠光耀眼。有一回，船遭遇東風，傾覆了，他趴著一根斷桅桿在海裡漂流了很久，僥倖靠上岸爬了上去，他穿著濕透的衣服行走在荒山之中。山裡幽暗見不到太陽，總好像大雨就要鋪天蓋地落下來。

　　西王須料想自己必死無疑，就想找個岩洞希望死後能安置遺體的，不會成為烏鴉老鷹的食物。還沒進山洞，就看到有隻猩猩從洞中出來，反覆打量著他，表情好像很可憐他。猩猩取來大菽、蘿蔔、委萎等東西，指著讓他吃。西王須正餓壞了，吃得非常香甜。山洞的右邊有個小洞，睡覺的地方新鋪的鳥毛有一尺多厚，很暖和。猩猩讓給了西王須，自己獨自睡在外面。天氣非常寒冷，猩猩也不顧惜自己。言語雖然不通，猩猩早晚咿哇叫嚷，好像是安慰勸解他的樣子。這樣共處了一年，猩猩從未懈怠。

　　忽然有一天，有海上駛來艘船，停泊在山下。猩猩急忙挾著西王須出來，送他登船。西王須上船後，發現遇到的是他的朋友。猩猩一直遠遠望著，不忍離去。

　　西王須於是對他的朋友說：「我聽說猩猩的血可以用來染毛織品，歷經百年不會褪色。這隻野獸很肥，殺了它肯定可以得到一斗多血。我們何不上岸去捕捉它？」

　　他的朋友大罵道：「它是野獸卻有人性，你是人卻像是畜牲！不殺你還等什麼？」於是用袋子裝了石頭綁在他脖子上，將他沉入了江底。

　　君子常說：「忘恩負義的人，人不殺他，鬼也會殺他。西王須被殺也是應該的啊！」

鄭人惜魚

【原文】

　　鄭人有愛惜魚者，計無從得魚，或汕或涔①，或設餌笱②之。列三盆庭中，且實水焉，得魚即生之。

　　魚新脫網罟③之苦，憊甚，浮白而喁④。逾旦，鬣⑤尾始搖。

　　鄭人掬⑥而觀之，曰：「鱗得無傷乎⑦？」

　　未幾，糝⑧麥而食，復掬而觀之，曰：「腹將不厭⑨乎？」

　　人曰：「魚以江為命，今處以一勺水，日玩弄之，而曰『我愛魚，我愛魚』，魚不腐者寡矣！」

　　不聽。未三日，魚皆磷敗以死。鄭人始悔不用或人之言。

　　　　　　　　　　　　　　　　　　　——《燕書》

【注釋】

①汕、涔：捕魚的方法。

②笱（音狗）：竹製的捕魚器具。

③罟（音古）：魚網。

④浮白：魚翻白了肚子浮到水面上。喁：魚在水中群出吸氣貌。

⑤鬣（音烈）：魚頷旁的小鰭。

⑥掬：用兩手捧。

⑦鱗：指代魚。得無：莫不是。

⑧糝（音傘）：米粒。

⑨厭：通「饜」，吃飽。

【譯文】

　　鄭國有個喜歡魚的人，想了些辦法都沒能得到魚，就用捕魚的工具，或者積水成坑誘魚，或者編制笱籠投餌捕魚。他排放三隻盆子在庭院之中，裝滿了水，捕到了魚就養在裡面。

　　魚剛剛脫離網的困苦，非常疲憊，翻白了肚子浮到水面上爭著喘息。過了一天，鰭尾才開始搖擺。

　　那鄭國人將魚撈出來觀看，說：「這魚莫不是受傷了吧？」

　　沒過多久，餵食飯粒和麥麩，又撈出來看看，說：「肚子應該不餓了吧？」

　　有人對他說：「魚把江河作為生存之地，如今待在一勺水中，你每天撈出來玩弄它，還說『我愛魚，我愛魚』，魚要是還不死，那太少見了啊！」

　　鄭國人不聽。沒過三天，所有的魚都鱗片脫落而死。鄭國人這才後悔沒有聽從那人的話。

迂儒救火

【原文】

　　趙成陽堪其宮火①，欲滅之，無階可升②。使其子胊假於奔水氏③。

　　胊盛冠服④，委蛇⑤而往。既見奔水氏，三揖⑥而後升堂，默坐西楹⑦間。奔水氏命僕⑧設筵，薦脯醢觴胊⑨。胊起執爵啐酒⑩，且酢⑪主人。觴已，奔水氏曰：「夫子辱臨敝廬⑫，必有命我者，敢問⑬？」

　　胊方白⑭曰：「天降禍於我家，郁攸是祟⑮，虐焰方熾⑯，欲緣高沃之⑰，肘弗加翼⑱，徒望宮而號。聞子有階可登，盍乞我⑲？」

　　奔水氏頓足曰：「子何其迂也！子何其迂也！飯山逢彪

⑳，必吐哺㉑而逃，濯溪㉒見鱷，必棄履而走㉓。宮火已焰，乃子揖讓㉔時耶？」

急昇㉕階從之，至則官已燼矣。

──《燕書》

【注釋】

① 趙：先秦時國名。成陽堪：人名，複姓成陽。宮：房屋。火：著火。

② 階：梯子。升：登高。

③ 朒（音溺）：人名。假：借。奔水氏：人名。

④ 盛冠服：穿戴整齊隆重。

⑤ 委蛇：莊重而又從容自得的樣子。

⑥ 揖：拱手為禮。

⑦ 楹：廳堂前部的柱子。

⑧ 儐者：迎接客人的侍從。

⑨ 薦：進獻。脯：乾肉。醢：肉醬或魚醬。觴：用酒招待客人。

⑩ 爵：酒杯。啐：嘗。

⑪ 酢：客人用酒回敬主人。

⑫ 夫子：古代對讀書人的尊稱。辱臨：屈尊駕臨。敝廬：對自己家的謙稱。

⑬ 敢問：請問，謙辭。

⑭ 白：下對上告訴，陳述。

⑮ 郁攸：火氣。祟：迷信說法指鬼神給人帶來的災禍。

⑯ 虐焰：暴虐的火焰。熾：火旺。

⑰ 緣：沿，順。沃：澆。

⑱ 肘弗加翼：兩肘沒有長上翅膀。

⑲ 盍：何不。乞：借。

⑳ 飯山：飯於山，在山中吃飯。彪：小老虎。

㉑ 吐哺：吐出口中的食物。哺：口中含著的食物。

㉒ 濯溪：濯於溪谷，在溪中洗腳。濯：洗。

㉓ 履：鞋子。走：跑。

㉔ 揖讓：賓客主人相見時拱手禮讓。

㉕舁（音宜）：抬。

【譯文】

　　趙國人成陽堪家裡失了火，想要撲滅它，但沒有梯子上房，成陽堪便派他的兒子成陽胊到奔水氏家裡去借梯子。

　　成陽胊把衣帽穿戴整齊，從容不迫地去到奔水氏家裡。見到奔水氏，一連作了三個揖，然後登堂入室，一聲不響地坐在西廊的柱子之間。奔水氏讓負責迎賓的侍從擺設酒宴，進獻乾肉、魚醬和美酒，款待成陽胊。成陽胊站起身拿著酒杯品嚐，也以酒回敬主人。酒喝完了，奔水氏問道：「您今天屈尊光臨寒舍，請問，一定有什麼事要吩咐吧？」

　　成陽胊說道：「老天給我家降下大禍，火災作祟，暴虐的火焰燒得正旺，想要登高潑水滅火，可惜兩肘沒有長上翅膀，只能望著房屋號哭。聽說您家裡有梯子可以登高，何不借來一用？」

　　奔水氏聽了跺腳說道：「你怎麼會這般迂腐！你怎麼會這般迂腐啊！如在山裡吃飯遇到老虎，肯定會吐掉食物趕快逃命；在河裡洗腳看見鱷魚，一定丟下鞋子跑掉。現在你家裡已經起了火，是你在這裡作揖打拱的時候嗎？」

　　奔水氏急忙扛上梯子跟著他走，但趕到他家時房屋早已化為灰燼了。

以醜為妍

【原文】

　　君聞癸北子翏之為人乎①？子翏慎妃耦②，十年不遂，恆鬱鬱離居③。

　　曲逆④有醜女，眇⑤在左目，疹瘢⑥如叢珠，且黑而羸⑦，曲逆人過而不睨⑧。醜女怒，去從師學擊筑⑨，彈坎篌⑩，三年精其技，又善為北里之舞⑪，以惑人。

　　子翏一見大悅，致厚幣聘以歸，字曰「玄姬」。朝筑

焉，暮坎筷焉，嬖⑫之甚。子嫽稍遊，歸必熟視其面，無不妍⑬者，反笑世人多一目云。

其友宛爰都⑭憐之，為致趙女，光豔皦皦⑮照人，世謂閭須、白台不能似之⑯。子嫽逐，曰：「何物醜類，敢儕⑰吾玄姬？」

——《燕書》

【注釋】

① 癸北：地名。子嫽（音邃）：人名。

② 妃耦：又作「妃偶」，即「配偶」。

③ 恆：長時間。鬱鬱：憂傷、悲哀的樣子。離居：離開伴侶獨自居住。

④ 曲逆：地名。

⑤ 眇：瞎了一隻眼。

⑥ 瘢瘢：瘡痕留下的疤痕。

⑦ 羸：瘦。

⑧ 睋：斜著眼睛看。

⑨ 筑：一種古老的擊絃樂器。

⑩ 坎筷（音侯）：又作「坎侯」「箜篌」，一種古老的彈絃樂器。

⑪ 北里：古舞曲名，相傳是商紂王為取悅妲己而讓樂師師涓所作。

⑫ 嬖（音壁）：寵愛。

⑬ 妍（音研）：美麗，漂亮。

⑭ 宛爰都：人名。

⑮ 皦皦（音皎）：玉石潔白的樣子。

⑯ 閭須、白台：戰國時期的美人，《戰國策·魏策二》：「左白台而右閭須，南威之美也。」

⑰ 儕：同類，同輩。

【譯文】

你聽說過癸北人子嫽的處世為人嗎？子嫽要謹慎地選擇配偶，十年沒能如願，一直鬱鬱不樂離群索居。

曲逆有個醜女人，瞎了左眼，臉上痘痘瘢痕就像一片珠子，皮膚漆

黑，身體贏弱。住在曲逆的人從她身邊經過時看都不願看她一眼。那醜女非常惱怒，離開曲逆跟隨樂師學習演奏筑和坎侯，學了三年，技術十分精湛，她還擅長跳《北里》之舞來誘惑男人。

子蓼一見她就非常喜愛，送上厚禮將其娶回家，取字叫「玄姬」。早晨演奏筑，晚上演奏坎侯，對她非常寵愛。子蓼只要出去一會兒，回家必定仔細打量她的臉，覺得她沒有什麼地方不漂亮的，反而嘲笑世上的女人多長了一隻眼睛。

子蓼的朋友宛爰都憐憫他，給他送來一個趙國的女子。女子的容顏像白玉一般光彩照人，人們都說大美人閭須、白台都不能和她比。但子蓼卻把她趕走了，罵道：「這是何等的醜八怪，竟敢和我的玄姬充當同類呀！」

東海王鮪

【原文】

東海有巨魚，名王鮪①焉。不知其大多少，赤熾曳曳見龕赭間②，則其鬣也。王鮪出入海中，鼓浪歕沫③，腥風翛翛蓋然云④。逢魛、鰼、鰹、魾必吞⑤，日以十千計，不能饜。出遊黑水洋⑥，海舶⑦聚洋中者萬。王鮪一噴，皆沒不見。其從容行海間，孰敢向問之者⑧？

潮上羅剎江⑨，潮退，膠⑩焉，矗如長陵。江濱之人以為真陵也，涉之。當足者或戰⑪，大駭，斫甲而視⑫，王鮪肌也。乃架棧而臠割⑬之，載數百艘。烏鳶⑭蔽體，群啄之，各飫⑮。

夫王鮪之在海也，其勢為何如？一失其勢，欲為小鱭⑯且不可得，位其可恃乎哉？

——《燕書》

【注釋】

① 鮹：鱘魚。

② 赤熾：紅色的火焰。曳曳：擺動的樣子。龕赭：龕山 與 赭山 的並
稱，位於浙江杭州，錢塘江南岸。

③ 歒：通「噴」。

④ 蓋：籠罩。儵：雜亂瀰漫的情形。

⑤ 䲡：烏賊。鰌：泥鰍。鰹：俗稱炸彈魚，屬鱸形總目、鮪魚亞目、鮪
魚科。鮏：俗名面瓜魚，為底棲魚類，性凶猛，主食小型魚類。

⑥ 黑水洋：指呈黑色的深水大洋。

⑦ 舶：船。

⑧ 孰：哪個。向：朝向。問：干預。

⑨ 溯：逆流而上。羅剎江：即錢塘江，又稱浙江，因風浪險惡，故又名
羅剎。

⑩ 膠：粘著，這裡指擱淺。

⑪ 當：承擔。戰：通「顫」，顫抖。

⑫ 斫：用刀斧砍。甲：王鮹堅硬的表皮。

⑬ 臠割：分割。臠：切成小塊的肉。

⑭ 烏鳶：烏鴉和老鷹。

⑮ 飫：飽。

⑯ 鯢：一種小魚。

【譯文】

東海中有種巨大的魚，名叫王鮹。不知道它究竟有多大，只見水面
上像是紅色的火焰搖曳著，浮現在龕山和赭山之間，那就是它的鰭。

王鮹出沒於海中，掀起巨浪噴出水沫，一陣腥風蓋天而來，像瀰漫
的雲。遇到烏賊泥鰍鰹魚鮏魚，必定吞食它們，每天所食要數以萬計，
還不能吃飽。王鮹游到黑水洋，海船聚集在那裡足有上萬艘。王鮹一噴
水，船都沉沒不見了。它從容地在海裡游弋，有誰敢惹它呢？

漲潮時，它逆流而上進入羅剎江；退潮時，擱淺了。身子矗立在那
如同長長的土丘。江邊的人以為是真的土丘，涉水上去。腳踩的地方會
顫動，人非常害怕，用刀斧砍破堅硬的表皮一看，是王鮹的肉啊！便搭
起架子分割它的肉，裝了幾百船。烏鴉和老鷹站滿了它的身體，一起啄

食它的肉，各自飽餐一頓。

　　王鮪在海裡，它的威勢如何？一旦失勢，希望像一條小魚那樣生存都不可能，權位是可以倚仗的嗎？

畜　豹

【原文】

　　猗于皋聞尾勺氏畜豹①，善捕獸，以雙白璧易之，且肆筵②召所與遊者飲。出豹於庭，而③其能。於是，治金為繩，繫之文羅④，日割牲啖之⑤。

　　居無何⑥，有碩鼠過宇下⑦，急解豹斃之，豹視若不見。猗于皋怒，詈⑧之。

　　他日，又有鼠過焉，猗于皋復縱之，豹遇鼠如初。猗于皋怒，鞭之，豹輒號。猗于皋愈鞭之。易以縲紲⑨，置之牛羊棧中，日哺以糟⑩。豹喪欲泣。

　　猗于皋之友安期子佗聞之⑪，誚曰：「吾聞巨闕⑫雖利，補履不如利錐。錦綺⑬雖麗，供饋⑭不如尺布。文豹雖鷙⑮，捕鼠不如貍狌⑯。子何愚也？曷不用貍搦⑰鼠而縱豹捕獸哉？」

　　猗于皋說⑱，如其言。未幾，貍捕鼠且盡，豹獲鹿麑以歸⑲，無算者。

　　君子曰：「獸固善捕，亦各有所能。至於用人，乃違其才，何耶？」

　　　　　　　　　　　　　　　　　　　——《燕書》

【注釋】

①猗于皋：人名。尾勺：複姓。

② 肆筵：設宴。

③ 謳：讚譽。

④ 文羅：華麗的絲織品。

⑤ 牲：家畜。啖：吃。

⑥ 無何：不久。

⑦ 碩鼠：大老鼠。宇：屋簷。

⑧ 詈：罵。

⑨ 縲紲：繩索。

⑩ 哺：餵食。糟：酒糟。

⑪ 安期子佗：人名。誚：責備，責問，譏嘲。

⑫ 巨闕：古代名劍。

⑬ 綺：有花紋的絲織品。

⑭ 靧（音會）：洗臉。

⑮ 鷙：凶猛。

⑯ 狸狌：泛指貓。

⑰ 搦：捉拿。

⑱ 說：通「悅」。

⑲ 麃：通「狍」。古書上指一種像獐的獨角獸。麂：像鹿，腿細而有力，善於跳躍，通稱「麂子」。

【譯文】

猗于皋聽說尾勺氏養了隻豹了，善於捕捉野獸，便用一雙白璧換了那豹子，並且大擺筵席，邀請與他交往的朋友來喝酒。在堂上展示豹子，並誇耀它的本領。於是，用鎦金做鏈子，繫上有文飾的絲織品，每天宰殺牲畜餵牠。

過了沒多久，有隻大老鼠跑過屋簷下，猗于皋急忙放豹子去咬老鼠。豹子視而不見。猗于皋很生氣，責罵了它。

另一天，又有老鼠跑過，猗于皋再次放它去咬，豹子見到老鼠還像上回那樣。猗于皋氣壞了，用鞭子抽它。豹子大聲號叫。猗于皋鞭打得更厲害。改換用繩索繫它，放它到牛羊欄中，每天餵酒糟給它吃。豹子沮喪得要哭。

　　猗于皋的朋友安期子佗聽說此事，責備他道：「我聽說巨闕劍雖然鋒利，用來補鞋子不如尖錐；錦綺雖然美麗，用來洗臉不如一尺粗布；花紋漂亮的豹子雖然凶猛，捕捉老鼠不如貓。你怎麼這麼蠢啊！何不用貓去捕捉老鼠，而放豹子捕捉野獸呢？」

　　猗于皋聽了心悅誠服，按照他的話做了。沒多久，貓把老鼠抓完了，豹子捕獲的獐鹿麇麛子，數不勝數。

　　君子說：「野獸本就善於捕捉，但也是各有所能。至於用人，如果不按照他的才能來使用，怎麼行呢？」

閫姝恃色

【原文】

　　閫姝有性淫者①，恃顏色方姝麗，急欲得美少年匹之。因物色之，不得，躁甚，若弗能生者。

　　一旦，有男子自南海來，髮漆黑，眉目娟好如畫，肌膚若玉雪，動止嫵媚，無不可愛者。姝聞之慾狂，不問夜，執火往奔②之。

　　既至，男子加帽，飾以七寶③，被文繡衣④，繫白玉裝帶以出，五色照耀。姝見之，驚喜不能禁。喜定，始能自敘曰：「妾慕君子久矣，第不足奉巾櫛侍左右⑤。倘憐妾而進之，雖死弗敢忘。」男子亦欣然納焉。

　　姝事之惟恐違其意，男子曰「食」，執匕⑥箸前；男子曰「寢」，拂枕茵⑦以俟。至躬為捧溺器⑧，弗悔。

　　男子左臂若病瘍⑨者，時以元膏⑩覆之。越一年，恆如初。姝私謂媵人⑪曰：「瘍寧⑫無愈時耶？」更十二月弗愈，是當有故爾，力請視之。男子陽⑬怒曰：「吾瘍旦夕瘥⑭。人言婦女其皆⑮多毒，若視之必潰。」不許。姝益疑，醉以酒

五斗，俟熟寐而發其覆，乃竊被墨刑⑯者。姝氣絕僕地，良久乃醒，持媵人手慟曰：「男子者，吾將藉之以致富貴也。今不幸若是。予當更適人⑰。此身一失，右⑱姓名宗，當不吾進；而閭閻之氓⑲，又非足媒者。將返父母之門，自度必不見容。將剄⑳死於利刃之下，又素弱，手不能自舉。思欲包羞蒙恥，相與白髮，今既見此，又何以自釋也。」言已，復長慟。自是邑邑㉑，以疾終。

　　龍門子聞而嘆曰：「女子不自重而輕於從人者，視此可以鑑矣！嗚呼！豈惟女子然哉？」

——《龍門子凝道記》

【注釋】

① 閩：我國古代少數民族之一，主要分佈在今福建省。姝：美麗，美好，又喻美女。

② 奔：女子私自投奔意中的男子。

③ 七寶：（泛指）後世凡用多種寶物裝飾起來的器物，皆以「七寶」為名，多種寶物。

④ 被：通「披」。文繡衣：繡有五彩圖案的衣服。

⑤ 第：但是。奉：侍奉。巾櫛：洗手梳頭。

⑥ 匕：湯勺。

⑦ 茵：墊子、褥子、毯子的通稱。

⑧ 溺器：夜壺，尿壺。

⑨ 瘍（音揚）：瘡、癰、疽、癤等的通稱。

⑩ 元膏：黑色的藥膏。元：通「玄」。

⑪ 媵（音映）人：陪嫁的婢女。

⑫ 寧：難道。

⑬ 陽：通「佯」，假裝。

⑭ 瘥（音菜）：病癒。

⑮ 眥（音姿）：眼角，這裡指眼光。

⑯ 墨刑：又稱黥刑、黥面，是中國古代的一種刑罰，在犯人的臉上或額

頭上刺上字或圖案，再染上墨，作為受刑人的標誌。

⑰ 適人：女子出嫁。

⑱ 右：右者為尊。

⑲ 閭閻：原指古代里巷內外的門，後泛指平民百姓。氓：底層百姓。

⑳ 剄（音井）：自刎。

㉑ 邑邑：通「悒悒」，憂鬱，愁悶。

【譯文】

閩地有個性情放蕩、容貌美好的女子，憑藉著相貌漂亮，急著想得到美少年與自己婚配，於是到處物色，卻沒有找到，非常焦慮煩躁，彷彿都活不下去了。

一天，有個男子從南海來，他頭髮漆黑，眉清目秀如同畫出來的一樣，肌膚如同美玉白雪，舉止瀟灑，沒有一處不讓人喜愛。女子聽說後激動得要發狂了，顧不得是夜晚，手持火把前去投奔。

到了那裡，那男子戴上帽子，上面裝飾著多種寶物，穿上繡有花紋的衣服，繫了白玉腰帶出來相見，光彩照人。女子見了，驚喜得不能自禁。等鎮定下來，才能自我表白道：「我傾慕您已經很久了，但自知不配伺候您沐浴梳洗，侍奉您左右。如果我能得到您憐憫而收納了我，我就是死也不敢忘記您的恩德。」男子也就欣然接納了她。

女子侍奉男子唯恐有違他的心願。那男子說「吃飯」，她馬上拿來湯匙筷子；男子說「睡覺」，她馬上清理枕席被縟等待他。以至親自為他捧尿壺，也不感到羞恥。

男子的左臂好像長了瘡，經常用黑色的藥膏包著。過了一年還是那樣。女子私下對陪嫁過來的婢女說：「長了瘡難道就沒有痊癒的時候嗎？」又過了十二個月還是沒好，這其中肯定有緣故。她極力要求看看。那男子裝作發怒說道：「我這瘡馬上就好了。人們說女人的眼睛最毒了，如果看了，必定會潰爛。」執意不讓看。女子更加懷疑了，用五斗酒灌醉了他，趁他熟睡時揭開包著的東西一看，原來他是因為盜竊而被刺字受墨刑刺字的人。女子氣得暈倒在地，很久才醒過來。她抓住婢女的手痛哭：「男人，我是要靠他謀取富貴的啊。如今不幸成了這樣。我要另嫁他人，但已經失身於他，那些名門望族，肯定不會要我的；至

於那些里巷中的平民百姓，又不是我想嫁的人。想要返回父母的家，想必也一定不會被接納。想要舉刀自刎，可我向來怯懦柔弱不敢舉刀。想含羞忍辱，與他白頭到老，可如今既然已經看見了這些，又怎麼能自我解脫啊！」說完，又是痛哭不已。女子從此鬱鬱寡歡，鬱結而病死。

　　龍門子聽說了嘆道：「女子不自重而輕率跟人私奔，看了這個可以以此作為借鑑啊！唉！難道只有女子才需要借鑑嗎？」

晉人好利

【原文】

　　晉人有好利者，入市區焉，遇物即攫①之，曰：「此吾可羞②也，此吾可服③也，此吾可資④也，此吾可器⑤也！」

　　攫已即去。市伯隨而索其直⑥，晉人曰：「吾利火熾⑦時，雙目暈熱，四海之物，皆若己所固有，不知為爾物也。爾幸予我，我若富貴當爾償。」

　　市伯怒，鞭之，奪其物以去。旁有哂⑧之者，晉人戟手⑨罵曰：「世人好利甚於我，往往百計而陰奪⑩之。吾猶取之白晝，豈不又賢於彼哉？何哂之有？」

　　　　　　　　　　　　　　　　——《龍門子凝道記》

【注釋】

①攫：本指鳥用爪疾速抓取，引申為奪取。
②羞：通「饈」，美好的食品。這裡當動詞用，意為「吃」。
③服：穿帶、服用。
④資：花銷。
⑤器：使用。
⑥市伯：管理市場的官吏。直：通「值」，價值。這裡指應該付的錢。
⑦火熾：旺盛火勢，這裡指利慾薰心而迫不及待。

⑧哂（音審）：譏笑。

⑨戟手：伸出食指和中指指人，以其似戟，故云。

⑩陰奪：使用詭計掠奪。

【譯文】

有個貪圖錢財的晉國人，到市場上去，遇到東西就搶奪過來，說：「這個我可以吃，這個我可以穿，這個我可以用，這個我可以拿來裝東西。」

晉人搶到手後就要走。管理市場的官吏追上來讓他付錢，晉人說：「我利慾薰心而迫不及待的時候，兩眼發暈冒火，以為天下的東西原本都是我的，不知道是屬於你的。你有幸送給了我，我將來要是陞官發財了，一定會酬謝你的。」

官員發怒了，用鞭子抽他，奪回他搶去的東西就走了。旁邊有人譏笑他，晉人伸出手指如戟狀，罵道：「世人貪圖利益比我更嚴重，往往暗中施詭計爭奪利益，我還是在白天拿，難道不比他們好嗎？有什麼可譏笑的？」

剜股藏珠

【原文】

海中有寶山焉，眾寶錯落①其間，白光煜②如也。海夫有得徑寸珠者，舟載以還。行未百里，風濤洶簸③，蛟龍出沒可怖④。

舟子⑤告曰：「龍欲得珠也！急沉⑥之，否則連⑦我矣！」

漁夫欲棄不可，不棄又勢迫，因剜股藏之⑧，海波遂平。至家出珠，股肉潰而卒。

　　　　　　　　　　　　——《龍門子凝道記》

【注釋】

① 錯落：錯雜，交錯繽紛的樣子。

② 煜（音玉）：照耀，光亮的樣子。

③ 洶籲：波湧激盪。

④ 蛟龍：傳說中的動物，相傳能興雲作物、激發洪水。怖：恐怖，害
　　怕。

⑤ 舟子：船伕。

⑥ 沉：指沉入海中。

⑦ 連：連累。

⑧ 剜（音彎）：用刀把物體掏挖出凹形的坑。股：大腿。

【譯文】

　　大海中有座寶山，很多寶物錯雜分佈其間，白色的光芒照耀著。有個海大覺得一顆直徑一寸的人寶珠，乘船帶回家去。船行駛不到百裡，狂風大作，海濤洶湧，有條蛟龍出沒其間，十分恐怖。

　　船伕告訴那人說：「蛟龍是要得到你那顆寶珠呀！趕快把寶珠丟到海裡去，不然的話會連累我們的！」

　　海夫想把寶珠丟進大海但又捨不得，不丟又迫於蛟龍逼迫，因而他把自己大腿挖開，將寶珠藏了進去，海濤果然就平靜了。回到家裡，把寶珠取出來，那人因大腿肉已潰爛而死去了。

人心之死久矣

【原文】

　　西域賈胡有持寶來售①，名曰璊②者，其色正赤如朱櫻③，長寸者，直逾數十萬。

　　龍門子問曰：「璊可樂飢④乎？」曰：「否。」「可已疾⑤乎？」曰：「否。」「能逐厲⑥乎？」曰：「否。」「能使人孝弟⑦乎？」曰：「否。」曰：「既無用如是，而價逾數十萬，

何也？」曰：「以其險遠，而獲之艱深也。」

龍門子大笑而去，謂弟子鄭淵曰：「古人有云：『黃金雖寶重，生服之則死，粉之入目則眯[8]。』寶之不涉於吾身者尚矣。吾身有至寶焉，其值不特[9]數十萬而已也。水不能濡[10]，火不能爇[11]，風日不能飄炙[12]；用之則天下寧，不用則身獨安，乃不知夙夜求之，而唯此之為務，不亦舍至近而務[13]至遠者耶？人心之死久矣！人心之死久矣夫！」

──《龍門子凝道記》

【注釋】

① 西域：指漢代以後，玉門關、陽關以西廣大地區。賈：商人。胡：古代西北各少數民族的泛稱。

② 瓓（音爛）：原指玉的光彩，這裡指美玉之名。

③ 正赤：純紅色。朱櫻：紅色的櫻桃。

④ 樂飢：治療飢餓。樂：通「療」。

⑤ 已疾：治癒疾病。已：停止。

⑥ 逐癘：驅除瘟疫。癘：通「癘」。

⑦ 孝弟：亦作「孝悌」。孝順父母，敬愛兄長。

⑧ 眯：眼皮微微合攏。這裡指使眼睛失明。

⑨ 不特：不但。

⑩ 濡：沾濕，潤澤，這裡指淹沒。

⑪ 爇（音弱）：通「爇」，點燃，焚燒。

⑫ 飄炙：飄散，烤灼。

⑬ 務：致力。

【譯文】

西域有一個少數民族商人，拿著一塊寶玉來出售。那寶玉叫作瓓，色澤鮮紅，就像紅色的櫻桃，長達一寸，價值超過幾十萬。

龍門子問：「你的寶玉可以充飢嗎？」那人說：「不能。」又問：「能拿來治病嗎？」那人回答：「不能。」再問：「可以用來驅除瘟疫

嗎？」回答：「不能。」又問：「能讓人養成孝悌的品德嗎？」回答：「不能。」龍門子說：「既然什麼用處都沒有，那為什麼價錢會超過數十萬呢？」那人答道：「因為它來自極其遙遠和險峻的地方，取得它非常艱難。」

龍門子哈哈笑著離去，對他的弟子鄭淵說：「古人有這樣一句話：『黃金雖然是貴重之物，但生吞下去人就會死亡，它的粉末弄進眼裡，就會讓人失明。』所謂的寶貝與我不相干已經很久了。人自身就有件無價之寶，其價值何止數十萬！這寶物水不能淹沒，火不能毀滅，風不能吹散，太陽不能烤焦。用它，可以治國安邦；不用它，也可以獨善其身。有了這樣的無價之寶不知道日夜求索，卻極盡全力追求那些沒有用處的東西，這難道不是捨近求遠嗎？人心死去已經很久了！人心死去已經很久了啊！」

焚鼠毀廬

【原文】

越西有獨居男子，結生茨①以為廬，力耕以為食。久之，菽粟鹽酪②，具無仰於人③。

嘗患鼠，晝則纍纍然④行，夜則鳴齧至旦。男子積憾⑤之。

一旦，被酒歸⑥，始就枕，鼠百故⑦惱之，目不能瞑。男子怒，持火四焚之。鼠死，廬亦毀。次日酒解，悵悵⑧無所歸。

龍門子唁⑨之。男子曰：「人不可積憾哉！予初怒鼠甚，見鼠不見廬也，不知禍至於此。」

——《龍門子凝道記》

【注釋】

① 茨：用蘆葦、茅草蓋的屋頂。

② 菽粟：指糧食。菽：豆類的總稱。酪：乳製半凝固食品。

③ 具：全。仰：仰仗。

④ 纍纍然：成群結隊的樣子。

⑤ 積憾：積累了許多憤怒。

⑥ 被：遭，受。這裡表示「醉」。

⑦ 百故：百般，花樣百出。

⑧ 悵悵：迷茫無所適從的樣子。

⑨ 唁：對別人的不幸表示慰問。

【譯文】

　　越西地方有個獨居的男子，他編織茅草作為屋頂，建成了簡陋的茅屋，自己努力耕作，得到食物。時間長了，豆類粟米各種調料，都不需依靠別人了。

　　他備受鼠患，那些老鼠白天成群結隊出來活動，夜晚又是磨牙又是吱吱叫著鬧到天明。男子為此壓抑了太多的怒火。

　　有一天，他喝醉酒回家，剛躺到枕頭上，老鼠花樣百出的折騰令他十分煩惱，無法闔眼。男子終於發怒了，拿著火把到處燒老鼠，老鼠燒死了，房屋也毀了。第二天酒醒了，他一片茫然，無家可歸。

　　龍門子前去慰問他。他說：「人不可以積憤啊！我起初只是怨恨老鼠，但光看見老鼠卻忘了自己的房子，不料想竟導致這樣一場災難。」

魏人博物

【原文】

　　魏人以博物名①，偶於河濱得銅器，如觴焉而竅其兩旁②，文章爛如也③。魏人得其喜甚，召所與遊者曰：「予近得夏殷之器，宜同玩之。」且實酒為壽④。獻酬⑤未竟，仇山⑥

人自外至，愕曰：「子何得乃爾⑦？是銅襠⑧也，角觝⑨家以護陰者也。」

魏人慚，棄之不敢視。

楚丘⑩有士，其博物不下魏人。一日，獲器象馬形，鬣尾皆具而竅其背⑪。詢之遠近，咸無識者。一士獨曰：「古有犧尊⑫，有象尊，是尊類犧象者也。其殆⑬馬尊歟？」

士大喜，櫝⑭而藏之。遇享⑮尊客，輒出以盛酒漿。仇山人偶過焉，復愕曰：「子胡得乃爾？是溺器⑯也。貴嬪家所謂獸子者也。」

士益慚，亦棄之弗顧如魏人，舉世恆笑之。

龍門子聞而嘆曰：「世無真識，妄亂名實者多矣，尚何暇二士之笑哉？」

——《龍門子凝道記》

【注釋】

① 博物：能夠辨別許多器物。名：聞名。

② 觶：古代的一種酒器，外形橢圓、淺腹、平底，兩側有半月形雙耳。竅：孔。

③ 文章：猶言文采，指錯綜華麗的色彩或花紋。爛如：絢麗多彩。

④ 實酒：斟滿酒。壽：敬酒。

⑤ 獻酬：賓主相互敬酒。

⑥ 仇山：地名。

⑦ 乃爾：指這東西。

⑧ 襠：兩褲筒相連的地方，引申為兩條腿的中間。

⑨ 角觝：又作「角抵」，是一種類似現在摔跤、相撲一類的兩兩較力的活動。最初是一種作戰技能，後來成為訓練兵士的方法，又演變為民間競技，帶有娛樂性質。

⑩ 楚丘：古地名。

⑪ 鬣：馬、獅子等頸上的長毛。具：具備，完備。

⑫ 犧尊：古代酒器，以牛為器形，背上開孔以盛酒。犧：古代作祭品用

的純色牲畜。

⑬殆：大概。

⑭櫝：木櫃，木匣。

⑮享：通「饗」，用酒食招待客人。

⑯溺器：夜壺，尿壺。

【譯文】

　　有個魏國人以善於鑑別古董聞名。他偶然在河邊拾得一件銅器，像是酒杯，但兩旁有孔，雕刻的花紋華麗絢爛。魏國人因得到這件銅器而興奮異常，召集平日一起遊玩的人說：「我最近得到一件夏商時期的古董，應該與你們一同把玩欣賞。」於是往裡面斟滿了酒相勸。賓主相互還沒敬完，有個仇山地方的人從外面進來，驚愕地說：「你是怎麼得到這東西的？那是銅護襠啊，角鬥的力士用它來保護陰部的。」

　　那魏國人羞愧難當，趕緊將其丟開不敢再看了。

　　楚丘有個讀書人，對古董的鑑別水平不在魏國人之下。有一天，他得到一個玩意兒像是馬的形狀，鬣毛和尾巴都具備而背上有孔穴。詢問遠近之人，沒有人能識別。唯獨有個讀書人說：「古代有牲牛酒器，有像形酒器，就是形狀與牛或者象相似罷了。這大概就是馬形酒器吧？」

　　楚丘人聽了大喜，製作了一個木匣將其收藏好，每逢宴請尊貴的賓客時，就拿出來盛酒。仇山人偶然經過這裡，又驚愕道：「你怎麼得到這東西的？這是尿壺啊。就是宮裡的嬪妃所說的『獸子』。」

　　楚丘人更覺得羞慚，也棄置一旁，和那魏國人一樣不敢再看到。世人過了很久都一直取笑他們。

　　龍門子聽說這些後嘆道：「世上沒有真才實學，卻恣意妄為，胡亂顛倒實物名稱的人多著呢，哪裡還有空去取笑這兩位讀書人啊？」

吳起守信

【原文】

　　昔吳起①出遇故人，而止②之食。故人曰：「諾③，期返

而食。」起曰：「待公而食。」

　　故人至暮不來，起不食待之。明日早，令人求故人，故人來，方與之食。

　　起之不食以俟④者，恐其自食其言也。其為信若此，宜其能服三軍歟？欲服三軍，非信不可也。

——《龍門子凝道記》

【注釋】

① 吳起：戰國初期著名軍事家、政治家，衛國左氏（今山東定陶）人，在魏國時，屢次破秦，盡得秦國河西之地，成就了魏文侯的霸業；後在楚國主持改革，史稱「吳起變法」。後世把他和孫武並稱為「孫吳」。

② 止：拘留。

③ 諾：應答聲，表示同意。

④ 俟：等待。

【譯文】

　　從前吳起外出，遇到老朋友，就留他吃飯。老朋友說：「好，等回來時再吃飯。」吳起說：「那我等你來了一起吃。」

　　那位老朋友到了天黑還沒有來，吳起不吃飯一直等著他。第二天早晨，吳起派人去找，老朋友來了，才同他一起吃飯。

　　吳起不自行先吃而一直等的原因，是擔心自己說了話不算數啊。他堅守信用到如此程度，這是他能夠統率三軍的緣由吧！要使三軍信服，非有信用不可啊！

子之相燕

【原文】

　　子之相燕①，坐而佯②言曰：「走出門者何？白馬也？」

左右皆言不見。有一人走追之，報曰：「有。」子之以此知左右之不誠信。

子之相燕，宜以誠以信，何以詐妄為？己正而人或不從，況教之以詐哉！宜其亂人國也。凡亂人國者，皆巧詐用智之人也。

——《龍門子凝道記》

【注釋】
①子之：戰國時燕國國相，深得燕王噲的賞識和重用。相：任國相。
②佯：假裝。

【譯文】

子之擔任燕相時，有一天坐在廳堂上假裝說：「跑出門的是什麼？一匹白馬吧？」他身旁的人都說沒看見。有一人跑著去追趕，回來時稟報說：「確實有一匹白馬。」子之由此知道身旁有不誠實守信的人。

子之擔任燕相，應該講誠實，講信用，為什麼要使用詭計呢？自己品行端正，下面的人尚且有不聽從的，何況用欺詐詭計來誘導呢！怪不得他擾亂了君主的國家啊。凡是那些擾亂了國家的，都是喜歡耍巧弄詐、玩弄智謀的人。

洛陽布衣

【原文】

洛陽布衣申屠敦有漢鼎一①，得於長安深川之下，雲螭斜錯②，其文爛如也。西鄰魯生見而悅焉，呼金工象③而鑄之，淬④以奇藥，穴⑤地藏之者三年。土與藥交蝕⑥，銅質已化，與敦所有者略類。

一旦，持獻權貴人，貴人寶之，饗賓而玩之。敦偶在坐，心知為魯生物也，乃曰：「敦亦有鼎，其形酷肖是，第⑦不知孰為真耳！」權貴人請觀之，良久曰：「非真也！」眾賓次第咸曰：「是誠非真也。」

　　敦不平，辨⑧數不已。眾共折辱⑨之。敦嗫⑩不敢言，歸而嘆曰：「吾今然後知勢之足以變易是非也！」

　　龍門子聞而笑曰：「敦何見之晚哉？士之於文也，亦然。」

——《龍門子凝道記》

【注釋】

① 布衣：麻布衣服，借指平民或沒有做官的讀書人。申屠敦：人名，「申屠」為複姓。

② 雲螭（音吃）：傳說中龍的別稱，這裡指龍紋。斜錯：互相交錯。

③ 象：模擬、仿製。

④ 淬：一種鑄造工藝，將鑄造器物燒紅後立即浸入水中，可以增加其硬度。這裡指浸染。

⑤ 穴：挖洞。

⑥ 交蝕：相互侵蝕。

⑦ 第：但，只是。

⑧ 辨：通「辯」，爭辯。

⑨ 折辱：羞辱。

⑩ 嗫：閉口不說話。

【譯文】

　　洛陽有個叫申屠敦的讀書人，他有一尊漢朝的鼎，是在長安的一條深河中得到的。鼎上鐫刻的龍紋掩映交錯，花紋斑斕。西邊的鄰居魯生見了這個鼎非常喜歡，找來鑄造的工匠模仿著鑄了一個。浸在特製的藥水中淬，在地下挖洞埋了三年。泥土和藥水交相侵蝕，銅質鏽化，與申屠敦的鼎有些相似了。

一天，魯生拿著他的鼎獻給了權貴人，權貴人很珍惜這個鼎，宴請賓客來一同玩賞。申屠敦恰巧也在宴席上，心裡知道這是魯生的東西，於是就說：「我也有一尊鼎，其形狀與這尊極為相似，只是不知道哪尊是真的罷了。」權貴人請他把鼎拿來看看。權貴人端詳了很久說：「這不是真的。」賓客們也一個接一個地都說：「這確實不是真的！」

申屠敦忿忿不平，爭辯不休。但眾賓客群起而攻之，嘲笑羞辱他。申屠敦閉口不敢說話了，回家後嘆息道：「我到了今天才知道，權勢竟可以改變是非啊！」

龍門子聽說了此事笑道：「申屠敦怎麼覺悟得就這麼晚呢？讀書人對於文章的評價，也是這樣的啊！」

工之僑為琴

【原文】

工之僑得良桐焉①，斫②而為琴，弦而鼓之③，金聲而玉應④。自以為天下之美也，獻之太常⑤。

使國工⑥視之，曰：「弗古。」還之。

工之僑以歸，謀諸漆工，作斷紋⑦焉；又謀諸篆工，作古款⑧焉。匣⑨而埋諸土，期年⑩出之，抱以適⑪市。貴人過而見之，易之以百金，獻諸朝。樂官傳視，皆曰：「希世⑫之珍也。」

工之僑聞之，嘆曰：「悲哉世也！豈獨一琴哉？莫不然矣。而不早圖之，其與亡矣。」遂去，入於宕冥之山⑬，不知其所終。

——《郁離子》

【注釋】
①工之僑：名為僑的琴工。工：指工匠。之：語氣助詞。良桐：上好的

梧桐木。

②斫：砍削。

③弦：裝上琴絃。鼓：彈。

④金聲而玉應：形容琴發出金玉之聲相互應和。

⑤太常：掌管祭祀禮樂的官。

⑥國工：朝廷內的樂工。

⑦斷紋：琴上的油漆因年代久遠而產生乾裂。

⑧款：款識，古代鐘鼎彝器上鑄刻的文字。

⑨匣：將琴裝進匣中。

⑩期年：一週年。

⑪適：到。

⑫希世：稀世。

⑬宕冥之山：作者虛擬的山名。宕冥：高遠幽深貌。

【譯文】

　　工之僑得到一塊質地優質的梧桐木，把它砍削後製成一張琴，裝上琴絃彈奏，發出金玉相互應和一般動聽的聲音。工之僑自認為是天下最好的琴了，就把它呈獻給朝廷的太常寺。

　　太常寺讓樂官來看，都說：「這不是古琴啊。」便將琴退還給了工之僑。

　　工之僑帶著琴回家，與漆工商量，請漆工在琴面上做出斷裂的紋理；又與篆工商量，請篆工在琴上刻下篆體款記。然後把琴裝在匣子裡埋入地下。過了一年，把它挖出來，抱著它到集市上去賣。一個達官貴人路過時看到張琴，花一百兩黃金買下來，把它獻給了朝廷。樂官們傳遞著看了後，都說：「這可是世上少有的珍品啊。」

　　工之僑聽說之後，感嘆道：「這世道真可悲啊！難道只是這架琴有這樣的遭遇嗎？沒有一件不是這樣的啊！如果不早做打算，恐怕就要和這國家一同毀了啊！」於是離去，潛入宕冥山，不知道他最終去哪兒了。

桐實養梟

【原文】

　　楚太子以梧桐之實養梟①，而冀其鳳鳴焉。春申君②曰：「是梟也，生而殊性，不可易也，食何與焉？」

　　朱英③聞之，謂春申君曰：「君知梟之不可以食易其性而為鳳矣，而君之門下，無非狗偷鼠竊亡賴之人也④，而君寵榮之，食之以玉食⑤，薦之以珠履⑥，將望之以國士⑦之報。以臣觀之，亦何異乎以梧桐之實養梟，而冀其鳳鳴也？」

　　春申君不寤⑧，卒為李園⑨所殺，而門下之士，無一人能報者。

——《郁離子》

【注釋】

① 楚太子：指後來的楚幽王，羋（音米）姓，熊氏，名悍，楚考烈王之子。梧桐之實：梧桐樹的果實。相傳梧桐樹為鳳凰所棲，梧桐的種子為鳳凰所食。梟（音消）：即貓頭鷹。

② 春申君：嬴姓，黃氏，名歇，戰國時期楚國公室大臣，著名的政治家、軍事家，門下養有食客三千，與魏國信陵君魏無忌、趙國平原君趙勝、齊國孟嘗君田文並稱戰國四公子。

③ 朱英：楚國的謀士。

④ 狗偷鼠竊：雞鳴狗盜，指歪門邪道、微不足道的本領。亡賴：無賴。

⑤ 玉食：精美的飲食。

⑥ 薦：贈。珠履：飾以明珠的鞋子。

⑦ 國士：國中才能出眾受到推崇的傑出人物。

⑧ 寤：通「悟」，省悟。

⑨ 李園：趙國人，做過春申君的舍人。他曾將妹妹獻給春申君，待其有孕轉而獻給楚考烈王，生子為太子。李園於是貴而有權勢，後又設計殺了春申君。

【譯文】

　　楚國太子用梧桐的果實餵養貓頭鷹，並希望它能發出鳳凰的叫聲。春申君對太子說：「這貓頭鷹天生有其自己的習性，不可能改變啊，與吃的東西有什麼關係呢？」

　　朱英聽說此事，就對春申君說：「你既然知道貓頭鷹不可能因改變食物而成為鳳凰，你門下蓄養的食客沒有一個不是雞鳴狗盜的無賴之徒，而你卻寵愛、器重他們，給他們吃精美的食物，給他們穿綴有寶珠的鞋子，希望他們成為才能出眾受到推崇的傑出人物來報答你。以我所見，這樣做與用梧桐樹的果實餵養貓頭鷹並希望它發出鳳凰之鳴的做法又有何不同呢？」

　　春申君執迷不悟，最終被李園殺死。而他門下的食客，沒有一人能替他報仇。

燕王好烏

【原文】

　　燕王好烏①，庭有木皆巢②烏，人弗敢觸之者，為其能知吉凶而可③禍福也。故凡國有事，惟烏鳴之聽。烏得寵而矜④，客至則群呀之，百鳥皆不敢集也。於是大夫、國人咸事烏。

　　烏攫腐⑤以食，腥於庭，王厭之。左右曰：「先王之所好也。」

　　一夕，有鷗⑥止焉，烏群睍而附之⑦，如其類。鷗入呼於宮，王使射之，鷗死，烏乃呀而啄之，人皆醜⑧之。

──《郁離子》

【注釋】

①好烏：喜愛烏鴉。

② 巢：名詞作動詞用，搭窩。

③ 司：掌管。

④ 矜：自尊自大。

⑤ 攫腐：抓取腐肉。

⑥ 鷗（音吃）：鶹鷹。

⑦ 睨：斜視。附：靠近。

⑧ 醜：厭惡，憎惡。

【譯文】

燕王喜愛烏鴉，庭院的樹上全是烏鴉搭的窩，沒有誰敢觸動它們，因為烏鴉掌管禍福，能測知吉凶。所以，凡是國家大事，只憑烏鴉的叫聲來做決斷。烏鴉得寵而自尊自大，別的什麼鳥飛來，它們就哇哇叫著群起而攻之，因此百鳥都不敢來這兒棲止。於是舉國上下從大夫到百姓都飼養烏鴉。

烏鴉喜歡抓取腥臭的爛肉吃，弄得宮中臭氣熏天，後來繼位的燕王對此非常厭惡。左右侍臣對他說：「這是先王所喜愛的啊。」

一天傍晚，有隻鶹鷹飛到這裡，烏鴉成群地斜視著它，又靠近它，好像對待自己的同類一樣。鶹鷹飛進宮中號叫起來，燕王讓人射死了。鶹鷹，烏鴉就哇哇叫著啄食它。人們都覺得烏鴉太可惡了。

蜀賈賣藥

【原文】

蜀賈三人①，皆賣藥於市。其一人專取良②，計入以為出，不虛價，亦不過取贏③。一人良不良皆取焉，其價之賤貴，惟買者之慾，而隨以其良不良應之。一人不取良，惟其多，賣則賤其價，請益④則益之，不較。於是爭趨之其門之限⑤，月一易，歲餘大富。其兼取者⑥，趨稍緩，再期⑦亦富。其專取良者，肆日中如宵⑧，旦食而昏不足⑨。

郁離子⑩見而嘆曰：「今之為士者⑪亦若是夫！昔楚鄙三縣之尹三⑪：其一廉而不獲於上官，其去也，無以僦⑫舟⑪人皆笑以為痴。其一擇可而取之，人不尤⑬其取而稱其能賢。其一無所不取，以交於上官，子吏卒而賓富民，則不待三年，舉而仕諸綱紀之司⑭，雖百姓亦稱其善，不亦怪哉！」

——《郁離子》

【注釋】

① 蜀：古國名，位於今四川省。賈：商人，古時特指設店售貨的坐商。

② 專取良：專門收集上好的藥材出售。

③ 贏：通「贏」，餘利，指利潤。

④ 益：增加。

⑤ 趨：前往。限：門檻。

⑥ 兼取者：兼收好藥材與壞藥材的商人。

⑦ 再期：兩週年。期：一週年。

⑧ 肆：商店，商鋪。宵：晚上。

⑨ 旦：早晨。昏：黃昏。

⑩ 郁離子：作者劉基（劉伯溫）元末隱居時所用的別號。

⑪ 楚鄙：楚國邊境。尹：縣尹，縣官。

⑫ 僦（音就）：租賃。

⑬ 尤：怨恨，埋怨。

⑭ 舉：提拔。仕：做官。諸：之於。綱紀之司：掌管法紀的職位。

【譯文】

蜀地有三個商人，都在市場上賣藥。其中一人專門選優質藥材，按照進價確實定賣出價，不虛報價格，更不過多賺得利潤。另一人優質、劣質的藥材都進貨，售價的高低，只看買者的需求程度來定，然後用優質或劣質的藥材分別應對他們。還有一人不進優質藥材，只求數量多，出售價錢便宜，顧客要多拿就多拿些，不計較。於是人們爭著到他那買藥，他店鋪的門檻踏壞了，每個月要換一次，過了一年他就非常富了。那優質藥材和劣質藥材兼顧的商人，前往他那買藥的稍微少些，但過了

兩年他也富了。那專門進優質藥材的商人，店裡冷冷清清，大白天時也和晚上一樣，弄得他吃了早飯就不夠吃晚餐了。

郁離子見了這般情形感嘆道：「當今為官的，也是如此啊！從前楚國偏遠之處三個縣的三個縣官，其中一個廉潔奉公，卻不能得到上司的賞識，離任的時候，窮得沒有錢租條船，人們都笑話他是傻瓜。另一個選擇能撈就撈，人們不責怪他的攫取，反而稱讚他聰明能幹。還有一個見到財物沒有不搾取的，獲得的利益用來巴結上司。他將下級官吏和士卒當成兒子，而將富人當作賓客，這樣不到三年，就陞遷為掌管法紀的官員，即使是百姓也稱讚他有本事。這不是怪事嗎！」

鵲集噪虎

【原文】

女幾之山[1]，干鵲[2]所巢。有虎出於樸薪[3]，鵲集而噪之。鴝鵒[4]聞之，亦集而噪。

鶡鴠[5]見而問之曰：「虎，行地者也，其如子何哉而噪之也？」

鵲曰：「是嘯而生風，吾畏其顛[6]吾巢，故噪而去之。」

問於鴝鵒，鴝鵒無以對。

鶡鴠笑曰：「鵲之巢木末也，畏風，故忌虎，爾穴居者也，何以噪為？」

——《郁離子》

【注釋】

①女幾之山：即女幾山，在河南宜陽縣西，俗名石雞山。據《山海經·中山經》載：「女幾山……洛水出焉，東注入江。」

②干鵲：即喜鵲。據《西京雜記》卷三載：「干鵲噪而行人至，蜘蛛集而百事喜。」

③ 樸樕：樹名。

④ 鴝鵒（音渠鬱）：即八哥，善於學舌。

⑤ 鶷鵙（音卑居）：即寒鴉，其形如烏，其聲雅雅，也叫「雅烏」。

⑥ 顛：顛覆。

【譯文】

女幾山是喜鵲築巢的地方。有隻老虎從樸樕樹叢中竄出來，喜鵲便一齊大聲鳴叫。八哥聽見叫聲，也聚集著胡亂咭噪。

寒鴉看見了就問喜鵲說：「老虎是在地上行走的，它和你有什麼相干？你為什麼要對著它大喊大叫呢？」

喜鵲答道：「它的呼嘯能生風，我擔心會傾覆了我的巢，所以大聲鳴叫，好讓它快點離去。」

寒鴉又詢問八哥，八哥無言以對。

寒鴉笑道：「喜鵲在樹梢上築巢，擔心被風吹了，所以懼怕老虎；而你們居住在洞穴裡，何必也跟著咭噪呢？」

象　虎

【原文】

楚人有患狐①者，多方以捕之，弗獲。

或教之曰：「虎，山獸之雄也，天下之獸見之，咸讋聾而亡其神②，伏而俟命③。」

乃使作象虎，取虎皮蒙之，出於牖④下。狐入遇焉，啼而踣⑤。

他日，豕暴於其田⑥。乃使伏象虎，而使其子以戈掎諸衢⑦。田者呼，豕逸於莽，遇象虎而反奔衢，獲焉。

楚人大喜，以象虎為可以皆服天下之獸矣。於是，野有如馬，被⑧象虎以趨之。

人或止之曰：「是駁也⑨！真虎且不能當，往且敗。」弗聽。馬吼⑩而前，攫而噬之⑪，顱磔而死⑫。

——《郁離子》

【注釋】

① 患狐：遭狐狸禍害。

② 咸：全，全都。慹（音則）：恐懼，害怕。亡：喪失。神：這裡指魂魄。

③ 俟命：有一籌莫展而聽天由命的意思。俟：等待。

④ 牖：窗戶。

⑤ 踣（音伯）：向前撲倒，跌倒。

⑥ 豕：豬，這裡指野豬。暴：糟蹋。

⑦ 掎諸衢：把守在大道上。掎：牽制，這裡有「把守」的意思。諸：之於。衢：大路。

⑧ 被：通「披」。

⑨ 駁（音伯）：傳說中的猛獸名。《爾雅・釋》：「駁如馬，倨牙，食虎豹。」

⑩ 吼：通「吼」，大聲鳴叫。

⑪ 攫：抓取。噬：咬。

⑫ 顱：頭顱。磔：撕碎身軀。

【譯文】

楚國有個遭狐狸禍害的人，他想了許多方法捕捉狐狸，總是捉不到。有人開導他說：「老虎是百獸之王，天下的野獸見到它，都會嚇得失魂落魄的，伏在地上只能聽天由命。」於是他就讓人做了隻老虎的模型，再用一張虎皮蒙好，放到窗戶下面。一隻狐狸進來，遇見它，嚇得驚叫著跌倒在地。

有一天，野豬在他的田裡損害莊稼，他先讓人埋伏好老虎的模型，又讓兒子手執長戈守候在大路口。他在田裡一呼喊，野豬嚇得逃往草叢之中，正碰上老虎的模型，回頭又跑到路口，終於被捉住了。楚人非常高興，認為老虎的模型可以制伏天下所有的野獸。

這時，曠野裡出現了一隻似馬非馬的怪物，他趕緊披好像虎迎著它奔向前去。有人制止他說：「這是駮啊，真的老虎尚且敵不過它，你迎上去是要吃虧的。」他不聽。那似馬非馬的怪物，雷鳴般地吼叫著，抓住他就咬起來，他的頭顱被咬裂，死掉了。

惜鸛智

【原文】

　　子游為武城宰[1]，郭門之垤[2]，有鸛遷其巢於墓門之表[3]。墓門之老以告曰：「鸛知天將雨之鳥也，而驟遷其巢，邑其大水乎？」

　　子游曰：「諾。」命邑人悉具舟以俟。

　　居數日，水果大至。郭門之垤沒，而雨不止。水且及於墓門之表，鸛之巢翹翹然[4]。徘徊長唳[5]，莫知其所處也。

　　子游曰：「悲哉！是亦有知矣，惜乎其未遠也。」

——《郁離子》

【注釋】

①子游：姓言，名偃，字子游，春秋末吳國人，與子夏、子張齊名，為孔子的著名弟子。武城：魯國的城邑，位於今天山東武城。宰：縣官。

②郭：外城。垤（音碟）：小土堆，小土丘。

③鸛：大型飛禽，羽毛灰白色或黑色，嘴長而直，形似白鶴。表：墓表，即墓碑。

④翹翹然：岌岌可危的樣子。

⑤唳：鳥類高亢的鳴叫。

【譯文】

　　子游擔任武城的縣宰時，外城門的小土堆上，有一隻鸛鳥將其巢遷移到墓門的石碑上來。看管墓門的老人把這個情況報告給子遊說：「鸛鳥是能預知天將下雨的鳥啊，如今突然遷移巢寨，莫非我們這個縣城將要發大水了？」

　　子遊說：「好啊。」於是，下令該城的居民都準備好船隻等待大水到來。

　　過了幾天，果然洪水暴漲，那外城門的小土堆被大水淹沒，而雨仍然下個不停。洪水湧到墓門的石碑那裡，鸛鳥的新巢搖搖欲墜。鸛鳥飛來飛去，長聲哀鳴，不知道該去哪裡安身。

　　子游感嘆道：「可悲呵，鸛鳥算是有智慧的了，可惜眼光不夠長遠！」

救　虎

【原文】

　　蒼筤之山①，溪水合流入於江。有道士②築於其上以事佛，甚謹。

　　一夕，山水大出，漂室廬，塞溪而下。人騎木乘屋，號呼求救者，聲相連也。道士具大舟，躬簑笠③，立水滸④，督善水者繩以俟。人至，即投木索⑤引之，所存活甚眾。

　　平旦⑥，有獸身沒波濤中，而浮其首，左右盼，若求救者。

　　道士曰：「是亦有生⑦，必速救之。」

　　舟者應言往，以木接上之，乃虎也。始則矇矇然⑧，坐而舐⑨其毛；比⑩及岸，則瞠目眡道士⑪。躍而攫⑫之，仆地。舟人奔救，道士得不死，而重傷焉。

郁離子曰：「哀哉！是亦道士之過也。知其非人而救之，非道士之過乎？雖然，孔子曰：『觀過斯知仁矣[13]。』道士有焉。」

──《郁離子》

【注釋】

① 蒼筤（音狼）之山：虛構的山名，意謂青色的山。
② 道士：這裡指事佛的僧人。宗密《盂蘭盆經疏・下》：「佛教初傳北方，呼僧為道士。」
③ 躬：身體，引申為親自。蓑（音縮）笠：蓑衣和笠帽，古時的雨具。
④ 水滸：水邊。
⑤ 木索：木板和大繩。
⑥ 平旦：清晨，黎明。
⑦ 有生：有生命，生靈。
⑧ 矇矇然：迷迷糊糊的樣子。
⑨ 舐（音是）：用舌頭舔物。
⑩ 比：等到。
⑪ 瞠目：瞪大眼睛。眂：通「視」，注視。
⑫ 攫：抓取。
⑬ 觀過斯知仁矣：語見《論語・裡仁》。

【譯文】

　　在蒼筤山，許多溪水匯合流入大江。有個求道的僧人在山上築建寺院供佛，很是恭謹虔誠。

　　一天晚上，山洪暴發，沖垮的房屋漂浮起來，塞滿了溪流，滾滾而下。人們騎在樹上或趴在屋頂上，大聲呼喊救命，叫聲連成一片。僧人備下一條大船，親自穿著蓑衣，頭戴斗笠，站在水邊，指揮一些善於游泳的人拿著木板繩索等著。有人漂下來，立即投擲木板繩索，拉他們上來，因而救起的人非常多。

　　黎明時候，有一頭野獸身子沉在波濤中，而頭浮出水面，左顧右盼，像是在求救的樣子。

僧人說：「這也是一條生命，必須趕快救它。」

船上的人聽了就划船前往，用木頭把它接上來，原來是一隻老虎。剛上船時，老虎一副迷迷糊糊的樣子，坐著舔自己身上的毛；等到上了岸，就瞪著眼睛注視僧人。忽然躍起撲向僧人，僧人倒在了地上。船上的人跑來搶救，僧人才免於一死，但受了重傷。

郁離子說：「可悲啊！這是僧人的過失啊。知道不是人還去救它，難道不是僧人的過錯嗎？但是孔子說：『看一個人的過錯，就可以知道他是不是仁者啊！』這個僧人不就是這樣嗎？」

靈丘丈人

【原文】

靈丘之丈人善養蜂，歲收蜜數百斛①，蠟稱之②，於是其富比封建君③焉。

丈人卒，其子繼之，未期月④，蜂有舉族去者，弗恤⑤也。歲餘去且半，又歲餘，盡去。其家遂貧。

陶朱公⑥之齊，過而問焉，曰：「是何昔者之熇熇⑦，而今日之涼涼⑧也？」

其鄰之叟對曰：「以蜂。」

請問其故。對曰：「昔者，丈人之養蜂也，園有廬，廬有守，刳⑨木以為蜂之宮，不罅不庮⑩。其置也疏密有行，新舊有次，坐有方⑪，牗有向⑫。五五為伍，一人司⑬之。視其生息，調其暄⑭寒，鞏其構架⑮。時其墐⑯發。蕃則從之析之⑰，寡則與之哀⑱之，不使有二王也之。去其蛛蟊蚍蜉⑲，彌其土蜂蠅豹⑳。夏不烈日，冬不凝澌㉑，飄風吹而不搖，淋雨沃而不漬㉒。其取蜜也，分其贏㉓而已矣，不竭其力也。於是故者安，新者息，丈人不出戶而收其利。今其子則不然矣。

園廬不葺，污穢不治，燥濕不調，啟閉無節，居處跼脆㉔，出入障礙，而蜂不樂其居矣。及其久也，蚍蜉㉕同其房而不知，螻蟻㉖鑽其室而不禁，鷯鶹掠之於白日㉗，狐狸竊之於昏夜，莫之察也。取蜜而已，又焉得不涼涼也哉？」

陶朱公曰：「噫！二三子㉘識之，為國有民者，可以鑑矣！」

——《郁離子》

【注釋】

① 斛（音胡）：古代量器名，亦是容量單位，一斛本為十斗，南宋末年改為五斗。

② 蠟：指蜂蠟。稱之：聲譽好。

③ 封君：古代指擁有爵位和封地的貴族。

④ 期月：一整月。

⑤ 恤：憂慮。

⑥ 陶朱公：春秋末年越國大夫范蠡的別號。傳說他幫助勾踐興越國，滅吳國，一雪會稽之恥後，急流勇退，化名姓為鴟夷子皮，泛一葉扁舟於五湖之中，遨遊於七十二峰之間。期間三次經商成巨富，三散家財，自號陶朱公。

⑦ 熇熇（音喝）：火勢熾盛貌，這裡指事業興旺。

⑧ 涼涼：衰落淒涼。

⑨ 刳（音哭）：剖開而挖空。

⑩ 罅（音夏）：原指瓦器開裂，引申為縫隙。庮（音尤）：腐朽木頭的臭味。這裡指腐朽。

⑪ 方：方位，引申為規則。

⑫ 牖（音有）：窗戶。向：方向。

⑬ 司：掌管。

⑭ 暄：暖和。

⑮ 構架：指蜂房的結構。

⑯ 墐（音晉）：用泥土塞門窗。

⑰ 蕃：繁衍。析：分家。

⑱ 衰（音掊）：聚集。

⑲ 蛛蝥（音毛）：蜘蛛。蚍蜉（音皮服）：大螞蟻。

⑳ 彌：通「弭」，平息，消滅。土蜂：不釀蜜的雜蜂。蠅豹：即「蠅虎」，蜘蛛的一種，又稱跳蛛。

㉑ 澌（音撕）：流水。

㉒ 沃：滋潤。漬：浸，泡。

㉓ 贏：通「赢」，有餘，多餘。

㉔ 危脆（音涅務）：動搖不安定的樣子。

㉕ 蛅蟖（音沾思）：一種毛蟲。

㉖ 螻蟻：螻蛄和螞蟻。螻蛄，俗名耕狗、拉拉蛄、扒扒狗，一種害蟲。

㉗ 鶺：即「鶺鴒」，是一類小型、短胖、十分活躍的鳥。鷸（音玉）：即「寒鴉」。

㉘ 二三子：指跟隨陶朱公的眾弟子。

【譯文】

靈丘的一位老人善於養蜜蜂，每年收穫蜂蜜數百斛，蜂蠟也很出名，於是他的財富可以與封邑的貴族媲美。

老人去世了，他的兒子繼承家業，但不到一個月，蜜蜂就有整窩飛走的，他也不憂慮。一年多後，蜜蜂飛走將近一半；又過了一年多，蜜蜂全部飛走了。他的家境就貧困了。

陶朱公來到齊國，路過此地時詢問道：「這裡為什麼先前興旺發達，現在卻這般蕭條衰敗呢？」

鄰舍的一位老人回答說：「都是因為蜂。」

陶朱公請他講其中的原因。老人說道：「從前這家老人養蜂，園裡有草屋，屋裡有人守護，把木頭剖開並挖空當作蜂房，既沒有縫隙，也不會腐朽。那蜂房的放置，根據疏密排成行，新的舊的各有次序，坐落有規則，窗口有方向。二十五箱為一排，由一個人掌管。注視它們的活動休息，調節蜂房裡的冷暖，加固蜂房的結構。按時用泥塗塞漏洞。蜜蜂繁殖多了，就順應它們將其分開；減少了就合併它們將其聚集起來，不讓一個蜂箱產生兩個蜂王。清除蜘蛛和螞蟻，消滅土蜂和蠅虎，遭雨淋不被浸泡。收取蜂蜜時，只是分出多餘的部分，而不竭盡蜜蜂的勞

力。這樣做了，使原有的蜜蜂安寧，新來的蜜蜂得到生息，養蜂人不出家門就能收穫其利。如今他的兒子卻不是這樣。園裡的草屋不修整，污穢不清除，乾濕不調節，開關無節制，居處動搖不安定，出入有障礙，於是蜜蜂就不喜歡這居住環境了。久而久之，毛蟲子爬進了蜂房卻還沒被發現，螻蛄和螞蟻鑽進蜂窩也不禁止，鶹鷂、寒鴉白天來掠取，狐狸夜晚盜竊蜂蜜，他全無察覺，只是一味取蜂蜜罷了，這樣又怎麼能不蕭條衰敗？」

陶朱公感嘆道：「唉！你們可要記住，那些執掌權柄治理百姓的人，可以此作為借鑑。」

濟陰賈人

【原文】

濟陰之賈人①，渡河而亡②其舟，棲於浮苴③之上，號焉。有漁者以舟往救之，未至，賈人急號曰：「我濟上之巨室④也，能我，予爾百金。」

漁者載而升諸陸，則予⑤十金。漁者曰：「向許⑥百金，而今予十金，無乃不可乎？」

賈人勃然作色曰：「若⑦，漁者也，一日之獲幾何！而驟得十金，猶為不足乎？」漁者黯然⑧而退。

他日，賈人浮呂梁⑨而下，舟薄⑩於石又覆，而漁者在焉。人曰：「盍⑪救諸？」漁者曰：「是許金而不酬者也。」立而觀之，遂沒。

——《郁離子》

【注釋】

①濟陰：漢朝郡名。景帝中元六年（前144）從梁國分出，始為國，後改為郡，治所在定陶（今山東定陶西北）。賈人：商人。

②亡：失去。這裡指落水。

③浮苴（音居）：水中浮草。

④巨室：豪門大戶。

⑤予：給。

⑥向許：剛才答應。

⑦若：你。

⑧黯然：失望沮喪的樣子。

⑨呂梁：山名，位於山西省西部，其中龍門山一段有著名的壺口瀑布。

⑩薄：迫近。這裡指衝撞、觸擊。

⑪盍（音何）：何不。

【譯文】

　　濟陰有一個商人，渡河時翻船落水，趴在漂浮的枯草上，大聲呼救。有個打魚人划著船前去救他，還沒到他身邊時，商人急忙喊道：「我是濟陰的豪門大戶，你能救我，我給你一百金。」

　　漁夫將他救起並送到岸上，商人給了他十金。漁夫說：「之前你許諾給百金，現在卻給十金，難道可以嗎？」

　　商人勃然大怒道：「你，一個打魚的，一天能收穫多少錢？現在一下子得了十金，還不滿足嗎？」漁夫沮喪地走了。

　　又一天，那個商人乘船順呂梁河而下，船觸礁又翻了，那個漁夫恰好在那裡。別人問他說：「你為什麼不去救他呢？」漁夫說：「這正是那個許諾給酬金卻又不真心給的人啊。」漁夫於是站在旁邊看著，那商人被水吞沒了。

衛懿公好禽

【原文】

　　衛懿公好禽①，見觓②牛而悅之，觓祿其牧人如中士。寧子諫曰：「不可。牛之用在耕，不在觓。觓其牛，耕必廢。

耕，國之本也，其可廢乎？臣聞之，君人者不以欲妨民。」

弗聽。於是衛牛之者，賈十倍於耕牛，牧牛者皆釋耕而教，農官強能禁。

邶③有馬，生駒不能走而善鳴，公又悅而納諸廄。寧子曰：「是妖也！君不悟，國必亡。夫馬，齊④力者也，鳴非其事也。邦君為天牧民，設官分職，以任其事，廢事失職，闕有常刑⑤，故非事之事，君不舉焉，杜其源也。妖之興也，人實召之，自今以往，衛國必多不耕之夫，不織之婦矣。君必悔之。」

又弗聽。明年，狄⑥伐衛，衛侯將登車，而御失其轡⑦；將戰，士皆不能執弓矢，遂敗於滎澤⑧，滅懿公。

——《郁離子》

【注釋】

① 衛懿公：春秋時期衛國第十八任國君，姬姓，衛氏，名赤，衛惠公之子。衛懿公繼位後，奢侈淫樂，喜好養鶴，竟賜給鶴官位和俸祿，因此招致區民怨恨。禽：鳥、獸的總稱。

② 觚：通「抵」，頂撞，相觸。

③ 邶（音背）：周代諸侯國名，在今河南湯陰東南。

④ 齊：比。

⑤ 闕：猶「乃」。常刑：一定的刑法。

⑥ 狄：我國古代北方民族名。

⑦ 轡：駕馭牲口的嚼子和韁繩。

⑧ 滎（音行）澤：又作「熒澤」，古澤名，位於今河南滎陽南。此處為地名。

【譯文】

衛懿公好玩禽畜，見到鬥牛就很喜歡，給養牛人的俸祿，使其與中士一樣。寧子勸諫道：「不能這樣的。牛的用途在於耕種，不在於頂角。牛都去頂角了，田地必然荒蕪。農耕是國家的根本，它是可以廢棄

的嗎？我聽說，做君主的人不能因自己的嗜好妨礙民生。」

懿公不聽。於是，衛國能用來頂角的牛的價格是用以耕田的牛的十倍。養牛的人都放棄農耕而去訓練牛頂角，農官都不能禁止。

邶國有一匹馬生下馬駒，不會跑卻善於嘶鳴，懿公又很喜歡並將其收養到自己的馬廄中。寧子說：「這是妖孽啊！您若是不醒悟，必定要亡國的。馬是比拚力氣的動物，嘶鳴不是它的用途。一國的君主是替天來管理百姓的，設立官職讓官員分別負擔職責對廢事失職的，就用一定的刑法懲辦。所以不是本分的事，君主就不鼓勵去做，為的是從源頭上杜絕廢事失職啊。妖孽的產生，實際上是人招致的。從今以往，衛國必定出現很多不耕種的農夫、不紡織的婦女啊。您必定要為您自己的行為而後悔。」

衛懿公還是不聽。第二年，狄人攻打衛國，衛侯就要登上戰車，而御者卻丟失了韁繩；雙方將要交戰，士兵卻不能挽弓射箭，於是大敗於榮澤，衛懿公被殺。

晉靈公好狗

【原文】

晉靈公①好狗，築狗圈於曲沃②，衣之繡。嬖人屠岸賈因公之好也③，則誇狗以悅公，公益尚狗。

一夕，狐入於絳④宮，驚襄夫人，襄夫人怒，公使狗搏狐，弗勝。屠岸賈命虞人⑤取他狐以獻，曰：「狗實獲狐。」公大喜，食狗以大夫之俎⑥，下令國人曰：「有犯吾狗者刖⑦之。」於是國人皆畏狗。

狗入市取羊、豕以食，飽則曳以歸屠岸賈氏，屠岸賈大獲。大夫有欲言事者，不因屠岸賈，則狗群噬之。趙宣子⑧將諫，狗逆而拒諸門，弗克入。

他日，狗入苑食公羊，屠岸賈欺曰：「趙盾之狗也。」

公怒使殺趙盾，國人救之，宣子出奔秦。

　　趙穿⑨因眾怒攻屠岸賈，殺之，遂弒⑩靈公於桃園。狗散走國中，國人悉擒而烹之。

　　君子曰：「甚矣，屠岸賈之為小人也，繩⑪狗以蠱君，卒亡其身⑫以及其君，寵安足恃哉！」

——《郁離子》

【注釋】

① 晉靈公：春秋時晉國國君，公元前624至公元前607在位。

② 曲沃：地名，位於今山西曲沃。

③ 嬖（音碧）人：受寵愛的人。屠岸賈：春秋時期晉國大夫，晉靈公時因為阿諛奉承得寵。

④ 絳：春秋時代晉國都城，位於今山西絳縣。

⑤ 虞人：古代掌管山澤和苑囿田獵的職官。

⑥ 俎：古代切割肉所用的砧板，引申為肉食。

⑦ 刖：斷足，古代的一種酷刑。

⑧ 趙宣子：即趙盾，春秋時為晉國執政。昔靈公十四年（前607），趙盾為避靈公殺害出走，未出境，其族人趙穿殺死靈公。趙盾回來擁立晉成公，繼續執政。

⑨ 趙穿：晉國大夫，趙氏旁支，趙盾的堂弟。

⑩ 弒：封建時代稱臣殺君、子殺父母為弒。

⑪ 繩：讚譽。《左傳‧莊公十四年》：「蔡哀侯為莘故，繩息媯以語楚子。」杜預註：「繩，譽也。」

⑫ 卒亡其身：歷史上，此時屠岸賈並沒有被殺，只是遭貶。晉景公時，他東山再起，出任司寇，並製造了著名的「趙氏孤兒」慘案，最後為趙武所殺。

【譯文】

　　晉靈公喜歡狗，在曲沃專門建造了狗舍，給狗穿上錦繡衣服。深得晉靈公寵幸的屠岸賈因知道晉靈公的嗜好，就誇贊狗來取悅靈公，靈公更加看重狗了。

一個夜晚，有狐狸潛入絳宮，驚動了襄夫人。襄夫人非常生氣，靈公讓狗去抓狐狸，狗沒能抓到。屠岸賈命令掌管山林狩獵的虞人將另一隻捕獲的狐狸拿來獻給靈公，說：「狗確實捕獲了狐狸。」晉靈公非常高興，按大夫的標準供應肉食給狗，對國人發佈命令：「如有冒犯我之狗者，砍掉他的腳。」於是國人都十分怕狗。

狗闖入集市去奪取羊、豬吃，吃飽了就拖回來，送到屠岸賈府上，屠岸賈由此獲得不少好處。大夫中有要議論某件事的，只要是不順著屠岸賈的，狗就群起而咬之。趙宣子要向靈公進諫，狗迎上去將其拒之門外，使他不能入內。

又有一天，狗闖進御苑吃了靈公的羊，屠岸賈欺騙靈公說：「這是趙盾的狗幹的。」晉靈公發怒，派人去殺趙盾。國人救了趙盾，趙盾逃往秦國避難。

趙穿趁群情激憤攻打屠岸賈，將他殺了，接著又在桃園殺了晉靈公。晉靈公的狗在國內四處逃散，國人把它們全部捕獲並烹煮了。

君子說：「太壞了，屠岸賈真是小人啊！他用讚譽狗來蠱惑君心，最終喪命並禍及君王，寵幸又哪裡靠得住呢！」

衛靈公怒彌子瑕

【原文】

衛靈公怒彌子瑕①，抶②出之。瑕懼，三日不敢入朝。

公謂祝鮀③曰：「瑕也懟④乎？」

子魚對曰：「無之。」

公曰：「何謂無之？」

子魚曰：「君不觀夫狗乎？夫狗，依人以食者也，主人怒而之，噑而逝；及其欲食也，葸葸然⑤復來，忘其矣。今瑕，君狗也，仰於君以食者也。一朝不得於君，則一日之食曠⑥焉，其何敢懟乎？」

公曰：「然哉。」

——《郁離子》

【注釋】

①衛靈公：春秋時衛國的國君，公元前534至公元前493在位。彌子瑕：
　衛靈公寵愛的臣子。

②抶（音斥）：笞，鞭打。

③祝鮀（音駝）：字子魚，衛國大夫，能言善辯。

④懟：怨恨。

⑤葸葸（音洗）然：害怕、膽怯的樣子。

⑥曠：空缺。這裡指餓肚子。

【譯文】

　　衛靈公對彌子瑕發怒，命人用鞭子抽打他並將他趕了出去。彌子瑕
很害怕，三天沒敢上朝。

　　衛靈公問祝子魚道：「彌子瑕會怨恨我嗎？」

　　子魚答道：「不會。」

　　靈公又問：「為什麼說不會呢？」

　　子魚說：「您沒有見過狗的反應嗎？狗這東西，是靠人才有東西吃
的。主人發怒鞭打它，它就嗥叫著逃走了；等到它想吃東西時，就又畏
畏縮縮跑回來，忘了先前被打的事。如今的彌子瑕，就是您養的一條
狗，仰仗著您才得到吃的。一天不能從您這裡得到食物，他就得餓一天
肚子，他怎麼敢怨恨呢？」

　　衛靈公說：「對呀。」

越王燕群臣

【原文】

　　越王燕群臣①，而言吳王夫差②之亡也，以殺子胥③故。

群臣未應。大夫子余起而言曰。「臣嘗之東海矣，東海之若游於青渚④，禺疆⑤會焉。介鱗之從者以班見⑥。夔⑦出，鱉延頸而笑。夔曰：『爾何笑？』鱉曰：『吾笑爾之蹺⑧躍，而憂爾之踣⑨也。』夔曰：『我之蹺躍，不猶爾之跐跛乎⑩？且我之用一，而爾用四。四猶不爾特⑪也，而笑我乎？故之則贏其⑫，曳⑬之則毀其腹，終日匍匐⑭，所行幾許？爾胡不自憂而憂我也？』今王殺大夫種⑮，而走范蠡⑯，四方之士掉首不敢南顧，越無人矣！臣恐諸侯之笑王者在後也。」

王黯然。

——《郁離子》

【注釋】

① 越王：指越王勾踐。春秋後期的越國君主，前496至前464在位。燕：通「宴」，宴飲。

② 夫差：春秋時期吳國末代國君，闔閭之子，前495至前473在位。前494於夫椒之戰大敗越國，攻破越都，使越屈服。此後，又於艾陵之戰打敗齊國，全殲十萬齊軍。前482，於黃池之會與中原諸侯歃血為盟。越王勾踐趁夫差舉全國之力赴黃池之會的機會，大敗留守的吳軍，殺死吳太子，並最終滅吳國。夫差自刎身亡。

③ 子胥：春秋時期楚國大夫伍員，字子胥。楚平王殺害伍員的父親伍奢和哥哥伍尚，伍員逃到吳國，幫助闔廬奪取王位，並領兵攻破楚國，報仇雪恨。吳王夫差時，因力諫停止攻齊，拒絕越國求和，漸被疏遠。後夫差賜劍命其自殺。伍子胥自殺前對門客說：「請將我的眼睛挖出置於東門之上，我要看著吳國滅亡。」伍子胥死後九年，吳國果然為越國所滅。

④ 若：傳說中東海的海神，即「海若」。青渚：水中綠色的小洲。

⑤ 禺（音余）疆：也作「禺強」「禺京」，傳說中北海的海神。

⑥ 介鱗：有甲殼或有鱗的水族。以班：按次序。

⑦ 夔（音魁）：古代傳說中的一種異獸，似牛而無角，一足。

⑧ 蹺：舉足。

⑨踣（音伯）：僕倒，跌倒。

⑩趴（音必）：蹴也，踢。跛：瘸腿。

⑪特：支持，支撐。

⑫跂（音祈）：爬行。贏：當為「羸」，通「累」，拘累。骭（音幹）：本謂小腿骨，這裡指小腿。

⑬曳：拖，牽引。

⑭匍匐：爬行。

⑮大夫種：即文種，春秋末期著名的謀略家，楚國人，後定居越國，為越王勾踐的主要謀臣，和范蠡一起為勾踐最終打敗吳王夫差立下赫赫功勞。滅吳後，文種自覺功高，不聽范蠡勸告，留在了越國，最後仍被勾踐賜死。

⑯范蠡：春秋末著名的政治家、軍事家，楚國人，在越國成名，輔佐勾踐興越滅吳。他深知勾踐只可同患難，不可共富貴，因此功成名就之後急流勇退，離開了越國。

【譯文】

　　越王宴請群臣，談論吳王夫差之所以滅亡，是因為殺了伍子胥。群臣聽了都不言語。大夫子余站起來說：「我曾經到過東海，東海之神海若在綠色的小洲遊玩，遇到北海之神禺疆，魚蝦蟹鱉等水族依次跟隨著，排列成行出來拜見。獨腳的夔出來了，海龜伸長脖子沖它笑。夔問道：『你笑什麼呢？』海龜說：『我笑你蹺著一隻腳跳，擔心你會跌倒。』夔說：『我用一隻腳跳躍還不如你跛腳爬行嗎？況且我只用的是一隻腳，而你用的是四隻腳。四隻腳還支撐不起你，怎麼還來笑我呢？你爬行時小腿就被拘累，要是拖著腳就要磨破肚皮，一天到晚爬著能走多少路？你怎麼不擔心自己卻擔心起我來了呢？』如今大王殺了文種大夫，范蠡又跑了，四方的賢士也迴轉不敢向南看，越國無人可用！我擔心諸侯笑大王的時候還在後頭呢。」

　　越王聽了，不禁黯然失色。

楚人養狙

超譯・歷代經典寓言

【原文】

　　楚有養狙①以為生者，楚人謂之狙公。旦日，必部分②眾狙於庭，使老狙率以之山中，求草木之實，賦什一以自奉③。或不給，則加鞭棰④焉。眾狙皆畏苦之，弗敢違也。

　　一日，有小狙謂眾狙曰：「山之果，公所樹與？」

　　曰：「否也，天生也。」

　　曰：「非公不得，而取與？」

　　曰：「否也，皆得而取也。」

　　曰：「然則吾何假⑤於彼而為之役乎？」

　　言未既，眾狙皆寤⑥。

　　其夕，相與俟狙公之寢，破柵毀柙⑦，取其積，相攜而入於林中不復歸。狙公卒餒⑧而死。

　　郁離子曰：「世有以術使民而無道揆⑩者，其如狙公乎！惟其昏而未覺也。一旦有開之，其術窮矣。」

　　　　　　　　　　　　　　　　　　——《郁離子》

【注釋】

①狙（音居）：獼猴。

②部分：組織分派。

③賦：徵收。什一：十分之一。自奉：自身日常生活的供養。

④鞭棰：鞭打。

⑤假：依附，依賴。

⑥寤：通「悟」，理解，醒悟。

⑦柵：柵欄。柙：籠子。

⑧餒：飢餓。

⑨道揆：準則；法度。

【譯文】

　　楚國有個以養猴子為生的人，國人叫他「狙公」。每天早上，狙公必定在庭院中分派猴子勞作，讓一隻老猴率領群猴去山裡，採摘植物的果實，他收取十分之一來供養自己。有的猴交不足數，狙公就用鞭子抽打。猴子們都為勞作還挨打感到苦惱，卻又不敢違抗。

　　有一天，一隻小猴問大家：「山上的果子，是狙公種出來的嗎？」

　　眾猴說：「不是的，果實是自然生長出來的。」

　　小猴又問：「沒有狙公的同意，我們就不能去採摘嗎？」

　　眾猴說：「不是的，誰都可以去採摘。」

　　小猴再問：「既然這樣，那我們為什麼要依附於他並被他差服勞役使呢？」

　　話還沒有說完，猴子們全領悟了。

　　那天晚上，眾猴等到狙公睡著了，就合力打破柵欄毀壞木籠，拿走了狙公存放的糧食，相互拉著手一起跑進森林中，再也沒有回來。狙公最後因為飢餓而死。

　　郁離子說：「世上那種憑藉權術統治百姓而不講道義於法度的人，不正像狙公嗎？只因百姓一時愚昧沒有覺悟才能讓他得逞，一旦有人開啟民智，那些人的權術就沒用了。」

蒙人叱虎

【原文】

　　蒙人衣狻猊之皮以適壙①，虎見之而走。謂虎為畏已也，返而矜②，有大志。

　　明日，服狐裘而往，復與虎遇。虎立而眂③之，怒其不走也，叱之，為虎所食。

──《郁離子》

【注釋】

① 蒙人：蒙地的人。蒙：戰國時屬宋（今河南商丘縣東北）。狻猊（音酸尼）：又作「狻麑」，獅子。適：往，至。壙：曠野。

②矜：驕傲，自以為了不起。

③睨：斜眼看。

【譯文】

有一個蒙地人披上獅子皮走到曠野中，老虎一看見他就逃走了。他認為老虎是害怕自己，回到家驕傲地自我誇耀，以為自己了不起。

第二天，他穿上狐狸皮衣到曠野中去，再次與老虎相遇。老虎站立著斜視他。他為老虎沒有逃跑而憤怒，便呵叱它，結果被老虎吃掉了。

豢　龍

【原文】

有獻鯪鯉於商陵君者①，以為龍焉。商陵君大悅，問其食，曰：「蟻。」

商陵君使豢而擾之②。或曰：「是鯪鯉也，非龍也。」商陵君怒，抶③之，於是左右皆懼，莫敢言非龍者，遂從而神之。

商陵君觀龍，龍卷屈如丸，倏④而伸，左右皆佯驚，稱龍之神。

商陵君又大悅，徒居之宮中，夜穴甓⑤而逝。左右走報曰：「龍用壯，今果穿石去矣。」商陵君視其跡，則悼惜不已，乃養蟻以伺，冀其復來也。

無何，天大雨，震電，真龍出焉。商陵君謂為豢龍來，矢⑥蟻以邀之。龍怒，震其宮，商陵君死。

——《郁離子》

【注釋】

①鯪（音陵）鯉：即「穿山甲」。 商陵君：作者假托的人物。

②豢：餵養。擾：馴服，馴養。

③抶（音斥）：用鞭、杖或竹板之類的東西打。

④倏：極快地，忽然。

⑤甓（音壁）：磚。

⑥矢：通「施」，陳設。

【譯文】

有個獻穿山甲給商陵君的人，將其當作龍。商陵君非常高興，問它吃什麼，那人說：「吃螞蟻。」

商陵君派人餵養並馴服它。有人說：「這是穿山甲，不是龍。」商陵君氣得用鞭子抽打他。於是身邊的人都很恐懼，再沒有人敢說不是龍的了，就順從商陵君把穿山甲奉為神龍。

商陵君觀賞「龍」，它蜷曲如丸，又突然伸展開。左右的人都裝作驚訝的樣子，稱讚「龍」的神奇。

商陵君再次樂不可支，便把它移居到宮中，夜裡穿山甲在地磚上打洞逃走了。左右的人跑來報告說：「龍施展強大的本領，如今果然穿石而走了。」商陵君前往察看它留下的蹤痕，痛惜不止，便養了螞蟻等候它，希望它還會回來。

不久，天下大雨，雷鳴電閃，真龍出現了。商陵君以為是他豢養的「龍」回來了，放上螞蟻請它來吃。真龍發怒了，震塌了他的宮殿，商陵君因此而死。

采山得菌

【原文】

粵人有采山而得菌①，其大盈箱②，其葉九成③，其色如金，其光如照，以歸謂其妻子曰：「此所謂神芝者也，食之

者仙。吾聞仙必有分④，天不妄與也，人求弗能得而吾得之，吾其仙矣！」乃沐浴齋⑤三日而烹食之，入咽而死。

其子視之曰：「吾聞得仙者必蛻其骸⑥，人為骸所累故不得仙。今吾父蛻其骸矣，非死矣。」乃食其餘，又死。

於是，同室之人⑦皆食之而死。

——《郁離子》

【注釋】

① 采山：在山中打柴或採藥。 菌：菌類植物名，即蕈，有的可食，有的有毒。
② 盈箱：可以裝滿一箱。
③ 九成：九層。
④ 分：緣分，福分。
⑤ 齋：齋戒，行大禮前的潔身清心行為。
⑥ 蛻：蛇、蟬等動物脫皮。骸：形骸，軀體。
⑦ 同室之人：指家中之人。

【譯文】

有個粵地人採山貨時得到一個蘑菇，大得可以裝滿箱子，葉子有九層，顏色像金子一樣，光芒四照。他把蘑菇拿回家，對妻子和孩子說：「這就是傳說中的神奇靈芝。吃了它人就能成仙。我聽說成仙必定要有注定的緣分，老天是不會隨便亂給這樣的緣分。別人百般祈求都得不到，而我卻得到了它，我能成仙了啊。」於是他沐浴淨身，齋戒了三天，然後把蘑菇煮熟吃了，剛吞下去就死了。

他的兒子見此情景說：「我聽說得道成仙的人必定要解脫掉軀體肉身，人為軀體肉身所牽累，所以才不能成仙。現在我的父親解脫了軀體肉身，並不是死去。」他的兒子就吃了剩下的蘑菇，又死了。

於是一家人都吃了蘑菇而死去。

馮婦之死

【原文】

　　東甌①之人謂火為虎，其稱火與虎無別也。其國無陶冶②，而覆屋以茅，故多火災，國人咸苦之。

　　海隅之賈人適晉③，聞晉國有馮婦④善搏虎，所在則其邑無虎，歸以語東甌君。

　　東甌君大喜，以馬十駟、玉二珏、文錦十純⑤，命賈人為行人⑥，求馮婦於晉。

　　馮婦至，東甌君命駕虛左⑦，迎之於國門外，共載而入，館於國中，為上客。

　　明日，市有火，國人奔告馮婦。馮婦攘臂⑧從國人出，求虎弗得。火迫於宮肆，國人擁馮婦以趨火，灼而死。於是賈人以妄得罪，而馮婦死弗悟。

　　　　　　　　　　　　　　　　——《郁離子》

【注釋】

①東甌：溫州古時稱甌越。前192，漢廷封騶搖為東海王，都東甌，世稱「東甌王」。

②陶冶：燒製陶器，引申指磚瓦。

③海隅：海邊，靠邊沿的地方。晉：周代國名，在今山西及河北南部一帶。

④馮婦：戰國時期晉國人，以善搏虎著稱。

⑤駟：古代同駕一輛車的四匹馬。珏（音決）：合在一起的兩塊玉。
　　純：本文為絲，這裡用作量詞。

⑥行人：使者的通稱。

⑦虛左：古時以左為尊，空著左邊的位置以待賓客叫「虛左」。

⑧攘臂：捋起袖子，伸出兩臂，形容準備搏鬥的姿態。

　　東甌人把「火」唸作「虎」，他們的發音中「火」和「虎」是沒有區別的。他們的國家不生產磚瓦，屋頂鋪的全是茅草，所以多火災，國人都因此吃過苦頭。

　　靠海的地方，有一個商人到了晉國，聽說晉國有個叫馮婦的人善於擒老虎，他所在的地方就沒有老虎。商人回來把這件事告訴了東甌國君。

　　東甌國君聽了大喜，用馬四十匹、白玉兩雙、文錦十匹做禮物，命令商人為使者，到晉國聘請馮婦。

　　馮婦應邀到來，東甌君命駕車左邊的位子空著，親自到都城門外迎接，又一起乘車進城，入住館舍，奉為上賓。

　　第二天，城中起火，國人跑來告訴馮婦。馮婦捋袖伸臂跟隨國人跑出來，想找老虎搏鬥卻沒有找到。這時大火迫向宮殿集市，國人簇擁著馮婦奔向大火，結果被燒灼而死。於是那個商人因為說假話獲罪，而馮婦至死也沒搞清是怎麼回事。

噬　狗

【原文】

　　楚王問於陳軫①曰：「寡人之待士也盡心矣，而四方之賢者不睨②寡人，何也？」

　　陳子曰：「臣少嘗遊燕，假館③於燕市，左右皆列肆④，惟東家甲⑤焉。帳臥起居，飲食器用，列不備有，而客之之者，日不過一二，或終日無一焉。問其故，則家有猛狗。聞人聲而出噬，非有左右之先容⑥，則莫敢躡⑦其庭。今王之門無亦有噬狗乎？此士所以艱其來也。」

——《郁離子》

【注釋】

① 陳軫（音診）：齊國人，後為楚國大夫，戰國時期著名的縱橫家。

② 覜（音況）：賜予，此引申為效勞。

③ 假館：借住，寄居。

④ 列肆：店鋪。

⑤ 甲：居首位的，超過所有其他的。

⑥ 先容：為他人介紹，事先示以臉色。

⑥ 躓：踩，踏。

【譯文】

　　楚王向陳軫問道：「我對待士人是盡心盡意的了，但四方的賢士卻不肯前來為我效力，這是為什麼呢？」

　　陳軫說：「我年輕時曾經遊歷燕國，寄居在燕市，左右全是旅店，唯獨街東一家最好。室內床上用品、飲食器具樣樣俱全，但到那裡去住的客人，每天不過一兩個，有時竟整天沒有一個客人。詢問原因，原來是他家有一條凶猛的狗。狗一聽見人的走動聲，就出來咬，倘若沒有店主人的下人事先關照，就沒有人敢踏進他的院子。如今大工的門口不也有喜歡咬人的狗嗎？這就是賢士不來的原因啊。」

趙人患鼠

【原文】

　　趙人患鼠，乞貓於中山①。中山人予之，貓善捕鼠及雞。

　　月餘，鼠盡而其雞亦盡。其子患之，告其父曰：「盍②去諸？」

　　其父曰：「是非若③所知也。吾之患在鼠，不在乎無雞。夫有鼠，則竊吾食，毀吾衣，穿吾垣墉④，壞傷吾器用，吾將飢寒焉。不病⑤於無雞乎？無雞者，弗食雞則已耳，去飢

寒猶遠，若之何而去夫貓也！」

——《郁離子》

【注釋】

① 中山：即中山國，春秋戰國時期的一個小諸侯國，位於燕趙之間，後為趙國所滅。

② 盍：何不。

③ 若：你。

④ 垣墉：牆壁。

⑤ 病：有害。

【譯文】

　　有個趙國人為家中鬧鼠災而擔憂，就去中山國討要捕鼠的貓。中山國的人給了他一隻貓。這隻貓善於捕捉老鼠和雞。

　　一個多月時間，家裡的老鼠被捉光了，但是他養的雞也被吃光了。他的兒子很擔憂，對父親說：「為何不趕走貓呢？」

　　他的父親說：「這不是你所想的那樣。我所擔憂的是老鼠，並不在於有沒有雞。有了老鼠，它就偷竊我們的糧食，毀壞我們的衣服，穿破我們的牆壁，破壞我們的器具。我們將因此挨餓受凍，不是比沒有雞更有害嗎？沒有雞的話，只不過不吃雞罷了，距離挨餓受凍還遠著呢。為什麼要將貓趕走呢？」

常羊學射

【原文】

　　常羊學射於屠龍子朱①。屠龍子朱曰：「若欲聞射道乎？楚王田於雲夢②，使虞人起禽而射之③。禽發，鹿出於王左，麋交於王右④。王引弓欲射，有鵠拂王旃而過⑤，翼若垂雲。

超譯・歷代經典寓言

王注矢於弓⑥，不知其所射。養叔⑦進曰：『臣之射也，置一葉於百步之外而射之，十發而十中。如使置十葉焉，則中不中非臣所能必矣。』」

——《郁離子》

【注釋】

① 常羊：作者虛構的人物。屠龍子朱：作者虛構的人物。
② 田：通「畋」，打獵。雲夢：古代湖澤名，位於江漢平原，春秋戰國時諸侯貴族的遊獵地。
③ 虞人：古代掌管山澤狩獵的官吏。起：驅趕。
④ 麋：哺乳動物，比牛大，毛淡褐色，雄的有角，角像鹿，尾像驢，蹄像牛，頸像駱駝，俗稱「四不像」。交：交錯。
⑤ 鵠：天鵝。旃：赤色的曲柄旗。
⑥ 注矢於弓：把箭搭在弓上。註：附著。
⑦ 養叔：即養由基，楚國大夫，春秋時著名的神射手。

【譯文】

　　常羊向屠龍子朱學射箭。屠龍子朱說：「你想知道射箭的道理嗎？楚王在雲夢澤打獵，讓掌管山澤狩獵的官員去將禽獸驅趕出來，以便射殺它們。禽獸跑了出來，鹿出現在楚王的左邊，麋出現在楚王的右邊。楚王拉弓準備射，有天鵝突然掠過楚王的紅色曲柄旗，展開的翅膀猶如一片垂雲。楚王將箭搭在弓上，不知道該射向哪裡。養由基上前說道：『我射箭時，放一片葉子在百步之外，可以十發箭十發中。如果放十片葉子在百步之外，那麼射得中射不中我就不能保證了。』」

玄石嗜酒

【原文】

　　昔者玄石①嗜酒，為酒困②，五臟熏灼③，肌骨蒸煮如

裂，百藥不能救。三日而後釋④。謂人曰：「吾今而後，知酒可以喪人也。吾不敢復飲矣。」

居不能閱⑤月，同飲至，曰：「試嘗之。」始而三爵⑥止。明日而五之，又明日十之，又明日而大醻⑦，忘其故，死矣。

故貓不能無食魚，雞不能無食蟲，犬不能無食臭，性之所耽，不能絕也。

——《郁離子》

【注釋】

① 玄石：劉玄石，《搜神記》中人物，傳說他曾喝過「千日酒」，千日不醒。

② 困：困擾，傷害。

③ 熏灼：燒灼、火燙，喻酒之傷害力。

④ 釋：解除。這裡指解酒。

⑤ 閱：經歷。

⑥ 爵：古代的酒杯。

⑦ 醻（音叫）：飲酒乾杯，這裡指沒有節制地濫喝。

【譯文】

從前有個叫玄石的人，特別好酒貪杯。有一次，他被酒醉倒了，五臟就像被熏烤著一樣火燒火燎，肌肉和骨頭就像被蒸煮著一樣撕裂著痛，用什麼藥都無效，三天以後才酒醒。他對別人說：「我從今以後，知道酒可以讓人喪命，我不敢再喝了。」

過了不到一個月，酒友來了，對他說：「喝點試試吧。」他開始時喝三杯就不喝了，第二天喝了五杯，第三天喝了十杯，第四天便開懷暢飲，忘了自己曾經說過酒能讓人喪命的話，最後醉酒而死。

所以說貓不能不吃魚，雞不能不吃蟲，狗不能不吃屎，這是尤其本性決定的，不能改掉啊。

句章野人

【原文】

　　句章之野人^①，翳其藩以草^②，聞喈喈^③之聲，發之而得雉^④。則又翳之，冀其重獲也。

　　明日往聆焉，喈喈之聲如初，發之而得蛇，傷其手以斃。

——《郁離子》

【注釋】

① 句章：古縣名，在今浙江餘姚東南。野人：對農夫的賤稱。
② 翳：遮蔽。藩：籬笆。
③ 喈喈（音皆）：鳥鳴聲。
④ 雉：鳥名，俗稱野雞。

【譯文】

　　句章有一個農夫，用草遮擋著他的籬笆，有一次，聽到草裡發出喈喈叫聲，便扒開草叢，居然得到一隻野雞。於是他又用草遮擋起籬笆，希望能再從那裡捉到野雞。

　　第二天他去那裡細聽，喈喈之聲又和昨天那樣，他撥開草叢，抓到的卻是一條蛇。蛇咬傷了農夫，使他中毒而死。

夢　騎

【原文】

　　郥甿^①之市，見市子之騎而都也^②，慕之。顧^③無所得馬，歸而惋形於色。

一夕，乃夢騎，樂甚。寤而與其友言之。其友憐而與俱適市，僦④馬與之騎，以如陌⑤。馬見青而風⑥，嘶而馳，駊然而驤⑦，蹩然而若鳧⑧。芻豢抱鞍而號，旋於馬腹之下，馬躍而過之，頭入於泥尺有咫⑨。其友馳救之，免。

　　歸乃謂其子曰：「知命者有大戒，惟慎無乘馬而已。」

──《郁離子》

【注釋】

① 芻豢（音除蒙）：餵牲口的人。
② 市子：城市中的年輕人。都：美盛，漂亮。
③ 顧：但。
④ 僦：租賃。
⑤ 如：往。陌：田間小路。
⑥ 風：用作動詞，指被風吹拂。
⑦ 駊：馬肥壯強健。驤：馬首昂舉。
⑧ 蹩：跛腳。這裡是指馬前蹄騰空，後腿直立的樣子。鳧：野鴨。
⑨ 咫：古代稱八寸為咫。

【譯文】

　　芻豢去到集市上，看見城裡的年輕人騎著馬非常瀟灑，就很羨慕他們。但他沒有地方可以得到馬，回到家裡臉上露出惋惜的神色。

　　一天夜裡，他夢見自己騎馬，高興極了，醒後把夢中的情景告訴了朋友。他的朋友憐憫他，就和他一起去集市，租了一匹馬給他，他騎著馬跑到郊外田間小路上。馬見了大地上一片綠色被風吹拂，嘶鳴著奔跑起來，只見它肥壯強健，馬首高昂，又前蹄騰空後腿直立，像野鴨那樣單腳站立。芻豢嚇得抱緊馬鞍驚叫，翻轉倒在馬肚下，馬從他身上跳躍過去，他的頭陷入爛泥裡有一尺八寸深。他的朋友飛奔過去相救，他這才倖免於難。

　　回家後他對兒子說：「知道天命的人有個大戒告訴你，只要小心謹慎不騎馬就是了。」

獟人養猴

【原文】

獟①人養猴，衣②之衣，而教之舞，規旋矩折③，應律合節④。巴⑤童觀而妒之，恥己之不如也，思所以敗之，乃袖茅栗⑥以往。

筵張而猴出，眾賓凝眝⑦，左右皆蹈節。巴童伿然⑧揮袖而出其茅栗，擲之地。猴褫衣⑨而爭之，翻壺而倒案。獟人呵之不能禁，大沮⑩。

郁離子曰：「今之以不制⑪之師戰者，蠢然而蟻集⑫，見物則爭趨之，其何異於猴哉！」

　　　　　　　　　　　　　　　——《郁離子》

【注釋】

① 獟（音伯）：我國古代西南部的一個民族，生活於今川南以及滇東一帶。

② 衣：為動詞，穿。

③ 規、矩：指規行矩步。折：形容走路的樣子，甚至旋轉屈膝彎腰。

④ 應律：應合樂律。合節：合於節奏、節拍。

⑤ 巴：古代國名，在今四川重慶一帶。

⑥ 茅栗：野栗子。

⑦ 凝眝：睜大眼睛全神貫注。

⑧ 伿（音倚）然：靜止的樣子。

⑨ 褫（音恥）衣：剝去衣服。

⑩ 沮：沮喪，喪氣。

⑪ 不制：沒有節制，沒有組織。

⑫ 蟻集：像螞蟻一樣胡亂聚集。

　　有個樊人，養了一群猴子，給它們穿上衣服，教它們跳舞，使它們能像圓規一樣旋轉，像矩尺一樣轉折，應合樂律，符合節拍。一個巴地的小孩見了很妒忌，為自己不如猴子而羞恥，想著用什麼方法破壞它們，就在袖子裡放了野栗子前往。

　　宴席擺開，猴子出來表演，眾賓客瞪大眼睛全神貫注觀看著，只見它們的舞蹈跳得很合節拍。那個巴地的小孩不動聲色地揮了下袖子，撒出野栗子，丟在了地上。猴子見了匆忙扯掉衣服上前爭搶，酒壺被撞倒了，桌案也被掀翻了。樊人大聲呵斥也不能制止，非常沮喪。

　　郁離子說：「當今用沒有紀律約束的軍隊去打仗，蠢笨得如同螞蟻亂鬨哄地聚集在一起，看見財物就上前爭搶，這樣的軍隊和猴子有什麼區別呢！」

荊人畏鬼

【原文】

　　荊人有畏鬼者，聞槁葉①之落與蛇鼠之行，莫不以為鬼也。盜知之，於是宵窺其垣②，作鬼音。惴弗敢睨也③。

　　若是者四五，然後入其室，空其藏焉。或俯④之曰：「鬼實取之也。」中心惑而陰然之。

　　無何⑤，其宅果有鬼。由是，物出於盜所，終以為鬼竊而與之，弗信其人盜也。

——《郁離子》

【注釋】
①槁葉：枯葉。
②宵：夜。垣：矮牆，泛指牆。
③惴：恐懼。睨：斜著眼睛看。

④佝（音舟）：欺騙，欺詐。
⑤無何：不久，很短時間之後。

【譯文】

荊地有一個害怕鬼的人，聽見枯葉落地或者蛇鼠爬行的聲音，無不以為是鬼。盜賊知道了這事，就在夜裡爬上他家的矮牆窺探，並發出鬼叫聲。那人十分恐懼，不敢斜視一眼。

小偷就這樣連續嚇了他四五次，然後進入他的房屋，把他家藏的財物全都偷光了。有人騙他說：「你家的財物確實是被鬼拿走了啊。」那人雖然也有疑惑，但暗中以為真是這樣的。

不久之後，他的家裡果然鬧鬼了。因此，丟失的財物從盜賊的住所找到了，他卻始終認為是鬼偷去之後給了盜賊，而不相信是盜賊偷的。

竊糟為酒

【原文】

昔者魯人不能為酒，唯中山之人善釀千日之酒①。魯人求其方②，弗得。

有仕③於中山者，主酒家④，取其糟⑤粕歸，以魯酒漬⑥之，謂人曰：「中山之酒也。」魯人飲之，皆以為中山之酒也。

一日，酒家之主者來，聞有酒，索而飲之，吐而笑，曰：「是予之糟液也。」

今子以佛誇予，可也；恐真佛之笑子竊其糟也。

——《郁離子》

【注釋】

①中山：古國名。千日之酒：傳說中山狄希能造千日酒，飲後醉千日。

劉玄石好飲酒，求飲一杯，醉眠千日。（見晉代張華《博物誌》）

②方：製酒之方法。

③仕：做官。

④主酒家：以酒家為主人，指在釀酒人家中飲酒。

⑤糟：釀酒剩下的殘渣。

⑥漬：浸泡。

【譯文】

以前，魯國人不會釀製好酒，只有中山國的人才會釀造醇美濃烈的千日之酒。魯國人想求取他們的釀酒方法，但沒有得到。

有個在中山國當官的魯國人，到釀酒人家中飲酒，偷了店家的酒糟回去，用魯國的酒浸泡，對別人說：「這是中山國的酒。」魯國人喝了，都以為真的是中山國的好酒。

一天，中山國那位酒店主人來了，聽說有中山國酒，便要來喝了，剛一入口就吐了出來，譏笑道：「這是用我的酒糟泡出來的。」

現在您可以向我炫耀佛理，但恐怕真佛會笑您只學到了一些糟粕而已啊。

按圖索驥

【原文】

伯樂《相馬經》有「隆顙蛈日，蹄如累麴」之語①。其子執《相馬經》以求馬。出見大蟾蜍②，謂其父曰：「得一馬，略與相同，但蹄不如累麴爾！」

伯樂知其子之愚，但轉怒為笑曰：「此馬好跳，不堪御也③。」

——《藝林伐山》

【注釋】

①隆顙（音桑）：高高的額頭。蚨（音鉄）日：疑為「蚨目」之誤。
　蚨，即青蚨，傳說中的蟲名，後作為銅錢的代稱。蚨目，像銅錢一樣
　大而圓的眼睛。累麴：疊起來的酒藥餅子。

②蟾蜍：俗稱癩蛤蟆。

③堪：能夠，可以。御：駕馭，控制。

【譯文】

　　伯樂著的《相馬經》中有「高高的額頭，眼睛像銅錢一樣大而圓，蹄子像疊起來的酒藥餅子」這樣的描述。伯樂的兒子拿著《相馬經》去尋找千里馬。他出門看見一隻癩蛤蟆，就對父親說：「我找到了一匹千里馬，基本上與您描述的相同，只是蹄子不像疊起來的酒藥餅子罷了！」

　　伯樂知道兒子愚笨，只能轉怒為笑說道：「這匹馬太喜歡蹦跳了，不能駕馭啊！」

假　人

【原文】

　　人有魚池，苦群鷖①竊啄食之，乃束草為人：披蓑②，戴笠③，持竿，植之池中以懾之④。

　　群鷖初迴翔⑤不敢即下，已漸審視⑥，下啄。久之，時飛止笠上，恬⑦不為驚。

　　人有見者，竊去芻人⑧，自披蓑，戴笠，而立池中。鷖仍下啄，飛止如故。人隨手執其足，鷖不能脫，奮翼聲「假假」⑨。人曰：「先故假，今亦假耶？」

──《權子》

【注釋】

① 鷁（音益）：即鸕鷀，俗稱「魚鷹」「水老鴉」，喜歡吃魚。善於潛水捕魚。

② 蓑：蓑衣，用草或棕毛做成的雨衣。

③ 笠：斗笠，用竹篾或棕皮編制的雨帽。

④ 植：樹立。愶：嚇唬。

⑤ 迴翔：盤旋飛翔。

⑥ 已：然後。審視：注視，仔細觀察。

⑦ 恬：安然，坦然。

⑧ 芻人：草人。

⑨ 奮：用力振翅。假假：象聲詞，鸕的叫聲。

【譯文】

　　某人家有口養魚的池塘，因為鸕鷀老是偷啄魚而苦惱，於是捆紮了個假人，給它披蓑衣，戴斗笠，手持竹竿，立在魚池中，用來嚇唬鸕鷀。

　　鸕鷀起初見到時，只放在天空中迴旋飛翔，不敢馬上下來。後來漸漸注視觀察，又飛下來啄食塘中的魚。時間長了，它們還經常飛到假人的斗笠上棲息，悠閒自在，一點兒都不害怕。

　　有人見此情景，暗中撤走了稻草人，自己披上蓑衣，戴上斗笠，站在池塘中間。鸕鷀仍然飛下來啄食並停在斗笠上。那人隨手抓住鸕鷀的腳，鸕鷀脫不了身，拚命拍打著翅膀，發出「假假」的叫聲。那人說：「先前的確是假的，現在還是假的嗎？」

顧　惜

【原文】

　　孔雀雄者毛尾金翠，殊非設色者彷彿也①。性故②妒，雖馴之，見童男女著錦綺③，必趁啄之。山棲時，先擇處貯

尾，然後置身。天雨尾濕，羅者且至④，猶珍顧不復騫舉⑤，卒為所擒。

——《權子》

【注釋】

① 殊非：絕非是。設色者：指畫家。彷彿：指描摹。

② 故：原本，這裡指天生。

③ 著：穿。錦綺：有文彩的絲織品，這裡指色彩豔麗的服裝。

④ 羅者：張網捕鳥之人。且：將要。

⑤ 珍顧：珍惜。騫舉：騰飛，高飛。

【譯文】

　　雄性孔雀的長尾巴金翠奪目，絕非畫家所能描摹。而它又生性嫉妒，雖然經過人們馴化，若是看到男女小孩穿著色彩鮮豔的服裝，一定會追上去啄他們。孔雀在山林中棲息時，總要先找可以安置尾巴的地方，然後再定棲身之處。遇到下雨打濕了長尾巴，那些用羅網捕鳥的人將趕來捕捉它們，它們還在珍惜自己的尾巴而不願意高飛，最終被獵人捕獲。

猩猩好酒

【原文】

　　猩猩，獸之好酒者也。大麓之人設以醴尊①，陳之飲器，小大具列焉。織草為履②，勾連相屬③也，而置之道旁。猩猩見，則知其誘之也，又知設者之姓名與其父母祖先，一一數而罵之。

　　已而謂其朋曰：「盍④少嘗之？慎無多飲矣⑤！」相與⑥取小器飲，罵而去之。已而取差⑦大者飲，又罵而去之。如

是者四，不勝其脣吻⑧之甘也，遂大爵而忘其醉。

醉則群睨嘻笑，取草履著之。麓人追之，相蹈藉而就縶⑨，無一得免焉。其後來者亦然。

夫猩猩智矣，惡⑩其為誘也，而卒不免於死，貪為之也。

—— 《賢弈編》

【注釋】

① 麓：山腳下。醴：甜酒。尊：通「樽」，古代盛酒的器具。

② 履：鞋。

③ 屬：連接。

④ 盍：何不。

⑤ 慎：謹慎，小心。無：通「毋」，不，不要。

⑥ 相與：一齊，共同。

⑦ 差：稍微，比較。

⑧ 脣吻：指嘴。

⑨ 蹈藉：踐踏。縶（音執）：本義為繫絆馬足，引申為捆。

⑩ 惡：憎惡。

【譯文】

猩猩是喜歡喝酒的野獸。住在山腳下的人擺下裝滿甜酒的酒壺，放上大大小小的各種酒杯。人們編織了許多草鞋，把草鞋勾連著串在一起，放在道路旁邊。猩猩見到，知道這是要引誘自己上當，還知道設下這圈套的人的姓名和他們的父母祖先，便一一指名罵起來。

不久，有猩猩就對同伴說：「為什麼不去稍微嘗一下呢？謹慎小心不要多喝便罷！」於是一同拿起小杯來喝，喝完罵罵咧咧地離去了。過了一會兒，眾猩猩又拿起比較大的酒杯來喝，喝完了又罵著離去。這樣重複多次，眾猩猩嘴唇抵擋不住甘甜的誘惑，就拿起大杯暢飲，完全忘了會喝醉的事。

喝醉後，猩猩便擠成一堆斜著眼睛相互嘻笑打鬧，拿來草鞋穿在腳

上。住在山腳下的人追過來，猩猩互相踐踏，一個個都被捆住，無一倖免。之後來的猩猩也是同樣的下場。

　　猩猩可算是很聰明了，知道憎恨人的引誘，可是最終還是免不了一死，這是貪婪的結果啊！

猱搔虎癢

【原文】

　　獸有猱①，小而善緣②，利爪。虎首癢，輒使猱爬搔③之。不休，成穴，虎殊快不覺也。猱徐取其腦啗之④，而汰⑤其餘以奉虎，曰：「余偶有所獲腥⑥，不敢私，以獻左右。」虎曰：「忠哉，猱也！愛我而忘其口腹。」啗已又弗覺也。

　　久而虎腦空，痛發，跡⑦猱，猱則已走避高木。虎跳踉⑧，大吼乃死。

——《賢弈編》

【注釋】

①猱：古書上說的一種猿猴，身體輕捷，善攀援。

②緣：攀援。

③爬搔：搔癢。

④徐：慢慢地。啗：吃。

⑤汰：清除。

⑥腥：腥葷。

⑦跡：名詞作動詞用，追蹤。

⑧跳踉：四腳亂蹦。

【譯文】

　　野獸中有一種猱，體型小而善爬樹，爪子銳利。老虎頭上癢，就讓猱替它撓。猱不停地撓，撓出了一個洞。老虎覺得特別舒服，根本沒有

察覺。猱慢慢地汲取老虎的腦漿來吃，並將剩餘的部分獻給老虎，說：「我偶然得到這些葷腥，不敢自己享用，就獻給您吧。」老虎說：「這只猱對我真是忠心耿耿！如此愛我而顧不上自己吃。」老虎吃了自己的腦漿也渾然不知。

久而久之，老虎的腦漿快被掏空了，疼痛發作，就去追蹤猱。猱早就逃到高樹上躲起來了。老虎翻騰蹦跳，大聲吼叫而死。

莫知其醜

【原文】

南岐在秦蜀山之谷中①，其水甘而不良，凡飲之者皆病癭②，故其地之民無一人無癭者。

及見外方人至，則群小、婦人聚觀而笑之曰：「異哉，其人之頸也！焦③而不吾類！」

外方人曰：「爾之累然④凸出於頸者，癭病也！不求善藥去爾病，反以吾頸為焦耶？」

笑者曰：「吾鄉之人皆然，焉用去乎哉！」終莫知其為醜。

——《賢弈編》

【注釋】
① 南岐：指岐山之南。秦蜀山：指秦嶺。
② 癭（音倚）：頸瘤病，長在脖子上的一種囊狀的瘤子。
③ 焦：乾枯，這裡形容人的脖子細。
④ 累然：重疊隆起的樣子。

【譯文】
南岐位於秦蜀的山谷之中，當地的水甘甜但質地不良，凡是喝這種

水的人都會生頸瘤病，所以那裡的人沒有一個不得頸瘤病的。

看見外地人到來，兒童婦女們都會圍著觀看，並大聲嘲笑：「真奇怪呀，這個人的脖子，枯瘦如柴，根本不像我們！」

外地人說：「你們脖子上隆起那麼一大塊，是得了頸瘤病！你們不去找好藥來治病，怎麼反而認為我脖子枯瘦呢？」

正在譏笑的人說：「我們這地方的人全是這樣的，哪裡用得著去醫治呢？」他們始終不認為自己的脖子是醜陋的。

牧豎拾金

【原文】

有牧豎①子，敝衣蓬跣②，日驅牛羊牧岡垌③間。時時扼嗌④而歌，意自適也，而牧職亦舉。

一日，拾遺金一銖⑤，納衣領中。自是歌聲漸歇，牛羊亦時散逸不擾矣⑥。

——《賢弈編》

【注釋】

①牧豎：牧童。

②敝：破爛。蓬：頭髮散亂。跣：光著腳。

③垌（音同）：遠郊。

④扼嗌：放開嗓子。扼：表示振奮。嗌：咽喉。

⑤銖：古代重量單位，二十四銖等於舊制一兩，表示極小。

⑥逸：逃離。擾：馴養。

【譯文】

有個牧童，衣服破爛，頭髮蓬亂，光著雙腳，每天趕著牛羊到遠郊山裡放牧。他經常放開嗓子高聲唱歌，感覺非常舒適自在，放牧的事也做得很好。

有一天，他撿到別人遺失的一鉢錢，藏在了自己的衣領裡。從此他的歌聲漸漸消失了，牛羊也經常走散不聽他的使喚了。

和尚安在

【原文】

一里尹管解罪僧赴戍[1]。僧故點[2]，中道，夜酒里尹，致沉醉鼾睡；已取刀髡[3]其首，改紲[4]己索，反紲尹項而逸。

凌晨，里尹寤，求僧不得，自摩其首髡，又索在項，則大詫驚曰：「僧故在是，我今何在耶？」

夫人具形宇內[5]，罔罔然[6]不識真我者，豈獨里尹乎！

——《賢弈編》

【注釋】

① 里尹：古時鄉官，即里長。尹：古代長官的通稱。管解：看管押解。赴戍：到邊疆服戍役。古時有役使人民防守邊境的制度，稱「徭戍」，對犯罪的人來說，類似「充軍」「流放」。
② 故：原本。點：狡猾。
③ 髡：剃去頭髮。
④ 紲：捆縛犯人的繩索，這裡用作「縛」。
⑤ 夫：發語詞，加重語氣。具形：具備形體。
⑥ 罔罔然：迷惑恍惚的樣子。

【譯文】

一個里長押解一個犯罪的和尚去邊疆服勞役。這和尚素來狡點，走到中途時，他夜裡勸裡長喝酒，結果把里長灌得酩酊大醉，酣睡不起。和尚拿出刀來剃光了里長的頭髮，又解下自己身上的繩索，反捆在里長的脖子上，悄悄逃跑了。

次日凌晨，里長睡醒了，到處都找不到和尚。他摸著自己被剃光的

頭，又看到自己脖子上的繩索，大驚失色地說：「和尚倒還在呢，可我自己到哪裡去了呢？」

世上的人都有自己的形體，但糊裡糊塗連自己是否真正存在都不知道的人，難道只有這里長一人嗎？

爭　雁

【原文】

昔人有睹雁翔者，將援弓射之，曰：「獲則烹。」

其弟爭曰：「舒雁①烹宜，翔雁燔宜②。」

竟鬥而訟於社伯③。社伯請剖雁，烹燔半焉。已而索雁，則凌空遠矣。

——《賢弈編》

【注釋】

① 舒雁：行動舒緩的雁，指雌雁；或指靜止下來的雁。

② 翔雁：好動的雁指雄雁，或指正在飛翔的雁。燔：烤。

③ 訟：爭辯是非，這裡指請人仲裁。社伯：古代二十五家為一社，社伯是一社之長。

【譯文】

從前有一個人看到天上大雁飛過，一邊準備張弓搭箭將它射下來，一邊說道：「射下來就煮著吃。」

他的弟弟爭著說：「棲息的雁煮著吃最好，飛翔的大雁烤著吃最好。」

兩兄弟爭論不休，最後到社伯那裡去評理。社伯建議他們把雁剖成兩半，一半煮著吃，一半烤著吃。兄弟倆再去尋找天上的雁，那雁早已飛得不知去向了。

汝有田舍翁

【原文】

汝有田舍翁①，家資殷盛②，而累世不識「之乎」③。一歲，聘楚士訓其子④。楚士始訓之搦管臨朱⑤。書一畫，訓曰：「一字。」書二畫，訓曰：「二字。」書三畫，訓曰：「三字。」其子輒欣然擲筆，歸告其父曰：「兒得矣！兒得矣！無可煩先生，重費館穀⑥也，請謝去。」

其父喜而從之，具幣謝遣楚士⑦。

逾時，其父擬徵召女姻友萬氏者飲⑧，令子晨起治狀⑨，久之不成。父趣⑩之。其子恚⑪曰：「天下姓氏夥⑫矣，奈何姓萬！自晨起至今，才完五百畫也。」

——《賢弈編》

【注釋】

①汝：古代州名。以州境內有汝水而得名，轄境相當於現在河南境內北汝河，沙河流城各縣。田舍翁：農戶老伯，這裡是指土財主。

②殷盛：殷實，富裕。

③累世：接連數代。之乎：最簡單的方言虛詞，代指文字。

④楚士：楚地的讀書人。訓：教，開導。

⑤搦管：握筆。搦：握。管：筆。臨朱：描紅，教師寫好紅色楷字再叫初學兒童用墨筆填字。

⑥館穀：舊時給教書先生的報酬，古代多用穀物做薪水。

⑦具幣：準備好錢物。謝遣：辭謝遣退。

⑧徵召：延請。姻友：親戚、朋友。

⑨治狀：寫請帖。

⑩趣：通「促」，催促。

⑪恚（音會）：埋怨。

⑫夥：多。

【譯文】

　　汝州有一個土財主，家產殷實，但幾代都不識字。有一年，他聘請楚國的一位先生來教兒子讀書。這位先生開始教財主的兒子握筆描紅。在紙上寫一畫，教他說：「這是一。」寫兩畫，教他說：「這是二。」寫三畫，教他說：「這是三。」財主的兒子於是感到很高興，扔下毛筆，回去對父親說：「我學會了！我學會了！可以不用先生教了，何必花費這麼多錢財！可以辭退先生了！」

　　財主很高興，聽從了兒子，拿出錢財辭退了楚地的先生。

　　不久以後，財主要請一位姓萬的親友來家中喝酒，讓兒子早上起床寫個請帖。寫了很長時間也沒寫好，父親就過去催促。兒子抱怨道：「天下有那麼多的姓氏，為什麼偏偏要姓萬？我從早上起來寫到現在，才寫完五百畫！」

山魅漆鏡

【原文】

　　濟南郡①方山之南有明鏡石焉，方三丈餘也。山魅行狀②，了了然③著鏡中，莫之遁。至南燕④時，山魅惡其照也，而漆之俾⑤弗明。白鏡石漆而山魅晝熾⑥，人足掃矣⑦。

——《賢弈編》

【注釋】

①濟南郡：西漢時設置，轄境相當於今山東濟南一帶。

②山魅：傳說中山裡的怪物，也叫山精、山怪。行狀：這裡指模樣，形象。

③了了然：清清楚楚的樣子。

④南燕：晉南北朝時十六國之一，北魏兵破後燕的國都中山（今河北定縣），後燕丞相慕容德率眾遷至廣固（今山東益都西北）稱帝，史稱南燕。

⑤俾：使。
⑥熾：烈，盛多。
⑦人足：人跡。掃：滅絕。

【譯文】

　　濟南郡方山的南面，有一塊明鏡石立在那裡，大約三丈見方。山怪的模樣，清清楚楚地映在鏡石裡，沒有能躲避的。到了南燕的時候，山怪恨這些鏡石照出自己的模樣，就在鏡石表面塗上漆，使它再也不亮了。自從鏡石被塗抹以後，山怪在大白天也肆無忌憚地活動，人跡則絕滅了。

貓　號

【原文】

　　齊奄家畜一貓①，自奇之，號②於人曰：「虎貓。」

　　客說之曰：「虎誠猛，不如龍之神也。請更名為『龍貓』。」

　　又客說之曰：「龍固神於虎也，龍升天，須浮雲，雲其尚③於龍乎？不如名曰『雲』。」

　　又客說之曰：「雲靄蔽天，風倏④散之，雲故不敵風也，請更名曰『風』。」

　　又客說之曰：「大風飆⑤起，維屏以牆⑥，斯足蔽矣，風其如牆何？名之『牆貓』可。」

　　又客說之曰：「維牆雖固，維鼠穴之，斯牆圮⑦矣，牆又如鼠何？即名曰『鼠貓』可也。」

　　東里丈人嘻之曰⑧：「噫嘻！捕鼠者，故貓也。貓即貓耳，胡為自失本真哉⑨！」

——《賢弈編》

【注釋】

① 齊奄（音演）：作者虛構的人物。畜：養。

② 號：名號，綽號。

③ 尚：通「上」，這裡是超過的意思。

④ 倏：疾速，忽然。

⑤ 飆（音標）：狂風，暴風。

⑥ 維：句首語氣助詞。 屏：屏障，擋住。

⑦ 圮（音痞）：倒塌。

⑧ 東里：古地名，或複姓。丈人：老人家。嗤：譏笑。

⑨ 胡為：為何，為什麼。本真：本性，本來面目。

【譯文】

　　齊奄家養了一隻貓，自認為它很奇特，告訴別人說它的大名叫「虎貓」。

　　有個客人勸他道：「老虎的確很凶猛，但不如龍神通廣大，請改名為『龍貓』吧。」

　　另一個客人勸他道：「龍固然比虎更神通，但龍升天必須依附於雲，雲不是強於龍嗎？不如叫『雲貓』。」

　　又有一個客人勸他道：「雲霧遮蔽天空，風突然一刮就把它吹散了，所以雲根本敵不過風啊，請改名為『風貓』。」

　　又有一個客人勸他說：「大風狂起，用牆就足以阻擋了，風和牆比如何呢？給它取名叫『牆貓』好了。」

　　又有一個客人勸說他道：「牆雖然牢固，但老鼠能打洞，牆因此就會倒塌。牆和老鼠比如何呢？給它取名叫『鼠貓』好了。」

　　東裡丈人譏笑道：「哎呀！捕捉老鼠的本來就是貓，貓就是貓罷了，為什麼命名要失去貓的本來面目呢？」

兩瞽相詬

【原文】

　　新市有齊瞽者^①，性急躁，行乞衢^②中，人弗避道，輒^③忿罵曰：「汝眼瞎耶？」市人以其瞽，多不較。

　　嗣有梁瞽者^④，性尤戾^⑤，亦行乞衢中。遭之，相觸而躓^⑥。梁瞽固不知彼亦瞽也，乃起亦忿罵曰：「汝眼亦瞎耶？」兩瞽相詬^⑦。市子訕^⑧之。

——《賢弈編》

【注釋】

① 新市：地名。齊：春秋戰國時期的國名，位於今山東北部。瞽（音鼓）：眼睛瞎。
② 衢（音渠）：四通八達的大道。
③ 輒：總是。
④ 嗣：接著，後來。梁：春秋戰國時期魏國的別稱。
⑤ 戾：凶暴。
⑥ 觸：碰撞。躓（音治）：絆倒。
⑦ 詬：罵。
⑧ 訕：譏笑。

【譯文】

　　新市地方有個從齊地來的盲人，性情暴躁。他在大街上乞討，有人沒給他讓道，他就會生氣地罵道：「你眼瞎了嗎？」集市上的人看他是盲人，大多不與他計較。

　　隨後，又有個魏地來的盲人，性格更加暴躁，也在大街上乞討。他倆相遇了，撞了一下都絆倒了。魏地來的盲人本不知道對方也是瞎子，於是爬起來氣憤地罵道：「你眼睛也瞎啊！」

　　兩個盲人大聲互相責罵，集市上的人都嘲笑起他們來。

鴝鵒學舌

【原文】

　　鴝鵒①之鳥出於南方，南人羅而調其舌②，久之，能效③人言，但能效數聲而止。終日所唱，惟數聲也。

　　蟬鳴於庭，鳥聞而笑之。蟬謂之曰：「子能人言，甚善。然子所言者，未嘗言也。曷若④我自鳴其意哉！」

　　鳥俯首而慚，終身不復效人言。

——《叔苴子》

【注釋】

①鴝鵒（音渠玉）：鳥名，俗稱「八哥」，經過訓練，能模仿人說話。
②羅：捕鳥的網。這裡是用網捕捉的意思。調：訓練。
③效：模仿。
④曷若．哪裡比得上。曷：何，什麼。若：如，像。

【譯文】

　　鴝鵒生長在南方，南方人用網捕捉它並教它說話。時間長了，它能模仿人說話，然而只能模仿幾句就停下了。整天所模仿的話，只是那幾句而已。

　　蟬在院裡的樹上鳴叫，鴝鵒聽了便譏笑它。蟬對鴝鵒說：「你能模仿人說話，確實很好；然而你所說的，沒有一句表達自己的心意。哪裡比得上我自己的叫聲，都是表達自己的心意！」

　　鴝鵒慚愧地低下了頭，從此再也不模仿人說話了。

探玄珠

超譯・歷代經典寓言

【原文】

昔人聞赤水中有玄珠①也，相與泳②而探之。維時③，有探得螺者，有探得蚌者，有探得石卵與瓦礫者，各自喜為獲玄珠也。

象罔④聞之，掩口失聲而笑。人攻象罔，象罔逃匿黃帝所，三年不敢出。

——《叔苴子》

【注釋】

① 赤水中有玄珠：上古傳說中，黃帝在赤水之北遺失玄珠。象罔尋覓到玄珠，後被震蒙氏之女竊取，玄珠得而復失，此事被稱為「黃帝失玄珠」。 赤水：神話傳說中的河流。玄珠：黑色明珠。道家以此比喻「大道」。

② 泳：指潛泳。

③ 維時：當時。

④ 象罔：神話傳說中黃帝手下的大臣，《莊子》中有記載。

【譯文】

從前，人們聽說赤水裡有玄珠，便一起潛入水底去摸取。當時，有人摸到螺螄，有人摸到蚌，有人摸到鵝卵石和碎瓦片。他們各自高興，以為自己摸到了玄珠。

象罔聽說此事，不禁搗著嘴巴笑出聲來。人們糾集起來圍攻象罔。象罔只好逃到黃帝那兒躲起來，三年不敢出門。

吾亦凍汝兒

超譯‧歷代經典寓言

【原文】

艾子有孫，年十許，慵劣①不學，每加榎楚②而不悛。

其父僅有是兒，恆恐兒之不勝杖而死也，責必涕泣以請。艾子怒曰：「吾為若教子不善邪？」杖之愈峻。其子無如之何。

一旦，雪作，孫摶③雪而嬉。艾子見之，褫④其衣，使跪雪中，寒戰之色可掬⑤。其子不復敢言，亦脫其衣跪其旁。艾子驚問曰：「汝兒有罪應受此罰，汝何與焉？」其子泣曰：「汝凍吾兒，吾亦凍汝兒。」艾子笑而釋之。

——《艾子後語》

【注釋】

①慵劣：慵，懶惰。劣：頑皮。
②榎（音甲）：通「檟」，楸樹的別稱。楚：古書上指牡荊，落葉灌木。榎楚用作鞭笞的的刑具。
③摶：通「團」，把散碎的東西捏聚成團。
④褫：脫去或解下衣服。
⑤掬：兩手捧（東西）。

【譯文】

艾子有一個孫子，十多歲了，性情懶惰頑劣，不愛讀書。艾子經常用棍棒打他，但他仍不思悔改。

艾子的兒子只有這麼一個孩子，時常擔心孩子禁不住杖打而死掉，每當艾子打孫子時，他都在一旁含著淚求情。艾子生氣地說：「我替你管教兒子難道不好嗎？」邊說邊打得更厲害了。艾子的兒子也無可奈何。

有一天早晨，下起了大雪，孫子在滾雪球玩。艾子發現了，脫光他的衣服，命他跪在雪地上，凍得他渾身發抖，一副可憐相。他父親也不敢再求情，便脫去自己的衣服，跪在自己兒子的旁邊。艾子驚訝道：「你兒子有過錯，理當受此懲罰；你有什麼過錯，也要湊進來？」他父親哭著說：「您讓我的兒子受凍，我也讓您的兒子受凍。」艾子不由得笑了起來，饒恕了他們父子。

預　哭

【原文】

　　齊宣王謂淳于髡曰[1]：「天地幾萬歲而翻覆？」

　　髡對曰：「聞之先師，天地以萬歲為元，十二萬歲為會，至會而翻覆矣。」

　　艾子聞其言大哭。宣王訝曰：「夫子何哭？」

　　艾子收淚而對曰：「臣為十一萬九千九百九十九年上百姓而哭。」

　　王曰：「何也？」

　　艾子曰：「愁他那年上，何處去躲這場災難。」

　　　　　　　　　　　　　　　　　——《艾子後語》

【注釋】

①齊宣王：姓田，名辟疆，戰國時期齊國國君。淳于髡：戰國時期齊人，以滑稽善辯聞名。

【譯文】

　　齊宣王問淳于髡：「天地要幾萬年會翻轉過來？」

　　淳于髡回答道：「聽我的老師說過，天地以一萬歲叫作元始，十二萬歲當作總計年，一到總計年，天地就會翻轉過來。」

艾子聽了大哭起來。齊宣王驚訝地問：「先生為什麼哭？」

艾子止住眼淚答道：「我為生活在十一萬九千九百九十九年時的百姓哭！」

齊宣王問：「這又是為什麼？」

艾子說：「我擔心他們到了那一年，到什麼地方去躲這場災難。」

屠　犬

【原文】

艾子晨飯畢，逍遙①於門，見其鄰擔其兩畜狗而西者，艾子呼而問之曰：「吾子以犬安之？」

鄰人曰：「鬻諸屠②。」

艾子曰：「是吠犬③也，烏乎屠④？」

鄰人指犬而罵曰：「此畜牲，昨夜盜賊橫行，畏顧飽食，嘿不則一聲⑤。今日門辟⑥矣，不能擇人而吠，而群肆噬齧⑦，傷及佳客，是以欲殺之。」

艾子曰：「善。」

——《艾子後語》

【注釋】

① 逍遙：優游自得的樣子，這裡指散步。
② 鬻：賣。諸：「之於」的合音。屠：屠夫。
③ 吠犬：會叫的狗，指看門狗。
④ 烏乎：為什麼。屠：屠宰。
⑤ 嘿：閉口不作聲。則：作。
⑥ 辟：開啟。
⑦ 肆：放肆。噬齧：咬。

【譯文】

艾子吃過早飯，在門口悠閒自得地散步，看見鄰居挑著他家養的兩條狗往西邊走。艾子喊住他問道：「你要把狗挑到哪裡去啊？」

鄰居說：「去賣給屠夫。」

艾子說：「這是會叫的看家狗啊，怎麼就宰了呢？」

鄰居指著狗罵道：「這兩個畜生，昨晚遇到盜賊來我家行竊，害怕得只顧自己飽食，緊閉嘴巴一聲也不叫；今天開門後，卻又不認人亂叫，群起亂咬，甚至咬傷到了尊貴的客人，所以要宰了它們。」

艾子說：「對啊！」

二技致富

【原文】

有人以釘鉸^①為業者，道逢駕幸郊外，平天冠^②偶壞，召令修補。訖^③，厚加賞賚^④。

歸至山中，遇一虎臥地呻吟，見人舉爪示之，乃一大竹刺。其人為拔去，虎銜一鹿以報。

至家語婦曰：「吾有二技，可立致富。」

乃大署^⑤其門曰：「專修補平天冠，兼拔虎刺。」

——《五雜俎·事部四》

【注釋】

① 釘鉸（音狡）：指釘鉸手藝，以金玉等鑲嵌、補釘器物。

② 平天冠：古代皇帝的冠冕。

③ 訖：完畢。

④ 賚：賜予，給予錢財。

⑤ 大署：大字書寫。

【譯文】

　　有一個以釘鉸手藝為生的人，某天路上偶遇皇帝駕臨郊外，恰逢皇帝所戴的平天冠壞了，就下令叫他去修補。修完後，皇帝賞給他一筆豐厚的酬金。

　　他回家途中經過山裡，遇到一隻老虎臥在地上呻吟，那老虎見了人就把腳爪舉起來給他看，原來腳爪上有根大竹刺。這人為老虎拔掉了竹刺，老虎銜來一隻鹿作為報酬。

　　這人回到家後對妻子說：「我有兩種絕技，可以立即致富。」

　　於是，在門口書寫了兩行大字：「專門修補平天冠，兼拔虎掌竹刺。」

農夫亡鋤

【原文】

　　夫田中歸，妻問鋤放何處，夫人聲曰：「田裡。」

　　妻曰：「輕說些，莫被人聽見，卻不取去！」因促①之往看，無矣。

　　忙歸，附②妻耳云：「不見了！」

　　　　　　　　　　　　　　　　——《雅俗同觀》

【注釋】

① 促：催促。

② 附：貼著，附著。

【譯文】

　　農夫從田中回家，妻子問他鋤頭放在什麼地方了，農夫大聲說道：「放在田裡了。」

　　妻子說：「你說話輕聲些，被別人聽見了，豈不被人拿走了？」因此催促他去田裡看看，鋤頭果真已經不在了。

農夫匆忙回家，附在妻子耳邊輕聲說：「不見了！」

得丈人力

【原文】

有以岳丈之力，得中魁選①者，或作語嘲之曰：「孔門弟子入試，臨揭曉，先報子張②第十九，人曰：『他一貌堂堂，果有好處。』又報子路③第十三，人曰：『他粗人也中得高，全憑那一陣氣魄。』又報顏淵④第十二，人曰：『此聖門高足，屈了他些。』又報公冶長⑤第五，人駭曰：『此子平日不見怎的，如何倒中正魁？』或曰：『全得他丈人之力耳。』」

——《雅謔》

【注釋】

① 魁選：科舉考試中的第一名。
② 子張：複姓顓孫，名師，字子張，春秋末年陳國人，孔門十二哲之一。《論語》篇目：「子張第十九」。
③ 子路：姓仲，名由，字子路，又字季路，孔門十哲之一。《論語》篇目：「子路第十三」。
④ 顏淵：姓顏，名回，字子淵，春秋末年魯國曲阜人，孔子最得意的門生。《論語》篇目：「顏淵第十二」。
⑤ 公冶長：複姓公冶，名長，字子長，春秋末年魯國人，孔門弟子，娶了孔子的女兒。《論語》篇目：「公冶長第五」。

【譯文】

有一個仰仗老丈人勢力，得中科舉第一名的人，人們編造了一段話嘲諷他，說道：「孔門的弟子去參加考試，到了揭榜時，先通報子張中了第十九名，人們說：『子張相貌堂堂，果然有他了得的地方。』又通報子路中了第十三名，人們說：『子路是個粗魯的人，能夠高中，大概

全憑他那一股堅強氣魄吧。』又通報顏淵中了第十二名，人們說：『顏
淵是孔聖人門下最得意的弟子，排在第十二名，有些委屈了他。』又通
報公冶長得中第五名，人們驚訝地說：『此人平時不顯山露水，這次如
何反而能得中正魁？』旁邊有人說道：『全憑他老丈人的力量呀！』」

金 眼 睛

【原文】

　　黨進命畫工寫真①。寫成大怒，責畫工曰：「前日見你畫
大蟲②，尚用金箔③貼眼，偏我消不得一雙金眼睛乎？」

　　　　　　　　　　　　　　　　　　　　　　　　——《雅謔》

【注釋】

①黨進：人名。北宋有位名將叫黨進。寫真：中國肖像畫的傳統名稱，
　因人像要求形神肖似，故名。
②大蟲：老虎。
③金箔：用黃金鎚成的薄片。

【譯文】

　　黨進命令畫師給他畫一幅肖像。畫成後，黨進看了大怒，責罵畫師
道：「前些天見你畫老虎，尚且用金箔貼在老虎的眼睛上，難道我還受
用不了一雙金眼睛嗎？」

狗 病 目

【原文】

　　迂公①病目，將就醫，適犬臥階下。迂公跨之，誤躡其

項②，狗遽齧公③，裳裂。

公舉示醫。醫故調之曰：「此當是狗病目耳。不爾，何止敗君裳？」

公退思：「吠主小事，暮夜無以司儆④。」乃調藥先飲狗，而以餘瀝⑤自服。

——《雅謔》

【注釋】

① 迂公：作者虛擬的人物，意為迂腐的人。
② 躡：踩，踏。項：脖子。
③ 遽：急，突然。齧：咬。
④ 儆：警戒。
⑤ 餘瀝：本指酒的餘滴，這裡指剩下來的少許湯藥。

【譯文】

迂公眼睛生病，要出去找醫生診治，恰巧自家的狗正趴在台階下。迂公從狗身上跨過去，不小心踩到了狗脖子。狗驟然跳起來咬迂公，把迂公衣服都撕裂了。

迂公來看病，提起被咬破的衣服給醫生看。醫生故意戲弄他，說：「這一定是狗的眼睛有病了。不然的話怎麼會只咬破你的衣服？」

迂公回家後尋思道：「狗眼睛有病，咬了主人還是小事，黑夜裡警戒卻要誤大事。」於是，他便把藥煎了先給狗喝了，自己只喝了剩下的一點藥湯。

馬肝有毒

【原文】

有客語：「馬肝大毒，能殺人，故漢武帝云：『文成①食馬肝而死。』」

迂公適②聞之，發笑曰：「客誑語③耳。肝固在馬腹中，馬何以不死？」

客戲曰：「馬無百年之壽，以有肝故也。」

公大悟。家有蓄馬，便刳④其肝，馬立斃。公擲刀嘆曰：「信哉，毒也！去之尚不可活，況留肝乎？」

——《雅謔》

【注釋】

① 文成：將軍名號。漢武帝曾拜方士少翁為文成將軍。

② 適：剛好，正巧。

③ 誑語：騙人的話。

④ 刳（音枯）：從中間破開再挖空。

【譯文】

有一位客人說：「馬肝有毒，能毒死人，所以漢武帝說：『文成吃了馬肝就死了。』」

迂公恰好聽到，便發笑說：「這位客人是說謊話罷了。肝本來就在馬肚子裡，馬怎麼不死呢？」

客人故意戲弄他說：「馬沒有百年的壽命，就因為肚子裡有肝呀。」

迂公恍然大悟。他家中養有一匹馬，於是就把馬肝刳了出來，馬立刻就死了。迂公丟下刀嘆了口氣說：「真的呀，果然有毒呀！挖去了肝還不能活命，何況是把肝留在馬肚子裡呢？」

借　衣

【原文】

雨中借人衣著之出，道濘失足①，損一臂，衣亦污。從

者掖②公起，為之摩痛。

迂公止之曰：「汝第取水來滌吾衣③，臂壞無與爾事。」

從者曰：「身之不恤，而念一衣乎？」

公曰：「臂是我家物，何人向我索討？」

——《雅謔》

【注釋】

① 濘：泥濘。失足：摔跤。

② 掖：用手扶胳膊。

③ 第：只，只管。滌：洗滌。

【譯文】

迂公在下雨時借了人家的衣服穿著出門，因道路泥濘不小心跌了一跤，傷了一隻胳膊，衣服也弄髒了。隨從連忙扶起他，替他揉搓痛處。

迂公忙著制止道：「你只管快取水來洗我身上的衣服，我胳膊傷了不關你的事。」

隨從說：「自己的身體都不愛惜，反而一心惦記著衣服嗎？」

迂公說：「胳膊是我自家的，有誰會來向我索要呢？」

何 無 賊

【原文】

鄉居有偷兒，夜瞰①迂公室。公適②歸，遇之。偷兒大恐，並棄其所竊來羊裘而遁③。公拾得之，大喜。自是羊裘在念，每夜歸，門庭晏然④，必蹙額⑤曰：「何無賊？」

——《雅謔》

【注釋】

① 瞰：從高處往下看，窺探。

② 適：剛好。

③ 遁：逃走。

④ 晏然：安靜，安寧。

⑤ 蹙額：皺眉頭。

【譯文】

　　鄉裡有個小偷，夜晚在迂公的房樑上偷窺。迂公剛好回家，遇到了小偷。小偷很害怕，一並將偷來的羊皮大衣丟下逃跑了。迂公拾到羊皮大衣，非常高興。從此他念念不忘羊皮大衣。每天晚上回到家，見到門口很安靜，迂公就一定會皺著眉頭說：「為什麼沒有小偷呢？」

葺屋遇霽

【原文】

　　久雨屋漏，一夜數徙床，卒無乾處，妻兒交詬①。

　　迂公急呼匠葺治②，勞費良苦。工畢，天忽開霽③，竟月④晴朗。公日夕⑤仰屋嘆曰：「命劣之人！才葺屋便無雨，豈不白折⑥了工費也？」

——《雅謔》

【注釋】

① 詬：辱罵。

② 葺治：整治，修繕。葺（音器）：用茅草覆蓋屋頂。

③ 開霽：陰雨轉晴。

④ 竟月：整個月。竟：自始至終。

⑤ 日夕：整天。

⑥ 折：損失。

連日下雨，迂公的房屋漏了，一夜之間多次搬移床鋪，始終找不到一處乾燥的地方，妻子兒子交替抱怨責罵。

迂公趕忙叫來工匠修繕屋頂，勞作花費實在辛苦。完工了，天忽然放晴，連續一個月都是大晴天。

迂公整天仰望屋頂嘆道：「命運不好的人啊！才修了屋頂便不下雨了，豈不是白花了勞力銀子嗎？」

矮坐頭

【原文】

家有一坐頭①，絕②低矮。迂公每坐，必取片瓦支其四足。後不勝其煩，忽思得策，呼侍者，移置樓上坐。

及坐時，低如故，乃曰：「人言樓高，浪③得名耳。」遂命毀樓。

——《雅謔》

【注釋】

① 坐頭：板凳。

② 絕：特別。

③ 浪：沒有約束。這裡是指信口雌黃的浪語。

【譯文】

家中有一條板凳，特別低矮。迂公每次坐，必定拿些瓦片墊它的四隻腳。後來不勝其煩，忽然想了個辦法，叫來僕人，將板凳搬到樓上去坐。

等他坐下時，板凳還像是原來一樣低矮，他就說：「人們說樓高，卻是胡扯得來的名聲啊！」於是叫僕人將樓拆了。

超譯・歷代經典寓言

宋　箋

**【原文】

　　迂公家藏宋箋①數幅，偶吳中有名卿善書畫者至②，或諷③之曰：「君紙佳甚，何不持向某公索其翰墨④，用供清玩⑤？」公曰：「爾欲壞吾紙耶？蓄宋箋，固當宋人畫。」

——《雅謔》

【注釋】

①宋箋：宋朝的紙。箋：小幅華貴的紙，古時用以題詠或寫書信。

②偶：偶爾，這裡指碰巧。名卿：有聲望的公卿。

③諷：勸。

④索：求取。翰墨：原指筆、墨，一般泛指書畫作品。

⑤清玩：指供玩賞的精美雅緻的物品。

【譯文】

　　迂公家收藏有宋朝的幾幅紙，偶爾有吳地善於書畫而有名的官員到來，有人勸他說：「你的紙非常好，何不拿來找這位大人索要他的墨寶，使之成為以供玩賞的雅緻的東西？」迂公說：「你想毀壞我的紙啊？收藏宋紙，肯定應當讓宋人畫。」

名讀書

【原文】

　　車胤①囊螢讀書，孫康②映雪讀書。一日，康往拜胤，不遇，問：「何往？」門者曰：「出外捉螢火蟲去了。」

　　已而胤答拜康③，見康閒立庭中，問：「何不讀書？」康

曰：「我看今日這天不像個下雪的。」

——《笑林》

【注釋】

① 車胤：字武子，東晉人，官至吏部尚書。車胤自幼聰穎好學，因家境貧寒，常無油點燈，夏夜就捕捉螢火蟲，用以照明。

② 孫康：東晉人，官至御史大夫。早年好學，因家貧沒錢買燈油，曾在冬日映雪讀書。

③ 已而：不久。答拜：回拜，回訪。

【譯文】

　　車胤利用裝在袋子裡的螢火蟲發出的光來讀書，孫康利用雪反射的光來讀書。有一天，孫康前去拜見車胤，沒有遇到，便問：「去了哪兒？」看門的人說：「外出捉螢火蟲去了。」

　　過了不久，車胤去孫康家回訪，只看見孫康悠閒地站在院子裡，便問道：「你怎麼不讀書呢？」孫康回答說：「我看今天這天氣，不像是要下雪的。」

鑽　刺

【原文】

　　鼠與黃蜂為兄弟，邀一秀才做盟證①，秀才不得已往，列為第三人。一友問曰：「兄何居乎鼠輩之下？」答曰：「他兩個一會鑽，一會刺，我只得讓他些罷了。」

——《笑林》

【注釋】

① 盟證：見證人。

【譯文】

　　老鼠和黃蜂結拜為兄弟，邀請一個秀才去做證人，秀才不得已去了，只被排在第三位。有一位朋友問他：「老兄為何甘心居於鼠輩之下？」秀才答道：「它們兩個一個會鑽，一個會刺，我只能讓著它們些了。」

證孔子

【原文】

　　兩道學①先生議論不合，各自詫真道學而互詆為假②，久之不決，乃請證於孔子③。

　　孔子下階，鞠躬致敬而言曰：「吾道甚大，何必相同？二位老先生皆真正道學，丘素所欽仰，豈有偽哉。」兩人各大喜而退。

　　弟子曰：「夫子何諛之甚也？」孔子曰：「此輩人哄得他勾了，惹他甚麼？」

　　　　　　　　　　　　　　　　　　　　——《笑林》

【注釋】

①道學：這裡指儒家的道德學問。
②詫：誇耀。詆：詆毀，攻擊。
③證：驗證，證實。孔子：子姓，孔氏，名丘，字仲尼，春秋時期人，中國偉大的思想家、教育家、政治家。

【譯文】

　　有兩個道學先生觀點不同，各自標榜自己是真道學而攻擊對方是假道學，爭論很久都沒有結果，於是就一起去請孔子做個判斷。

　　孔子走下台階，鞠躬致敬說道：「我的『道』很大，何必相同？二

位老先生都是真正道學，我一直都很欽佩景仰，哪會有假呢？」兩人各自高高興興地回去了。

孔子的弟子問道：「先生您怎麼對他們這般阿諛奉承呢？」孔子回答說：「這種人哄得走就夠了，又何必招惹他們？」

盜　牛

【原文】

有盜牛被枷①者，親友問曰：「犯何罪至此？」

盜牛者曰：「偶在街上走過，見地下有條草繩，以為沒用，誤拾而歸，故連此禍。」

遇者曰：「誤拾草繩，有何罪犯？」

盜牛者曰：「因繩上還有一物。」

人問：「何物？」

對曰：「是一隻小小耕牛。」

——《笑林》

【注釋】

①枷：古代刑罰，將犯人上枷，寫明罪狀示眾。

【譯文】

有個偷牛而被披枷戴鎖示眾者，親友看見了，就問他：「你到底犯了什麼罪，竟然到了這種地步？」

偷牛的人說：「我從街上走過，偶然看見地上有一根草繩，以為是沒用的東西，就誤把它撿起來拿回家了，因此遭到這種災禍。」

有個路人聽了問：「誤撿了一根草繩，犯什麼罪了呢？」

偷牛的人說：「因為繩子上連著一樣東西。」

路人問：「是什麼東西？」

偷牛的人回答說：「是一頭小小的耕牛。」

抵　償

【原文】
　　老虎欲啖猢猻①，猻詫曰：「我身小不足以供大嚼②。前山有一巨獸，堪③可飽餐，當引導前去。」

　　同至山前，一角鹿見之，疑欲啖己。乃大喝云：「你這小猢猻，許我十二張虎皮。今只拿一張來，還有十一張呢？」

　　虎驚道，罵曰：「不信這小猢猻這等可惡，倒要拐我抵銷舊賬！」

——《笑林》

【注釋】
①啖：吃。猢猻：特指北方獼猴，也可做猴子的別稱。
②嚼：用牙齒咬碎。
③堪：能，可以，足以。

【譯文】
　　老虎正要吃猢猻，猢猻說：「我身體太小不夠你好好吃的。前面山中有一巨獸，足夠你飽餐一頓，我可以帶你前去。」

　　猢猻引老虎一同到了山前，有隻角鹿見到它們，猜想老虎是要吃自己，便大聲喝道：「你這小猢猻，答應拿十二張虎皮送給我。現在只拿一張來，還有十一張呢！」

　　老虎聽了嚇得趕忙逃跑，心裡罵道：「沒想到這小猢猻這樣可惡，倒要拐我來抵銷舊賬。」

吃糟餅

【原文】

　　一人家貧而不善飲，每出，止啖糟餅①二枚，即有酣②狀。

　　適遇友人問曰：「爾晨飲耶？」

　　曰：「非也，食糟餅耳。」

　　歸以語妻，妻曰：「便說飲酒，也妝③些門面。」夫頷④之。

　　及出，遇此友，問如前，以吃酒對。

　　友詰之曰：「熱吃乎？冷吃乎？」

　　答曰：「是熯⑤的。」

　　友笑曰：「仍是糟餅。」

　　既歸，而妻知，咎⑥曰：「酒如何說？須云熱飲。」

　　夫曰：「已曉矣。」

　　再遇此友，不待問，即誇云：「我今番的酒是熱吃的。」

　　友問曰：「爾吃幾何？」

　　伸指曰：「兩個。」

——《笑林》

【注釋】

① 糟餅：用酒糟和粗糧麵烙成的餅。

② 酣：酒喝得很暢快的樣子。

③ 妝：充當，裝飾。

④ 頷：點頭，表示應允。

⑤ 熯（音汗）：乾燥，這裡指一種烹飪方法。

⑥ 咎：責備。

【譯文】

　　有一個人家境貧窮，不善飲酒，每次出門，只吃糟餅兩個，就像喝醉了。

　　一次，路上遇見一位朋友，問他說：「你早上喝酒了嗎？」

　　回答說：「沒有，我是吃了糟餅。」

　　回到家後他把這事告訴了妻子，妻子說：「你只管說是喝了酒，這樣也裝些門面。」丈夫點頭答應。

　　等到再次出門，又遇到了那位朋友，朋友像前一次一樣問他，他就回答說喝酒了。

　　朋友詢問他說：「是吃的熱酒呢，還是冷酒？」

　　回答說：「是吃乾的。」

　　朋友人笑說：「那仍然是糟餅。」

　　回到家，妻子知道了這事，責備他說：「酒怎麼能說成是乾的呢？必須說熱的。」

　　丈夫說：「知道了。」

　　等到再次碰見那位朋友，不等對方詢問，他就先自誇道：「我今天吃的是熱酒。」

　　朋友問道：「你吃了多少？」

　　他仲著手指頭說：「兩個。」

夫妻爭度金

【原文】

　　裡中有富家行聘[①]，盛筐篋[②]而過公門者。公夫婦並觀之，相謂曰：「吾與爾試度其幣金幾何？」

　　婦曰：「可[③]二百金。」

　　公曰：「有五百。」

　　婦謂必無，公謂必有。爭執至久，遂相詈毆[④]。

婦曰：「吾不耐爾，竟作三百金何如？」

公猶詬誶⑤不已，鄰人共來勸解。公曰：「尚有二百金未明白，可是細事？」

——《迁仙別記》

【注釋】

① 行聘：舊俗訂婚時，送錢幣行訂婚禮。

② 筐籮：盛物的竹器。

③ 可：大約。

④ 詈（音立）毆：打罵。

⑤ 詬誶：辱罵。詬：恥辱。誶：責罵。

【譯文】

鄉裡有一富裕人家舉行訂婚禮，竹筐裡裝滿禮金走過迁公的大門口。迁公夫婦一同觀看，互相說道：「我和你打賭，猜一猜這筐裡的錢幣有多少？」

妻子說：「大約有二百金。」

迁公說：「我看有五百。」

妻子說絕對沒有那麼多，迁公說必定有。兩人爭了很久，竟互相打罵起來。

妻子說：「我受不了你了，最終猜作三百金怎麼樣？」

迁公還是罵個不停，鄰居都來勸解。迁公說：「還有二百金沒弄明白呢，這能是小事嗎？」

鼠技虎名

【原文】

楚人謂虎為老蟲，姑蘇①人謂鼠為老蟲。余官長洲②，以事至婁東③，宿郵館④，滅燭就寢，忽聞碗碟耆然⑤有聲。余

問故，閽童⑥答曰：「老蟲。」

　　余楚人也，不勝驚錯，曰：「城中安得有此獸？」

　　童曰：「非他獸，鼠也。」

　　余曰：「鼠何名老蟲？」

　　童謂吳俗相傳耳。

　　嗟乎！鼠冒老蟲之名，致使余驚錯欲走，良足發笑。然今天下冒虛名駭世俗者不寡矣！至於挾鼠技而冒虎名，立民上者，皆鼠輩也。天下事不可不大憂耶！

——《雪濤小說》

超譯‧歷代經典寓言

【注釋】

①姑蘇：蘇州的別稱。

②長洲：舊縣名，武則天萬歲通天元年（696），析吳縣東部分置長洲縣，兩縣同城而治，同屬於蘇州管轄。

③婁東：江蘇太倉的別稱，因位於婁江之東而得名。

④郵館：古代在驛站設置的客舍，供因公事出差的人歇宿。

⑤砉（音須）然：破裂之聲。

⑥閽（音昏）童：看門僮僕。閽：宮門。

【譯文】

　　楚地人稱老虎為老蟲，蘇州人稱老鼠為老蟲。我在長洲做官的時候，因有公事去到婁東，住在驛站的旅館裡，吹滅蠟燭剛要上床睡覺。忽然聽到碗碟等發出的輕微的碰撞聲。我問是怎麼回事，看門的童子答道：「是老蟲。」

　　我是楚地人，聽了不禁驚恐，問：「城裡怎麼會有這種野獸？」

　　僮僕知道我弄錯了，就說：「不是別的獸，是老鼠。」

　　我又問：「老鼠為什麼叫老蟲？」

　　僮僕聲稱這是吳地的風俗，一直叫老蟲罷了。

　　唉！老鼠冒老虎之名，致使我驚詫得要逃走，真是可笑。然而今日天下冒虎名以欺世的人可真也不少！至於那些以鼠輩伎倆，冒充虎之威

名，騎在民眾頭上作威作福的，都是鼠輩啊。這關係到天下危亡的大事怎麼能不叫人擔憂呢？

狡生夢金

【原文】

　　嘗聞一青衿[1]，生性狡，能以譎計[2]誑人。

　　其學博[3]持教甚嚴，諸生稍或犯規，必遣人執之，撲[4]無赦。

　　一日，此生適有犯。學博追執甚急，坐彝倫堂[5]，盛怒待之。已而生至，長跪地下，不言他事，但曰：「弟子偶得千金方，方在處置，故來見遲耳。」

　　博士聞生得金多，輒霽[6]怒，問之曰：「爾金從何處來？」

　　曰：「得諸地中。」

　　又問：「爾欲作何處置？」

　　生答曰：「弟子故貧，無資業，今與妻計：以五百金市田，二百金市宅，百金置器具，買童妾，止剩百金，以其半市書，將發憤從事焉，而以其半致饋先生，酬平日教育，完矣。」

　　博士曰：「有是哉！不佞[7]何以當之？」遂呼使者治具，甚豐潔，延生坐觴[8]之，談笑款洽[9]，皆異平日。飲半酣，博士問生曰：「爾適匆匆來，亦曾收金篋中扃鑰耶[10]？」

　　生起曰：「弟子佈置此金甫定，為荊妻轉身觸弟子，醒已失金所在，安用篋？」

　　博士蘧然[11]曰：「爾所言金，夢耶？」

生答曰：「固耳。」

博士不懌⑫，然業與款洽，不能復怒，徐曰：「爾自雅情⑬，夢中得金，猶不忘先生，況實得耶？」更一再觴出之。

嘻！此狡生者，持夢中之金，回博士於盛怒之際，既赦其撲，又從而厚款之；然則金之名且能溺人，彼實饋者，人安得不為所溺？可懼也已！

—— 《雪濤小說》

【注釋】

① 青衿：古代學子穿的衣服，代指讀書人。

② 譎計：詭計。譎：說話拐彎抹角。

③ 學博：唐制，府郡置經學博士各一人，掌以五經教授學生，後泛稱學官為學博。這裡指老師。

④ 撲：杖，戒尺，古代體罰用具，這裡用作動詞。

⑤ 彝倫堂：廳堂名。國子監便有彝倫堂。彝倫：常理、常道。

⑥ 霽：雨雪停止，天放晴，這裡指氣消，平息。

⑦ 不佞：不才，自稱之謙辭。

⑧ 觴：敬酒。

⑨ 款洽：親密，親切。

⑩ 篋：小箱子。扃鑰：關閉加鎖。扃：從外面關門窗的閂、鉤等。

⑪ 蘧（音渠）然：吃驚的樣子。

⑫ 懌（音益）：喜愛，喜悅。

⑬ 雅情：高雅的情誼。

【譯文】

聽說有一個書生，天生非常狡猾，專會耍詭計騙人。

他的老師教學生十分嚴厲，學生有一點過錯，必定派人抓來，一頓棍棒，決不寬恕。

有一天，這個書生恰巧觸犯了學規。老師十分急切地派人去抓，自己坐在彝倫堂，滿面怒容地等著。過了一會兒，這個書生被帶來了，雙腿跪在地上，不說其他的事，只說道：「學生我偶然得到了一千金，正

在處理，所以來晚了一些。」

老師一聽書生得了這麼多金子，怒氣頓消，問他道：「你的金子是從哪裡來的？」

書生回答：「是從地裡挖出來的。」

老師又問：「你打算怎樣處理這些金子呢？」

書生答道：「我家中原本很窮，沒有什麼資產。現在我就和老婆算計，用五百金買田買地，二百金買房子，各用一百金買家具和買僕人婢妾。還有一百金，其中一半用來買書，從此發憤讀書；另外一半要送給先生您，用來感謝您平日裡對我的教育，這樣就把一千金都安排完了。」

老師說：「你果真有這樣的想法嗎？那我怎麼擔當得起？」說著就叫僕人擺上宴席，菜餚非常豐盛。老師請書生坐下來，給他敬酒。席間兩人談笑風生，十分親切融洽，與平日裡大為不同。喝到半醉之時，老師突然問道：「你剛才匆匆而來，可曾將金子放進箱子中鎖好？」

書生起身答道：「學生剛把金子的用途計劃好，就被我老婆一轉身給撞醒了。醒來就找不到什麼金子了，還用得著箱子裝嗎？」

老師驚奇地問：「你剛才所說獲得金子，是在做夢呀！」

書生答道：「的確是在做夢。」

老師心裡不高興，可已經與他對飲融洽了，不好再發怒，只好慢慢地說：「你倒是有高雅的情誼，連在夢裡得了金子，還不忘記老師，何況真正得到金子時呢！」於是又給書生勸酒，然後將他送走了。

哎！這個狡猾的書生，拿了夢中的金子，來對付老師於盛怒之際，不但免了一頓毒打，還得到一次豐厚宴席。可見以金錢做幌子就能讓人迷失受騙，若是送來實實在在的金子，人們怎麼能不被其拉下水呢？真是太可怕了！

妄　心

超譯・歷代經典寓言

【原文】

　　一市人貧甚，朝不謀夕。偶一日拾得一雞卵①，喜而告其妻曰：「我有家當②矣。」

　　妻問安在？持卵示之，曰：「此是。然須十年，家當乃就。」因與妻計曰：「我持此卵，借鄰人伏雞③乳之，待彼雛④成，就中取一雌者，歸而生卵，一月可得十五雞，兩年之內，雞又生雞，可得雞三百，堪易十金。我以十金易五牸⑤，復生，三年可得二十五牛。所生者，又復牛，三年可得百五十牛，堪易三百金矣。吾持此金舉責⑥，三年間，半千金可得也。就中以三之二市出宅，以三之一市僮僕，買小妻。我乃與爾優遊以終餘年，不亦快乎？」

　　妻聞欲買小妻，怫然⑦大怒，以手擊卵碎之，曰：「毋留禍種！」

　　夫怒，撻⑧其妻。乃質⑨於官，曰：「立敗我家者，此惡婦也，請誅之。」

　　官司問：「家何在？敗何狀？」

　　其人曆數自雞卵起，至小妻止。

　　官司曰：「如許大家當，壞於惡婦一拳，真可誅！」命烹之。

　　妻號曰：「夫所言皆未然事，奈何見烹？」

　　官司曰：「你夫言買妾，亦未然事，奈何見妒？」

　　婦曰：「固然，第⑩除禍欲早耳。」

　　官司笑而釋之。

　　　　　　　　　　　　　　　　　　　——《雪濤小說》

【注釋】

① 雞卵：雞蛋。

② 家當：家產。

③ 伏雞：正在孵卵的雞。

④ 雛：小雞。

⑤ 牸（音字）：雌性牲畜，這裡指母牛。

⑥ 舉責：放債。責：「債」的本字。

⑦ 怫然：憤怒的樣子。

⑧ 撻：用鞭、棍等打。

⑨ 質：通「詰」，在法庭上相互陳辭應辯。

⑩ 第：只是。

【譯文】

　　有個人特別貧窮，往往吃過早飯都不知道還有沒有晚飯。有一天，他偶然撿到了一個雞蛋，喜出望外地告訴妻子說：「我們有家產了！」

　　妻子問他家產在哪裡，這人拿出雞蛋給妻子看，說：「這就是！只是需要十年時間，家產才可添置完備。」然後，他與妻子計算道：「我拿著這個雞蛋，去鄰居家借一隻孵卵的雞孵小雞，等雞蛋孵出小雞後，我就取一隻母雞回來讓它生蛋，一個月可以獲得十五隻雞。兩年之內，雞長大了又生小雞，可以得到三百隻雞，便能換得十金。然後我拿金子買五頭母牛，母牛又生母牛，三年可得到二十五頭牛。母牛生的牛，又再生母牛，三年之中可以得到一百五十頭牛，能換回三百金了。我拿著這些金子放債，三年之中可得五百金。拿其中的三分之二買田地和宅院，剩下的三分之一買僕人和小妾，我便與你非常清閒地安度晚年了，那是多快樂的一件事啊！」

　　他的妻子聽他說要買小妾，頓時大怒，用手把雞蛋打碎了，說：「不能留下禍根！」

　　這人非常憤怒，狠狠地鞭打了妻子一頓，然後帶到衙門見官，說：「瞬間敗壞我家產的人，就是這個惡毒的婦人，請判她死罪！」

　　縣官問：「家產在哪裡？破敗成什麼樣了？」

　　這人便從雞蛋講起，到買小妾為止，一一道來。

縣官說道：「這麼大的家產，竟然毀於婦人的一拳，真是該殺啊！」於是下令烹死。

這婦人號叫道：「我丈夫所說的都是沒有發生的事情，為什麼就要烹死我啊？」

縣官說：「你丈夫要買小妾也是沒有發生的事情，你為什麼要嫉妒呢？」

婦人說：「話雖然這樣，但剷除禍根要趁早啊！」

縣官聞言大笑，把她放了。

知 無 涯

【原文】

楚人有生而不識薑者，曰：「此從樹上結成。」

或曰：「從土地生成。」其人固執己見，曰：「請與子以十人為質[①]，以所乘驢為賭。」

已而遍問十人，皆曰：「土裡出也。」

其人啞然[②]失色，曰：「驢則付汝，薑還樹生。」

北生人而不識菱[③]者，仕於南方，席上啖菱，並殼入口。

或曰：「啖菱須去殼。」

其人自護所短，曰：「我非不知，並殼者，欲以清熱也。」

問者曰：「北土亦有此物否？」

答曰：「前山後山，何地不有？」

夫薑產於土，而曰樹結；菱生於水，而曰土產，皆坐[④]強不知以為知也。

——《雪濤小說》

【注釋】

①質：評判，見證。

②啞然：說不出話的樣子。

③菱：一年生水生草本植物，果實有硬殼，有角，又稱菱角。

④坐：因為，由於。

【譯文】

　　楚地有個生來就不認識薑這種植物的人，說：「這東西是從樹上結出來的。」

　　有人對他說：「是從土裡長成的。」那人固執己見，說：「我們找十個人來做評判，我拿自己所騎的驢作為賭注。」

　　然後就問遍了十個人，都說：「是出自土裡的。」

　　那人啞然失色道：「這頭驢給你吧，但薑還應該是樹上長出來的。」

　　有個北方出生而不認識菱角的人，在南方當官，在酒席上吃菱角，連菱角殼一起放嘴裡吃。

　　有人對他說：「吃菱角必須去掉殼。」

　　那人掩飾自己的缺點，說：「我不是不知道，之所以連殼一起吃，是為了清熱解毒。」

　　和他說話的人又問道：「北方也有這種東西嗎？」

　　他回答說：「前面後面的山中，什麼地方沒有啊？」

　　生薑長在土裡，卻說是樹上結出來的；菱角生在水裡，卻說是土裡長出來的，都是因為硬把不知道的說成是知道的。

強者反己

【原文】

　　黃郡一孝廉①，買民田，收其旁瘠②者，遺其中腴③者，欲令他日賤售耳。

乃其民將腴田他售，孝廉鳴之官④，將對簿⑤。其民度不能勝，以口銜穢⑥，唾孝廉面。他孝廉群起，欲共攻之。

時鄉紳汪某解之曰：「若等但知孝廉面是面，不知百姓口也是口。」諸孝廉皆灰心散去。

鄉紳此語，足令強者反己，殊為可傳。

——《雪濤諧史》

【注釋】

① 黃郡：地名，屬今河南省。孝廉：漢武帝時設立察舉考試，孝廉是選拔任用官員的一種科目，意思為「孝順親長、廉能正直」。明朝時期，轉為對「舉人」的雅稱。

② 瘠：土質薄的田地。

③ 腴：肥沃的土地。

④ 鳴之官：告到衙門。

⑤ 對簿：根據文狀審核事實。簿：獄辭的文書，相當於現在的訴狀。

⑥ 銜穢：含著唾沫。穢：骯髒。

【譯文】

黃郡有一位舉人，購買百姓的田地，只買了旁邊貧瘠的田地，卻留下中間肥沃的田地，想讓百姓日後賤賣給他。

但是，那位鄉民將肥沃的田地賣給了別人。舉人將他告到了官府，將要升堂審理。那位鄉民估計自己不能取勝，就嘴裡含滿了唾沫，吐在了舉人的臉上。其他的舉人都跳了起來，準備要圍攻那個鄉民。

這時一位姓汪的鄉紳出來解圍，說：「你們只知道舉人的臉是臉，卻不知道百姓的嘴也是嘴！」各位舉人灰心喪氣地散去了。

汪姓鄉紳這番話，足以讓強者反責自己，是最可以傳揚的。

智過君子

【原文】

語云：「賊是小人，智過君子。」

余邑水府廟，有鐘一口。巴陵①人泊舟於河，欲盜此鐘鑄田器②，乃協力移置地上，用土實其中，擊碎擔去。居民皆窅然③無聞焉。

又一賊，白畫入人家，盜磬④一口，持出門，主人會自外歸，賊問主人曰：「老爹，買磬否？」主人答曰：「我家有磬，不買。」賊徑持去。至晚覓磬，乃知賣磬者即偷磬者也。

又聞一人負釜⑤而行，置地上，立而溺⑥。適賊過其旁，乃取所置釜，頂於頭上，亦立而溺。負釜者溺畢，覓釜不得。賊乃斥其人：「爾自不小心，譬如我頂釜在頭上，正防竊者；爾置釜地上，欲不為人竊者。得乎？」

此三事，皆賊人臨時出計，所謂智過君子者也。

——《雪濤諧史》

【注釋】

① 巴陵：古郡名，南朝宋元嘉十六年置，治所在今湖南岳陽。
② 田器：指耕田農具。
③ 窅（音咬）然：形容幽深遙遠的樣子。
④ 磬（音慶）：打擊樂器，形狀像曲尺，用玉或石製成，懸掛木架上。
⑤ 釜：古代的一種鍋。
⑥ 溺：小便。

【譯文】

俗話說：「賊是小人，智慧卻超過君子。」

超譯・歷代經典寓言

我住的城市中有一座水府廟，廟裡有一口大鐘。巴陵人把船停在河上，想把大鐘盜去鑄造農具，就合力把它移到地上，在裡面塞滿了土，再把鐘砸碎抬走了。當地居民一點兒也沒聽見動靜。

　　另有一個盜賊，大白天闖入一戶人家，盜了一口磬，剛要拿著出門，正好遇見這家的主人從外面回來。盜賊就問主人：「老爹，要買磬嗎？」主人答道：「我家裡有磬，不買。」盜賊就拿著磬逕自走了。到了晚上，主人家找不到磬，這才想起白天那個賣磬的原來是個盜賊。

　　又聽說有個人背著一口鍋走路，將鍋放在地上，站著小便。正好有一個盜賊從旁邊經過，就拿起放在地上的鍋頂在自己頭上，也站著小便。那個背鍋的人小便完了，找不到自己的鍋。那賊便教訓他道：「你自己太不小心了！要像我這樣把鍋頂在頭上，正好可以防止被盜。你把它放在地上，想不被人偷走，可能嗎？」

　　這二件事，都是盜賊臨時想出來的脫身之計，這就是所謂的「智過君子」。

博士家風

【原文】

　　有學博①者，宰雞一隻，伴以蘿蔔製饌②，邀請青衿二十輩饗之③。

　　雞魂赴冥司④告曰：「殺雞供客，此是常事，但不合一雞供二十餘客。」

　　冥司曰：「恐無此理。」

　　雞曰：「蘿蔔作證。」

　　及拘蘿蔔審問，答曰：「雞你欺心⑤！那日供客，只見我，何曾見你。」

　　博士家風類如此。

　　　　　　　　　　　　　　　　　——《雪濤諧史》

【注釋】

① 學博：學識淵博，這裡指私塾先生。

② 饌：食物。

③ 青衿：古代學子和明清秀才的常服，這裡指讀書人。饗：通「享」。

④ 冥司：陰間的長官，即閻羅王。

⑤ 欺心：昧心，自己欺騙自己。

【譯文】

　　有個私塾先生，殺了一隻雞，加上蘿蔔做成菜，邀請了二十個讀書人來吃飯。

　　雞的魂靈跑到陰曹地府找閻羅王告狀，說：「殺雞款待客人，這本來是正常的事，但不應該一隻雞供二十個客人吃。」

　　閻羅王說：「恐怕沒有這樣的道理吧！」

　　雞說：「可以讓蘿蔔來作證。」

　　等到抓來了蘿蔔審問時，蘿蔔卻說：「雞，你昧著良心說話！那天請客，只看見我，哪裡見到過你了？」

　　私塾先生家的門風就是這樣啊。

三　上

【原文】

　　一儒生，每作惡文字謁①先輩。一先輩評其文曰：「昔歐陽公②作文，自言多從三上得來，子文絕似歐陽第三上得者。」

　　儒生極喜。友見曰：「某公嘲爾。」

　　儒生曰：「比我歐陽，何得云嘲？」

　　答曰：「歐陽公三上，謂枕上、馬上、廁上。第三上，指廁也。」儒生方悟。

──《雪濤諧史》

【注釋】

①謁：拜見。

②歐陽公：指北宋大文豪歐陽修，字永叔，號醉翁，又號六一居士，謚
　號文忠，世稱歐陽文忠公。

【譯文】

　　有個儒生，每次寫了惡俗文章都會拿去拜請前輩指教。一位前輩評
價他的文章說：「從前歐陽公作文，自己說大多是從三上得來，你的文
章特別像歐陽公第三上得到的。」

　　儒生聽了十分高興。他的朋友知道了，就對他說：「那位老先生是
在嘲笑你。」

　　儒生問：「把我與歐陽公相比，怎麼能說是嘲笑我呢？」

　　朋友回答說：「歐陽先生的三上，說的是指：枕上、馬上、廁上。
第三上指廁所呀。」儒生這才明白。

造酒之法

【原文】

　　一人問造酒之法於酒家。

　　酒家曰：「一斗米、一兩麴①，加二斗水，相參②和，釀
七日，便成酒。」

　　其人善忘，歸而用水二斗，麴一兩，相參和，七日而嘗
之，猶水也。乃往誚③酒家，謂不傳與真法。

　　酒家曰：「爾第不循我法也④。」

　　其人曰：「我循爾法，用二斗水，一兩麴。」

　　酒家曰：「可有米乎？」

其人首⑤思曰：「是我忘記下米。」

　嘻！並酒之本而忘之，欲求酒，及於不得酒，而反怨教之者之非也。世之學者，忘本逐末，而學不成，何異於是！

——《雪濤諧史》

【注釋】

① 麴：酵母，釀酒所用的發酵劑。

② 參：通「摻」。

③ 誚：責備，諷刺。

④ 第：只是，一定。循：按照，遵循。

⑤ 俯首：低頭。

【譯文】

　有個人向專門釀酒的人家請教釀酒的方法。釀酒的人告訴他：「一斗的米，加上一兩酵母，再加二斗水，互相摻和，釀造七天，就變成酒了。」

　那個人比較健忘，回家後只用了二斗水，一兩酵母，互相摻和，過了七天後嘗一嘗，還是水。於是他就跑去責怪釀酒的人，說人家不教他真正的釀酒方法。

　釀酒的人說：「你只是沒有按照我說的方法去作罷了。」

　那人說：「我按照你說的方法，放了二斗水，一兩酵母。」

　釀酒的人問他：「有沒有米呢？」

　那人低下頭想了想，說：「是我忘記放米了！」

　哎！連釀酒最基本的東西都忘了，還想釀出酒來，到了釀不出酒，反而責怪教他的人不好。當今世上不少求學的人，捨棄主要的東西而追求細枝末節，結果什麼也學不到，跟這個人有什麼區別呢？

剃眉卒歲

超譯・歷代經典寓言

【原文】

　　有惡少^①，值歲畢時^②，無錢過歲。妻方問計，惡少曰：「我自有處。」

　　適見篦頭者^③過其門，喚入梳篦。且曰：「為我剃去眉毛。」才剃一邊，輒大嚷曰：「從來篦頭，有損人眉宇者乎？」欲扭赴官。

　　篦者懼怕，願以三百錢賠情，惡少受而卒歲。

　　妻見眉去一留一，曰：「曷若^④都剃去好看？」

　　惡少答曰：「你沒算計了！這一邊眉毛，留過元宵節！」

　　　　　　　　　　　　　　　　　——《雪濤諧史》

【注釋】

①惡少：指品行惡劣的年輕無賴。

②值：遇到。歲畢：年終。

③篦（音畢）頭者：剃頭匠。篦：一種齒比梳子密的梳頭用具。

④曷若：何若。

【譯文】

　　有個年輕的無賴，遇到年終時，沒錢過年。他的妻子問他有什麼辦法，無賴說：「我自有打算。」

　　剛好有個剃頭匠從門口經過，他便喊進來替自己打理頭髮，並對剃頭匠說：「你給我把眉毛剃了。」才剃去了一邊，無賴突然大聲嚷道：「自古以來剃頭，有損人的眉毛的嗎？」說著就要拉他去見官。

　　剃頭匠害怕了，願意拿出三百錢賠禮道歉，無賴收下錢過了個年。

　　妻子見他剃去一道眉而留著一道眉，說：「為什麼不都剃了，還好看些？」

無賴答道：「你真是不會打算！我留這一邊的眉毛，還想靠它過元宵節啊。」

虎駭化緣

【原文】

一強盜與化緣①僧遇虎於途。盜持弓御虎，虎猶近前不肯退。僧不得已，持緣簿②擲虎前，虎駭而退。

虎之子問虎曰：「不畏盜，乃畏僧乎？」

虎曰：「盜來，我與格鬥。僧問我化緣，我將甚麼打發他？」

——《雪濤諧史》

【注釋】

①化緣：佛教術語。佛教認為，能佈施齋僧的人，即與佛門有緣，僧人以募化乞食廣結善緣，故稱化緣。

②緣簿：僧人或寺廟記錄化緣的簿本。

【譯文】

一個強盜和一個化緣的和尚途中遇見一隻老虎。強盜拉弓搭箭抵禦老虎，虎還是向前進逼不肯退去。和尚不得已，只好把化緣簿扔到虎前，老虎驚駭不已倉皇而退。

老虎的兒子不解，問老虎道：「你為什麼不害怕強盜，卻害怕那個和尚？」

老虎說：「強盜來了，我可以與他格鬥。和尚向我化緣，我拿什麼打發他？」

自投鼎俎

【原文】

　　鍾馗①專好吃鬼。其妹與他做生日，寫禮帖云：「酒一尊，鬼兩個，送與哥哥做點剁②。哥哥若嫌禮物少，連挑擔的是三個。」

　　鍾馗命人將三個鬼俱送庖人③烹之。

　　擔上鬼看挑擔者曰：「我們死是本等④，你如何挑這個擔子？」

　　《贊》曰：挑擔者不聞鍾馗之所好耶？而自投鼎俎⑤。此文種、韓信之流也⑥。若少伯、子房⑦，可謂智鬼矣。

　　　　　　　　　　　　　　　　　　　　　——《笑贊》

【注釋】

①鍾馗：中國民間傳說中能打鬼驅除邪祟的神。

②點剁：剁成碎塊。這裡指肉餡。

③庖人：廚師。

④本等：本分，本應該的。

⑤鼎俎：泛稱割烹的用具。鼎：炊具。俎（音租）：切肉或菜時墊在下面的砧板。

⑥文種：春秋末期著名的謀略家，和范蠡一起輔佐越王勾踐，最終打敗吳王夫差，功成名就後卻被勾踐賜死。韓信：中國歷史上傑出的軍事家，西漢開國功臣，與蕭何、張良並列為漢初三傑，後為呂后所殺。

⑦少伯：范蠡的字。傳說他幫助勾踐興越滅吳，一雪會稽之恥後，急流勇退，得以善終。子房：張良的字。他精通黃老之道，不留戀權位，晚年據說跟隨赤松子雲游。張良去世後，諡為文成侯。

【譯文】

　　鍾馗專門嗜好吃鬼。他的妹妹給他賀生日，寫了一個禮帖道：「酒

一罈，鬼兩個，送給哥哥剁肉餡吃。哥哥若是嫌禮物少，連挑擔的算上共是三個鬼。」

鍾馗便命令差役把三個鬼都送去讓廚師烹煮。

裝在擔子裡的鬼看著挑擔子的鬼說道：「我們死是本分，你卻為啥要挑這個擔子？」

《贊》云：挑擔子的鬼難道沒聽說鍾馗的嗜好嗎？卻要自己找死。這是文種、韓信之流的角色啊。若是像范蠡、張良那樣的人，可稱之為智鬼了。

三聖搬壞

【原文】

一人尊奉三教①，塑像先孔子，次老君②，次釋迦③。

道士見之，即移老君於中。

僧來，又移釋迦於中。

士來，仍移孔子於中。

三聖自相謂曰：「我們自好好的，卻被人搬來搬去，搬得我們壞了。」

《贊》曰：三個聖人都有徒弟，各尊其師，誰肯相讓？原來一處坐不的。

——《笑贊》

【注釋】

① 三教：指儒、釋、道三教。

② 老君：即老子，姓李，名耳，字伯陽，謚號聃。道家創始人，又稱太上老君。

③ 釋迦：即釋迦牟尼，佛教創始人Sakyamuni 的梵語音譯。

【譯文】

有一個人同時信奉儒、佛、道三教，在廟裡塑像，先塑孔子像，然後塑太上老君老子像，最後塑釋迦牟尼像。

道士看見了，就把太上老君像移到正中間。

和尚來了，又把釋迦牟尼像搬到正中央。

儒士來了，依然把孔子像擺在了正中間。

三位聖人互相說：「我們原本好好的，卻被這些人搬來搬去，都把我們搬壞了！」

《贊》云：三個聖人各有自己的徒弟，徒弟們又各尊重自己的老師，誰肯互相讓步？本來一個地方是坐不下三個人的。

秀才買柴

【原文】

一秀才買柴，曰：「荷薪①者過來。」

賣柴者因「過來」二字明白，擔到面前。

問曰：「其價幾何？」

因「價」字明白，說了價錢。

秀才曰：「外實而內虛，煙多而焰少，請損②之。」

賣柴者不知說甚，荷的而去。

贊曰：秀才們咬文嚼字，幹的甚事？讀書誤人如此！有一官府③下鄉，問父老曰：「近來黎庶④如何？」父老曰：「今年梨樹好，只是蟲吃了些。」就是這買柴的秀才。

——《笑贊》

【注釋】

① 荷薪：擔柴。荷：擔，背。薪：柴。

② 損：減少。這裡指降價。

③官府：指官員。

④黎庶：百姓，民眾。黎民：黎民。庶：百姓。

【譯文】

　　有一個秀才要買柴，喊道：「荷薪者過來！」

　　賣柴的人能聽懂「過來」兩個字，就把柴擔挑到秀才前面。

　　秀才問他：「其價如何？」

　　賣柴的人聽得懂「價」字，於是就告訴秀才價錢。

　　秀才說：「外實而內虛，煙多而焰少，請損之。」

　　賣柴的人不知道他在說什麼，挑起擔子離去了。

　　《贊》云：秀才們咬文嚼字，都幹了些什麼事？讀書就是這樣誤人的！有一個官員到鄉下去，問一位老人：「最近黎庶生活過得怎麼樣？」那位老人說：「今年的梨樹長得很好，只是被蟲子吃了些。」這些官員就是和買柴的秀才一樣。

神　像

【原文】

　　鄉村路口有一神廟，乃是木雕之像。一人行路因遇水溝，就將此神放倒，踏著過水。後有一人看見，心內不忍，將神扶在座上。此神說他不供香火，登時就降他頭疼之災。判官小鬼都稟道：「踏著大王過水的倒沒事，扶起來的倒降災，何也？」這神說：「你不知道，只是善人好欺負。」

　　《贊》曰：此神慮的甚是。踏神過水是何等凶猛，惹下他，甚事不做出來？善人有病，只是禱告神①。但不合輕扶神像，攬禍招災，只該遠遠走去。所以孔子說：「敬鬼神而遠之②」也。

　　　　　　　　　　　　　　　　　　　　——《笑贊》

【注釋】

① 祇：指古時候對地神的稱呼。

② 敬鬼神而遠之：出自《論語‧雍也》。

【譯文】

鄉村路口有一座神廟，裡面供著木雕之神像。有個人走路遇到水溝，就將廟裡供的神像搬出來橫在溝上，踏著神像過去了。後來有個人看見神像架在水溝上，於心不忍，就將神像搬回座上。此神說他沒有供香火，頓時就降給他頭疼之災。判官、小鬼都稟報導：「踏著大王過水溝的人倒沒事，將您扶起來的人倒被降災，這是為什麼啊？」這神說：「你們不知道，只是善人好欺負。」

《贊》云：這神考慮得很對。踏著神像過水溝的人，何等強悍，招惹了他，他什麼事情做不出來？善良之人遇到什麼事情，只會虔誠地向神禱告。但他不該輕易扶起神像，給自己招來災禍，只應該遠遠走去。所以孔子說：「敬鬼神而遠之。」

僧與雀

【原文】

鷂子①追雀，雀投入一僧袖中，僧以手搦②定曰：「阿彌陀佛，我今日吃一塊肉。」

雀閉目不動，僧只說死矣，張開手時，雀即飛去。僧曰：「阿彌陀佛，我放生了你罷。」

《贊》曰：此雀頃刻遭二死，竟能得生，蓋亦一定之命。此僧殺生唸佛③，是名謗④佛；不得殺生亦唸佛，是名誑佛，只此便合入地獄也⑤。

——《笑贊》

【注釋】

① 鷂子：雀鷹，屬小型猛禽。

② 搦：握持，捏。

③ 唸佛：僧人對「阿彌陀佛」反覆唸誦，以此作為往生淨土的手段。

④ 謗：惡意攻擊。

⑤ 只此：僅此，就此。合：應該。

【譯文】

　　老鷹追逐麻雀，麻雀逃入一個僧人的袖子裡。僧人用手握住了麻雀，說：「阿彌陀佛，我今天能吃上一塊肉。」

　　麻雀閉上眼睛一動不動，僧人只當它死了，張開手時，麻雀旋即飛去。僧人又說：「阿彌陀佛，我將你放生了吧。」

　　《贊》云：這隻麻雀轉眼間兩次遭遇死亡危險，竟然能得以活命，大概也有一定的天命。這個僧人要殺生時唸佛，這是惡毒攻擊佛；不能殺生時也唸佛，這是欺騙佛。僅此就應該下地獄了。

生子容易作文難

【原文】

　　一秀才將試，日夜憂鬱不已。妻乃慰之曰：「看你作文，如此之難，好似奴生產一般①。」

　　夫曰：「還是你每②生子容易。」

　　妻曰：「怎見得？」

　　夫曰：「你是有在肚子的，我是沒在肚子的。」

──《笑府》

【注釋】

① 奴：奴家，古時女子、婦女的自稱。生產：生育。

③ 每：宋、元、明時的口語，通「們」。

【譯文】

　　有個秀才，臨到參加科舉考試之時，文思枯竭日夜發愁焦慮。他的妻子就勸他道：「看你寫文章，這樣艱難，就好比我生孩子一般。」

　　丈夫說：「還是你生孩子容易。」

　　妻子問：「為什麼這麼說？」

　　丈夫說：「你是肚子裡有貨，我是肚子裡沒貨。」

心病一般

【原文】

　　一親家新置一床，窮工極麗，自思：如此好床，不使親家一見，枉自埋沒。乃假裝有病，偃臥①床中，好使親家來望。

　　那邊親家，做得新褌②一條，亦欲賣弄，聞病，欣然往探。既至，以一足架起，故將衣服撩開，使褌現出在外，方問曰：「親翁所患何症，而清減③至此？」

　　病者曰：「小弟的賤恙④，卻像與親翁的心病一般。」

　　　　　　　　　　　　　　　　　　　——《笑府》

【注釋】

①偃臥：仰面躺。
②褌：古代的內褲，有襠。
③清減：消瘦。
④恙：小病。

【譯文】

　　有個親家新做了一張床，竭力裝飾使之富麗堂皇。他獨自想到：如此好床，要是不讓親家一看，實在白白地埋沒了，於是假裝生病，仰臥

在床上，好讓親家前來探望。

那邊親家正好新做了一條褲子，也想要誇耀賣弄，聽說親家病了，欣然前往探視。到了親家家裡後，把一隻腳架起，故意撩開衣服，使褲子顯現於外，這才開口問道：「親翁患了何病，怎麼會一下子瘦到這種地步？」

裝病的親家說：「小弟這點病，卻和您的心病一樣。」

合本做酒

【原文】

甲乙謀合本做酒。甲謂乙曰：「汝出米，我出水。」

乙曰：「米若我的，如何算賬？」

甲曰：「我決不欺心①。到酒熟時，只逼②還我這些水罷了，其餘多是你的。」

——《笑府》

【注釋】

①欺心：昧著良心，意指辦事不公平。

②逼：指將液體與沉澱物分離。

【譯文】

甲乙兩個人商量一起湊本錢釀酒。甲對乙說：「你出米，我出水。」

乙說：「米要都是我的，那釀成了酒怎麼算賬？」

甲回答說：「我決不會做昧良心的事。等酒釀好以後，只要把裡面的水濾出來還我，剩下的都是你的。」

不禽不獸

【原文】

　　鳳凰①壽，百鳥朝賀，唯蝙蝠不至。鳳責之曰：「汝居吾下，何倨傲②乎？」

　　蝠曰：「吾有足，屬於獸，賀汝何用？」

　　一日，麒麟③生誕，蝠亦不至。麟亦責之。

　　蝠曰：「吾有翼，屬於禽，何以賀與？」

　　麟、鳳相會，語及蝙蝠之事，互相慨嘆曰：「如今世上惡薄④，偏生此等不禽不獸之徒，真乃無奈他何！」

——《笑府》

【注釋】

① 鳳凰：傳說中的禽類之王。
② 倨傲：驕傲自大，傲慢不恭。
③ 麒麟：傳說中的祥獸。
④ 惡薄：惡劣淺薄。

【譯文】

　　鳳凰過生日，百鳥都來朝拜祝賀，唯獨蝙蝠沒來。鳳凰斥責道：「你在我的管轄之下，為什麼這樣驕傲自大？」

　　蝙蝠說：「我長有獸腳，屬於獸類，為你祝賀生日有什麼用？」

　　一天，麒麟慶賀誕辰，蝙蝠也沒有到。麒麟也責問它。

　　蝙蝠說：「我長有翅膀，屬於飛禽，為什麼要向你祝賀呢？」

　　後來麒麟、鳳凰相聚，談論到蝙蝠的事，不由相互感嘆道：「現在這世上風氣惡劣冷漠，偏偏生出這樣一些不禽不獸的傢伙，真拿它沒辦法！」

假　儒

【原文】

　　富家村①子弟，詐為秀才，狀訴追債。

　　官見其粗鄙可疑，乃問曰：「汝是秀才，且道『桓公殺子糾』②一章如何說？」

　　其人不知是書句，只恐是件人命，便連聲大叫曰：「小人實不知情。」

　　官命左右撻③二十。既出，謂其僕曰：「這縣官真無道理，說我阿公打殺翁小九，將我打二十。」

　　其僕曰：「這是書句，汝便權應④略知也罷。」

　　其人曰：「我連叫不知情，尚打二十下；若說得知，豈不拿我償命？」

——《廣笑府》

【注釋】

①村：粗俗，愚蠢。

②「桓公殺子糾」：《論語·憲問》中孔子與子路、子貢討論桓公逼死子糾，而管子沒有殉難一事。

③撻（音踏）：用鞭棍等打。

④權應：理應。

【譯文】

　　有個十分蠢笨的富家子弟，冒充秀才，打官司追索債款。

　　官老爺見他言談舉止粗俗，便覺得可疑，問道：「你既是秀才，那就把『桓公殺子糾』這一章講來聽聽。」

　　那個人不知這是出自《論語》的典故，只怕是樁命案，便連聲大叫道：「小人實在不知情呀！」

於是，官老爺便命差役將他打了二十大板。富家子弟走出衙門，對他的僕人說：「這縣官太不講道理了，說我阿公打殺翁小九，將我打了二十大板。」

他的僕人說：「這是經書上的話，你理應知道一些的。」

那人說：「我連叫不知情，尚且挨打二十大板；若是說知道，豈非要拿我償命！」

一錢莫救

【原文】

一人性極鄙①嗇，道遇溪水新漲，吝出渡錢，乃拚命涉②水。至中流，水急沖倒，漂流半里許。

其子在岸旁，覓舟救之。舟子索錢③，一錢方往。子只出五分，斷價④良久不定。

其父垂死之際，回頭顧其子大呼曰：「我兒，我兒！五分便救，一錢莫救！」

——《廣笑府》

【注釋】

① 鄙：小氣，吝嗇。
② 涉：蹚水過河。
③ 舟子：船伕。索：索要。
④ 斷價：討價還價。

【譯文】

有一個極為吝嗇的人，他外出走在路上，遇到河水突然上漲，吝嗇得不肯出擺渡的錢，卻冒著生命危險涉水過河。走到河中間，水流湍急將他沖倒了，漂出去半里路左右。

他的兒子在岸上尋找船隻去救他。船伕索要錢，說要有一錢才肯前去救助，兒子只同意出價五分，討價還價相持了很長時間都沒有說定。

他的父親已到垂死關頭，回頭對著兒子大聲呼喊著：「我的兒子，我的兒子！如果他要五分，就救我，若要一錢就不要來救我了啊！」

父子性剛

【原文】

有父子俱性剛①不肯讓人者。

一日，父留客飲，遣子入城市肉。

子取肉回，將出城門，值一人對面而來，各不相讓，遂挺立良久。

父尋至見之，謂子曰：「汝姑②持肉回陪客飯，待我與他對立在此！」

——《廣笑府》

【注釋】

①性剛：性格偏執固執。

②姑：姑且，暫且。

【譯文】

有一對性格都偏執、一點都不肯謙讓的父子。

一天，父親留客人飲酒，派兒子入城買肉。

兒子提著肉回家，將要出城門，恰巧一個人對面走來，兩人不肯相讓，於是挺著身子面對面地站著，僵持了很久。

父親找過來看到，對兒子說：「你暫且帶著肉回去陪客人吃飯，讓我站在這裡跟他對峙！」

暴　富

超譯・歷代經典寓言

【原文】

　　人有暴富者，曉起看花，啾啾[1]稱疾。

　　妻問何疾？

　　答曰：「今早看花，被薔薇露滴損了，可急召醫用藥！」

　　其妻曰：「官人你卻忘了當初和你乞食時，在苦竹[2]林下被大雨淋了一夜，也只如此？」

——《廣笑府》

【注釋】

①啾啾：象聲詞，這裡指呻吟聲。

②苦竹：別名傘柄竹，主要生長於長江以南地區。

【譯文】

　　有個暴發戶，早晨起來看花後，便有氣無力地呻吟，稱自己病了。

　　妻子問他是什麼病。

　　他回答說：「今天早晨看花時，被薔薇露水滴傷了，得快點請醫生來診治！」

　　他的妻子說：「老爺呀！你忘了當年我和你一起在外面乞討時，在苦竹林下被雨淋了一夜，也只是這樣啊？」

且只說嘴

【原文】

　　京師選將軍，群聚以觀。有人出，首如斗[1]，足如箕[2]，

其力士也。

　　山東一人曰：「此輩未為魁偉，吾鄉一巨人，立則頭頂棟而腳踏地。」

　　山西一人曰：「吾鄉一巨人，坐地而頭頂棟。」

　　繼而陝西一人曰：「此皆未為奇。吾鄉一巨人，開口時上唇抵棟，下唇搭地。」

　　旁有難者③曰：「然則身何居乎？」

　　陝人曰：「且只說嘴罷。」

——《廣笑府》

【注釋】

① 斗：古代市制容量單位，十升為一斗。
② 箕：即「簸箕」，一種農具。
③ 難者：詰難的人。

【譯文】

　　京城挑選將軍，很多人聚在一起圍觀。有個人站出來了，頭像斗，腳如簸箕，真是大力士啊。

　　有個山東人說：「這人不算魁偉，我家鄉有個巨人，站起來頭能頂著房梁，腳踏在地上。」

　　一個山西人說：「我家鄉有個巨人，坐著頭就能頂著房梁了。」

　　一會兒，一個陝西人說：「這些都不算稀奇。我們家鄉有個巨人，開口說話時上唇挨房梁，下唇搭在地上。」

　　旁邊有人詰難道：「那他的身子在哪兒呢？」

　　陝西人說：「暫且只說嘴巴吧！」

蚊　符

【原文】

　　有賣驅蚊符①者，一人買歸貼之，而蚊毫不減，往咎②賣者。

　　賣者云：「定是貼不得法。」

　　問：「貼於何處？」

　　曰：「須貼帳子裡。」

　　　　　　　　　　　　　　　　　　　　——《精選雅笑》

【注釋】

①符：道士畫的驅使鬼神的圖形或線條。

②咎：怪罪，處分。

【譯文】

　　有一個顧客買了驅蚊符回去，但是蚊子絲毫沒有減少，就回去責怪賣驅蚊符的人。

　　賣驅蚊符的人說：「肯定是你貼得不對！」

　　買的人問：「應該貼在什麼地方？」

　　賣者回答說：「必須貼在蚊帳裡。」

活 見 鬼

【原文】

　　有赴飲①夜歸者，值大雨，持蓋②自蔽。見一人立簷下溜，即投傘下同行。

　　久之，不語，疑為鬼也。以足撩③之，偶不相值④，愈益

恐，因奮力擠之橋下而趨。值炊糕者晨起，亟⑤奔入其門，告以遇鬼。

俄頃，復見一人，遍體沾濕，踉蹌⑥而至，號呼有鬼，亦投其家。二人相視愕然⑦，不覺大笑。

——《續笑林》

【注釋】

① 赴飲：去參加宴會。
② 蓋：雨傘。
③ 撩：挑弄，引逗。
④ 值：碰到。
⑤ 亟：急迫的樣子。
⑥ 踉蹌：跌跌撞撞，行路慌張不安的樣子。
⑦ 愕然：吃驚的樣子。

【譯文】

有一人赴宴後深夜回家，正趕上下大雨，便撐起傘來遮雨。看見一個人站在路旁房屋的滴水簷下，突然跑過來鑽到他傘下，和他一塊走起來。

過了好一陣子，那人也不說話，他便懷疑是鬼。用腳撩試，正巧沒碰著，他更加害怕，於是用力地把那人擠下橋去，然後撒腿就跑。此時正是清早，做糕點的人剛起來，他趕緊跑到糕點鋪門口，告訴人家自己遇見鬼了。

不一會兒，一個人渾身濕漉漉的，跌跌撞撞地跑來，大喊著「有鬼」，也跑到這家糕點鋪裡。兩人相互看著，目瞪口呆，隨即不覺大笑起來。

賈胡購石

【原文】

　　江寧有西域賈胡[1]，見人家几上一石，欲買之。凡數至，主人故高其值，未售也。

　　一日，重洗磨，冀增其價。

　　明日，賈胡來，驚嘆道：「此至寶，惜無所用矣！石列十二孔，按十二時辰，每交一時，輒有紅子[2]布網其上；後網成，前網即消，乃天然日晷[3]也。今子磨損，何所用之？」不顧而去。

　　　　　　　　　　　　　　　　──《香祖筆記》

【注釋】

①江寧：南唐在金陵建都，改金陵府為江寧府，轄區範圍大致相當於現在的南京市。賈胡：異族商人。

②蟢子：古書上說的一種蜘蛛。

③日晷：又稱「日規」，古代利用日影測得時刻的一種計時儀器。

【譯文】

　　江寧有一個從西域來的外國商人，看見一戶人家的桌上放著一塊石頭，想要買下它。一連來了好幾次，那石頭的主人故意抬高價格，所以一直沒有成交。

　　有一天，石頭主人將石頭洗刷打磨了一番，希望能夠增加它的價值。

　　第二天，西域商人來了，一看便吃驚地說道：「這本是一塊稀世珍寶啊，可惜現在一錢不值了！石頭上排列有十二孔，按照十二時辰，每到一個時辰，就有紅蜘蛛在上面織蛛網。後一個網結好，前一個網隨即就消失了。這是天然的日晷啊。現在蜘蛛的印跡磨損，還有什麼用處呢？」說完頭也不回地離開了。

罵 鴨

超譯・歷代經典寓言

【原文】

　　邑西白家莊居民某，盜鄰鴨烹之。至夜，覺膚癢。天明視之，茸生①鴨毛，觸之則痛。大懼，無術可醫。夜夢一人告之曰：「汝病乃天罰②。須得失者罵，毛乃可落。」

　　而鄰翁素雅量③，生平失物，未嘗徵④於聲色。某詭告翁曰：「鴨乃某甲所盜。彼甚畏罵焉，罵之亦可警將來。」

　　翁笑曰：「誰有閒氣罵惡人！」卒不罵。

　　某益窘，因實告鄰翁。翁乃罵，其病良已⑤。

——《聊齋誌異》

【注釋】

① 茸生：細毛叢生。
② 天罰：上天的誅罰。
③ 雅量：度量寬宏。
④ 徵：跡象，這裡指表露，表現。
⑤ 良已：痊癒。

【譯文】

　　縣城西邊白家莊的一個人，偷了鄰居的一隻鴨子煮著吃了。到夜裡，覺得全身皮膚發癢。天亮後一看，身上長滿了一層細細的鴨茸毛，一碰就疼。他非常害怕，可又沒有辦法醫治。夜裡夢見一個人告訴他說：「你的病是上天對你的懲罰。必須得到失主的一頓痛罵，這鴨毛才能脫落。」

　　而鄰居老翁向來寬宏大量，平時丟了東西，從來沒有流露出不高興的表情。偷鴨人狡詐地對老翁說：「鴨子是某某人所偷，他非常害怕別人罵，罵他一頓警告他，以後就可以不犯了。」

　　老翁笑道：「誰有那麼多閒工夫生氣去罵這種品行惡劣的人！」始

終不肯罵。

　　偷鴨的人更為難了，只好把實情告訴了老翁。老翁就把他痛罵了一頓，那人身上的鴨毛果然消失了。

狼

【原文】

　　一屠晚歸，擔中肉盡，止有剩骨。途中兩狼，綴行①甚遠。屠懼，投以骨。一狼得骨止，一狼仍從。復投之，後狼止而前狼又至。骨已盡，而兩狼之並驅②如故。

　　屠大窘，恐前後受其敵。顧野有麥場，場主積薪③其中，苫蔽成丘④。屠乃奔倚其下，弛⑤擔持刀。狼不敢前，眈眈相向⑥。

　　少時，一狼徑去；其一犬坐於前。久之，目似瞑⑦，意暇⑧甚。屠暴起，以刀劈狼首，又數刀斃之。方欲行，轉視積薪後，一狼洞其中，意將隧入⑨以攻其後也。身已半入，止露尻⑩尾。屠自後斷其股⑪，亦斃之。乃悟前狼假寐，蓋以誘敵。

　　狼亦黠矣，而頃刻兩斃，禽獸之變詐幾何哉？止增笑耳。

——《聊齋誌異》

【注釋】

①綴行：尾隨而行。綴：連接，這裡是緊跟的意思。

②並驅：並排追趕。

③積薪：堆積柴草。薪：柴草。

④苫蔽成丘：覆蓋成小山似的。苫（音刪）：用茅草編成的覆蓋物。

⑤弛：放鬆，這裡指卸下。
⑥眈眈相向：瞪眼看著屠夫。眈眈：注視的樣子。
⑦瞑：閉上眼睛。
⑧暇：悠閒。
⑨隧入：打洞進入。
⑩尻：屁股，脊骨的末端。
⑪股：大腿。

【譯文】

　　有個屠戶傍晚回家，擔子裡面的肉已經賣完了，只剩下些骨頭。半路上遇到兩隻狼，尾隨著他走了很遠的路。屠戶非常害怕，把骨頭扔給它們。一隻狼得到骨頭停了下來，另一隻狼仍然跟著。屠戶又扔出一塊骨頭，後得到骨頭的那隻狼停了下來，但先前得到骨頭的那隻狼又趕了上來。骨頭已經扔完了，但是兩隻狼仍然像原來一樣並排追趕。

　　屠戶非常窘迫，害怕前後都受到狼的攻擊。他看到野地裡有個麥場，麥場主人在那裡堆積著柴火，覆蓋成小山似的。屠戶急忙跑過去，背靠在柴堆的下面，放下擔子拿著刀。狼不敢上前，瞪著眼睛注視著屠戶。

　　過了一會兒，一隻狼徑直離開，另外一隻狼像狗一樣蹲坐在屠戶面前。過了很久，它的眼睛好像閉上了，神情十分悠閒。屠戶突然跳起來，用刀猛砍狼的頭，又連砍幾刀殺死了它。屠戶正想走開，轉身看看柴草堆後面，發現一隻狼正在柴草堆中打洞，打算鑽洞進去從背後攻擊自己。狼的身體已經進去了一半，只露出屁股和尾巴。屠戶從後面砍斷它的大腿，也殺死了它。屠戶這才明白前面的那隻狼假裝睡覺，原來是要迷惑對手。

　　狼是夠狡猾的，但只是剎那間兩隻狼都同時被殺死了。禽獸的欺騙手段能有多少呢？只是給人們增加些笑料罷了。

大　鼠

【原文】

　　萬曆①間，宮中有鼠，大與貓等，為害甚劇。遍求民間佳貓捕制之，輒被啖食。

　　適異國來貢獅貓，毛白如雪。抱投鼠屋，闔其扉②，潛窺之。貓蹲良久，鼠逡巡③自穴中出，見貓，怒奔之。貓避登几上，鼠亦登，貓則躍下。如此往復，不啻④百次。眾咸謂貓怯，以為是無能為者。既而鼠跳擲漸遲，碩腹似喘，蹲地上少休。貓即疾下，爪掬頂毛，口齕首領⑤，輾轉爭持，貓聲嗚嗚，鼠聲啾啾。啟扉急視，則鼠首已嚼碎矣。然後知貓之避，非怯也，待其惰也。「彼出則歸，彼歸則復」，用此智耳。

——《聊齋誌異》

【注釋】

①萬曆：明神宗朱翊鈞的年號。

②闔：關閉。扉：門。

③逡巡：原指因為有所顧慮而徘徊不定的樣子，這裡形容老鼠探頭探腦的樣子。

④啻：僅，止。

⑤齕：咬。首領：腦袋和脖子。

【譯文】

　　明朝萬曆年間，皇宮中有隻老鼠，和貓差不多大小，禍害極為嚴重。宮中派人從民間找遍好貓來捕捉老鼠，但都被老鼠吃掉了。

　　恰好有外國進貢來一隻獅貓，渾身毛色像雪一樣白。把獅貓抱入有老鼠的屋子，關上門窗，偷偷觀察。貓蹲在地上很長時間，老鼠探頭探腦從洞中出來，見到貓之後，憤怒地奔上前。貓避開跳到桌子上，老鼠

也跳上桌子，貓就跳下來。如此往復，不少於百次。大家都說貓膽怯，以為是沒有本事的貓。過了一段時間，老鼠跳躍的動作漸漸遲緩，肥碩的肚皮看上去像氣喘，蹲在地上稍稍休息。貓隨即快速跳下來，伸出兩隻利爪狠狠抓住老鼠頭頂的毛，咬住老鼠的腦袋，雙方翻滾著搏鬥，貓嗚嗚怒吼，老鼠啾啾呻吟。人們急忙開啟窗戶查看，老鼠腦袋已經被嚼碎了。大家這才明白，獅貓開始時躲避大鼠，並不是害怕，而是等待老鼠疲乏鬆懈的時機！「那老鼠奔來它就跑開，那老鼠跑開它又去挑逗」，獅貓使用的就是這種智謀呀。

官　癖

【原文】

　　相傳南陽府有明季太守某[1]，歿於署中[2]。自後其靈不散，每至黎明發點[3]時，必烏紗[4]束帶，上堂南向[5]坐。有吏役叩頭，猶能頷[6]之，作受拜狀。日光大明，始不復見。

　　雍正[7]間，太守喬公到任，聞其事，笑曰：「此有官癖者也！身雖死，不自知其死故耳。我當有以曉之。」乃未黎明即朝衣冠[8]，先上堂南向坐。至發點時，烏紗者遠遠來，見堂上已有人占坐，不覺趑趄[9]不前，長吁一聲而逝。自此怪絕。

——《新齊諧》

【注釋】

① 南陽府：元代設定，歷經元、明、清三代，府治在今河南南陽市。明季：明代末年。

② 歿：死亡。署：官署。

③ 發點：即「點卯」，舊時官府在卯時（上午五點到七點）查點到班人員，稱作「點卯」。

④烏紗：烏紗帽，古代文官的官帽。

⑤南向：即坐北朝南，或稱南面，中國自古以南向為尊。

⑥頷：點頭。

⑦雍正：清朝入關第三位皇帝清世宗愛新覺羅胤禛的年號。

⑧朝衣冠：指穿戴好官衣官帽。

⑨趑趄（音姿居）：猶豫不決，想進又不敢進的樣子。

【譯文】

　　相傳明代末年，南陽府有個太守死在官署中。他死後陰魂不散，每當凌晨官衙開始點名時，他必定頭戴烏紗帽，穿著整齊，上堂面朝南方端坐。有官吏向他叩頭，他還會點頭示意，表示接受揖拜。直到陽光明亮時，才消失不見。

　　雍正年間，有位喬太守上任，聽說了此事，笑道：「這是個有官癖的人！他的軀殼死了，靈魂卻不知道自己已死罷了。我有辦法讓他明白。」於是不等天亮，就穿戴好官服官帽，搶先上堂面南而坐。到了點名的時候，鬼魂頭戴烏紗遠遠地過來，見到堂上的位了已有人占了，猶豫徘徊不敢向前，長嘆了一口氣然後消失。從此之後，這奇異怪像就絕跡了。

貓兒唸經

【原文】

　　貓兒眼睛半閉，口中呼呀呼呀地坐著。有二鼠遠遠望見，私謂曰：「貓兒今日改善唸經，我們可以出去得了。」

　　鼠才出洞，貓子趕上，咬住一個，連骨俱吃完。

　　一鼠跑脫向眾曰：「我只說他閉著眼睛唸經，一定是個善良好心，哪知道行出來的事，竟是個吃人不吐骨頭的。」

——《笑得好》

願換手指

【原文】

　　有一個神仙到人間，點石成金，想試驗人心，尋個貪財少的，就度①他成仙，遍地沒有，雖指大石變金，只嫌微小。

　　末後遇一人，仙指石謂曰：「我將此石，點金與你用罷！」其人搖頭不要。仙意以為嫌小，又指一大石曰：「我將此極大的石，點金與你用吧！」其人也搖頭不要。

　　仙翁心想，此人貪財之心全無，可為難得，就當度他成仙，因問曰：「你大小金子都不要，卻要什麼？」這個人伸出手指曰：「我別樣總不要，只要老神仙方才點石成金的這個指頭，換在我的手指上，任隨我到處點金，用個不計其數。」

　　　　　　　　　　　　　　　　　　——《笑得好》

【注釋】

①度：佛教敬語，佛家以離俗出生死為度這裡指脫離塵世，得道成仙。

麻雀請客

【原文】

　　麻雀一日請翠鳥、大鷹飲宴①。雀對翠鳥曰：「你穿這樣好鮮明衣服的，自然要請在上席坐。」對鷹曰：「你雖然大些，卻穿這樣壞衣服，只好屈你在下席坐。」

　　鷹怒曰：「你這小人奴才，如何這樣勢利？」

雀曰：「世上哪一個不知道我是心腸小、眼眶淺的麼！」

——《笑得好》

【注釋】

① 翠鳥：一種羽毛美麗的觀賞鳥，背上、尾巴上的羽毛在某種角度的光線照射下，會發出翠綠色的光芒，所以翠鳥羽毛可用作工藝裝飾品，非常漂亮。

秀才斷事

【原文】

一鄉愚①言志：「我願有百畝田稻足矣。」

鄰人忌之曰：「你若有百畝田，我養一萬隻鴨，吃盡你的稻。」

二人相爭不已，訴於官，不識衙門，經過儒學②，見紅牆大門，遂扭而進。

一秀才步於明倫堂③，以為官也，各訴其情。

秀才曰：「你去買起田來，他去養起鴨來，待我做起官來，才好代你們審這件事。」

——《人事通》

【注釋】

① 鄉愚：舊時對鄉村老百姓的蔑稱。
② 儒學：這裡指教授儒學的書院。
③ 明倫堂：書院、太學、學宮的正殿，是讀書、講學、研究的場所。

【譯文】

有個鄉下人談論自己的志向說：「我要是有百畝的稻田就心滿意足了。」

鄰居聽了很是嫉妒，便說：「你要是有百畝稻田，我就養一萬隻鴨，吃光你的稻。」

於是兩人爭論不休，便要去找縣太爺評理。他們不認得衙門，經過一家書院，見是紅牆大門，便扭打著走了進去。

一個秀才在明倫堂踱步，兩人以為是縣太爺，便各自訴說情況。

秀才說：「你去買了田，他去買了鴨，等我做了官，這才能給你們審理這件案子。」

庸人自擾

【原文】

御史①某公，性多疑。初典②永光寺一宅。其地空曠，慮有盜，夜遣家奴數人，更番司鈴柝③；猶防其懈，雖嚴寒溽暑④，必秉燭自巡視，不勝其勞。別典西河沿一宅，其地市廛櫛比⑤，又慮有火，每屋儲水甕⑥，至夜鈴柝巡視，如在永光寺時，不勝其勞。更典虎坊橋東一宅，與余邸⑦隔數家，見屋宇幽邃⑧，又疑有魅，先延僧誦經放焰口⑨，鉦鼓錚錚者數日⑩，云以度鬼；復延道士設壇召將，懸符⑪持咒，鉦鼓錚錚者又數日，云以驅狐。宅本無他，自是以後，魅乃大作，拋擲磚瓦，攘竊⑫器物，夜夜無寧居。婢媼⑬僕隸，因緣為奸，所損失者無算……姚安公⑭曰：「天下本無事，庸人自擾之。」其此公之謂乎？

——《閱微草堂筆記》

【注釋】

①御史：古代一種官名，自秦朝以後，御史專門作為監察性質的官職，負責監察各級官吏。

②典：抵押。這裡是指典買，即通過抵押購得。

③更番：輪流替換。司：掌管。鈴柝（音拓）：巡邏、報警用的銅鈴、木梆等響器。

④溽暑：潮濕悶熱，指盛夏。溽：濕潤，悶熱。

⑤市廛（音殘）：市中店鋪。櫛比：像梳齒那樣密密地排列著。

⑥甕：一種盛水的陶器。

⑦邸：官員的住所。

⑧幽邃：幽靜深遠。

⑨放焰口：一種佛教儀式，根據《佛說救拔焰口餓鬼陀羅尼經》而舉行的施食餓鬼之法事。

⑩鈸：一種打擊樂器。錚錚：象聲詞。

⑪符：符籙，道教中的一種法術，用以「驅鬼」。

⑫攘竊：盜竊，搶奪。

⑬媼：老婦人的通稱。

⑭姚安公：紀昀之父紀容舒，曾做過雲南姚安知府，故人稱姚安公。

【譯文】

　　有一位御史公，生性多疑。最初典買了永光寺一處宅子。那地方比較空曠，他擔心有盜賊，夜間派了家奴數人，輪流手執銅鈴、木梆等響器值班；還要防備他們懈怠，雖是嚴寒酷暑，他必定手執蠟燭親自巡察，不勝其勞。另外，他典買了西河沿一處宅子。那裡與集市比鄰，商鋪林立，他因此又擔心會引發火災，就在每間屋裡都放上儲水的甕，到了夜裡，派人手執銅鈴、木梆巡視，與在永光寺時一樣，不勝其勞。再典買了虎坊橋東的一處宅子，與我的住所只相隔數戶人家。他看那屋宇幽靜深邃，又懷疑有狐魅，先請僧人誦經放焰口，敲打鈸鼓　噹噹好多天，說是用來超度鬼魂；又請道士設壇召請天兵天將，懸符持咒，敲打鈸鼓　噹噹又是好多天，說要驅逐狐妖。這宅子原本什麼事都沒有，自他折騰了一番後，鬼魅大肆興風作浪，拋砸磚瓦，偷搶器物，夜夜不得

安寧。那些奴婢老媽子當差的，也趁機做壞事，造成的損失不可計數……姚安公說：「天下本無事，庸人自擾之。」就是在說此公吧？

狼子野心

【原文】

　　有富室偶得二小狼，與家犬雜畜，亦與犬相安。稍長，亦頗馴，竟忘其為狼。

　　一日，主人晝寢廳事[1]，聞群犬嗚嗚作怒聲，驚起周視，無一人，再就枕將寐[2]，犬又如前，乃偽睡以俟[3]，則二狼伺其未覺，將齧其喉，犬阻之不使前也。乃殺而取其革。

　　此事從侄虞敦言。「狼子野心，信不誣哉！」然野心不過遁逸[4]耳，陽為親暱，而陰懷不測，更不止於野心矣。獸不足道，此人何取而自貽患[5]耶！

　　　　　　　　　　　　　　——《閱微草堂筆記》

【注釋】

①廳事：廳堂。
②寐：睡，睡著。
③俟 ：等待。
④遁逸：原指逃跑，這裡指隱蔽。
⑤貽患：留下禍患。

【譯文】

　　有個富人偶然得到兩隻小狼，將它們和家裡的狗混在一起養，小狼也和狗相安無事。兩隻狼漸漸地長大了，還是很馴服。主人竟然忘了它們是狼。

　　一天，主人大白天躺在廳堂裡睡覺，聽到群狗嗚嗚地發出憤怒的叫

聲，主人驚醒，起來四周察看，沒有一個人，就再靠著枕頭要睡覺，狗又像之前那樣吼叫，他便假裝睡著暗中等候。於是發現兩隻狼等到他睡了沒有覺醒，想要咬他的喉嚨，狗阻止它們，不讓它們上前。主人就殺了兩隻狼，並剝了它們的皮。

這件事是從姪虞敦講述的。「狼子野心，確實沒有誣衊它們啊！」只是凶惡的本性被隱藏了，表面上裝作很親熱，暗中卻心懷不軌，更不只是野心罷了。禽獸本性並不值得多說什麼，這個人為什麼要收養兩條狼給自己留下禍患呢？

田 不 滿

【原文】

客作田不滿[①]，夜行失道，誤經墟墓[②]間，足踏一髑髏[③]。髑髏作聲曰：「毋敗我面[④]，且禍爾！」

不滿戇且悍[⑤]，叱曰：「誰遣爾當路？」

髑髏曰：「人移我於此，非我當路也。」

不滿又叱曰：「爾何不禍移爾者？」

髑髏曰：「彼運方盛，無如何也。」

不滿笑且怒曰：「豈我衰耶？畏盛而凌衰，是何理耶？」

髑髏作泣聲曰：「君氣亦盛，故我不敢祟[⑥]，徒以虛詞恫喝[⑦]也。畏盛凌衰，人情皆爾，君乃責鬼乎？哀而撥入土窟中，君之惠也。」

不滿衝之竟過。惟聞背後嗚嗚聲，卒無他異。

—— 《閱微草堂筆記》

【注釋】

① 客作：傭工。田不滿：人名。

②墟墓：荒蕪的墳地。

③髑髏：即骷髏，死人的頭骨。

④毋：不，不要。敗：毀壞，摧殘。

⑤戇：剛直堅毅。悍：勇猛強悍。

⑥祟：迷信說法，指鬼神帶來的災禍。

⑦恫喝：恐嚇。

【譯文】

　　傭工田不滿，夜晚出行迷了路，誤打誤撞趕往荒蕪的亂墳崗，腳踩到一個骷髏。骷髏發出聲音說：「別毀壞我的臉，否則將降禍於你！」

　　田不滿性情剛直且勇猛，斥責道：「誰讓你來擋我的道啊！」

　　骷髏說：「是別人移我到這裡的，不是我要擋你的路啊。」

　　田不滿又喝斥道：「那你為什麼不降禍於那個把你移過來的人呢？」

　　骷髏說：「他正走運，奈何不了他啊！」

　　田不滿又好笑又生氣，說：「難道我時運就不好嗎？你畏懼走運的而欺侮倒楣的，是什麼道理！」

　　骷髏發出哭泣的聲音說：「您也是個走運的，所以我不敢對您作祟，只是用空話來恐嚇啊。畏懼走運的而欺侮倒楣的，人情就是這樣，您卻來責怪鬼幹嗎？請可憐可憐我，將我撥進土坑中，就是您對我的恩惠呀！」

　　田不滿只管自己衝過去了。只聽見背後嗚嗚的哭泣聲，最終也沒有發生什麼奇怪之事。

墨塗鬼面

【原文】

　　有老儒宿於親串家①。俄，主人之婿至，無賴子②也。彼此氣味不相入，皆不願同住一屋。乃移老儒於別室，其婿睒

③之而笑，莫喻④其故也。室亦雅潔，筆硯書籍皆具。老儒於燈下寫書寄家。忽一女子立燈下，色不甚麗，而風致頗嫻雅⑤。老儒知其為鬼，然殊不畏。舉手指燈曰：「既來此不可閒立，可剪燭。」女子遽滅其燈，逼而對立。老儒怒，急以手摩硯上墨⑥，摑⑦其面而塗之，曰：「以此為識⑧，明日尋汝屍，剉⑨而焚之。」鬼呀然一聲去……

——《閱微草堂筆記》

【注釋】

① 老儒：年長的讀書人。親串：親戚。

② 無賴子：無賴，浪蕩子。

③ 睨：斜著眼睛看。

④ 喻：直介面頭告訴。這裡指「明白」。

⑤ 風致：風韻，美好的容貌和舉止。嫻雅：文靜大方。

⑥ 沈：汁。

⑦ 摑：打耳光。

⑧ 識：通「志」，標記。

⑨ 剉：這裡指輾碎。

【譯文】

　　有位老儒住在親戚家。不久，主人的女婿來了，那是個無賴。兩人彼此氣味不投，都不願意住在同一個房間裡。於是主人把老儒換到另外一處屋裡。主人的女婿斜著眼看著他笑，他不明白是什麼緣故。那屋子也很整潔雅緻，筆硯書籍一應俱全。老儒在燈下給家裡寫信，忽然一個女子站在燈下，容貌雖不特別漂亮，但風姿韻致十分嫻雅。老儒知道她是鬼，但一點也不害怕，舉手指著燈燭說：「既然來了，就別閒站著，可以剪一下燈花。」女子一下撲滅了燈火，逼近了站在他對面。老儒大怒，迅速伸手抹了一把硯上的墨汁，往她臉上抽了一記耳光，說：「用這個做標記，明天找到你的屍首，輾碎了燒掉！」那鬼「呀」的一聲逃跑了……

蜀鄙之僧

【原文】

　　蜀之鄙①有二僧，其一貧，其一富。

　　貧者語於富者曰：「吾欲之南海②，何如？」

　　富者曰：「子何恃③而往？」

　　曰：「吾一瓶一缽足矣④。」

　　富者曰：「吾數年來欲買舟而下，猶未能也。子何恃而往！」

　　越明年，貧者自南海還，以告富者。富者有慚色。

　　西蜀之去南海，不知其幾千里也，僧富者不能至，而貧者至焉。人之立志，顧⑤不如蜀鄙之僧哉！

——《白鶴堂詩文集》

【注釋】

①鄙：邊境。

②南海：指佛教聖地普陀山，在今浙江舟山。

③恃：憑藉，依靠。

④瓶：水瓶。缽：和尚用來盛飯食的器皿。

⑤顧：難道，反而。

【譯文】

　　蜀地邊境有兩個和尚，一個貧窮，一個富有。

　　窮和尚對富和尚說：「我想去南海，你覺得怎樣？」

　　富和尚說：「你憑藉什麼去南海？」

　　窮和尚說：「我有一隻水瓶一個飯缽就夠了。」

　　富和尚說：「我多年來一直想買條船順流而下去南海，至今都沒能如願，你怎能憑著一瓶一缽就去了？」

　　到了第二年，窮和尚從南海回來了，告訴了富和尚。富和尚露出慚

愧的神色。

從蜀地到南海，不知道有幾千里路程，富和尚沒能去成，而窮和尚去了。一個人立志求學，難道還不如蜀地邊境的那個貧窮的和尚嗎？

一士極諂

【原文】

一士生平極諂①，死見冥王②。王忽撒一屁，士恭揖③進辭云：「伏惟④大王，高聳尊臀，洪宣⑤寶屁。依稀絲竹⑥之聲，彷彿麝蘭⑦之氣。」

王大喜，命牛頭卒引去別殿，賜以御宴。

至中途，士顧牛頭卒曰：「看汝兩角彎彎，好似天邊之月；雙目炯炯，渾如海底之星！」卒亦甚喜，扯士衣曰：「大王御宴尚早，先到家下吃個酒頭了去。」

　　　　　　　　　　　　　　　　　　——《廣談助》

【注釋】

①諂：諂媚，奉承，巴結。
②冥王：陰間的統治者，即閻王。
③恭揖：打恭作揖，舊時的禮節，彎身抱拳，上下襬動，表示恭敬。
④伏惟：伏在地上想，下對上陳述時的敬辭，多用於奏疏或信函。
⑤洪宣：暢快地宣洩。
⑥絲竹：漢族傳統民族絃樂器和竹製管樂器的統稱，也可泛指音樂。
⑦麝蘭：麝香與蘭香。

【譯文】

有個一書生一輩子都極善為諂媚，死後去見閻王。閻王突然放了個屁，書生急忙打恭作揖進言道：「尊敬的大王！您翹起尊貴的臀部，暢快地宣洩寶屁。我彷彿聽到動人的音樂，我彷彿聞到麝蘭之香！」

閻王聽了大喜，下令牛頭卒將他帶到另一處殿堂，設御宴款待。

走到中途，書生回頭看著牛頭卒說：「看你的兩隻彎彎的角，就像是天邊的月亮。一雙炯炯有神的眼睛，簡直像是海底璀璨的星星。」牛頭卒也喜不自禁，扯住書生的衣衫說：「大王的御宴還早著呢，請先去我家喝個酒再去吧！」

高帽子

【原文】

世俗謂媚人為頂高帽子。

嘗有門生兩人，初放外任[①]，同謁老師者。老師謂：「今世直道不行，逢人送頂高帽子，斯可矣！」

其一人曰：「老師之言不謬，今之世不喜高帽如老師者，有幾人哉！」老師大喜。

既出，顧同謁者曰：「高帽已送去一頂矣！」

——《笑笑錄》

【注釋】

① 外任：舊指在京城以外的地方做官。

【譯文】

世人把奉承巴結人稱為戴高帽子。

曾經有兩個學生，初次被任命去外省做官，一同去拜見老師。老師對他們說：「現今這世道，忠直之道行不通，見人就給他戴頂高帽子，這樣就可以了。」

其中一個學生說：「老師這話說得一點不錯，如今社會上像老師這樣不喜歡戴高帽子的，究竟能有幾個人呢？」老師聽了非常高興。

等到出了門，這個學生他回頭看了一眼同來拜見的人，說：「高帽子已經送出一頂了！」

惜驢而負鞍

超譯‧歷代經典寓言

【原文】

　　某翁富而吝，善權子母①，責負②無虛日。後以年且老，難於途，遂買一驢代步。顧愛甚，非甚困憊，未嘗肯據鞍。驢出翁胯下者，歲不過數四。

　　值天暑，有所索於遠道，不得已，與驢俱。中道，翁喘，乃跨驢；馳二三里，驢亦不習騎，亦喘。翁驚亟③下，解其鞍。驢以為息已也，往故道逸歸。翁急遽呼驢，驢走不顧，追之弗及也。大懼驢亡，又④於棄鞍，因負鞍趨歸家。亟問：「驢在否？」

　　其子曰：「驢在。」翁乃復喜。徐釋鞍，始覺足頓而背裂也，又傷其暑，病逾月乃瘥⑤。

　　　　　　　　　　　　　　　　　——《耳食錄》

【注釋】

①權：變通，權衡。子母：比喻借貸的本錢和利息。

②責負：索討欠債。責：「債」的本字。

③亟：急切，急忙。

④吝：吝惜。

⑤瘥（音剎）：大病初癒。

【譯文】

　　有個老人很有錢但又很吝嗇，善於放高利貸謀利，沒有一天不忙於收債。後來因為上了年紀，走路困難，就買了頭毛驢代步。但他對毛驢非常愛惜，不到特別疲憊之時，不肯坐到鞍子上，所以毛驢被老漢騎在胯下的機會，一年也不過三四次。

　　正值夏日酷暑之際，因為要走遠路去索債，老漢不得已帶上毛驢一

起去。走到半道時，老漢累得直喘，便騎上毛驢。走兩三里地，因毛驢不習慣讓人騎了，也累得氣喘吁吁。老頭嚇得連忙跳下驢，還把鞍子也解了。驢以為是讓它休息了，就順著原路跑回去了。老漢急忙叫驢，驢只管自己跑，也不搭理他。老漢攆了一陣沒能攆上。他非常擔心毛驢走失了，又吝惜不捨得放下鞍子，就自己馱著鞍子跑回家。到家他急忙問道：「毛驢在家嗎？」

他兒子說：「在家。」老漢這才高興起來，慢慢把背上的鞍卸下，頓時覺得腳跛了，背部像裂開一樣疼痛。又加上中暑，病了一個多月才痊癒。

蚊子結拜

【原文】

蚊子結拜，城中蚊子是把弟，鄉下蚊子是把兄。

把兄謂把弟曰：「你城中大人，珍饈①適口，味美充腸，肌膚嫩而腴，爾何修有此口福？我鄉下農夫，藜藿②充飢，糠秕③下嚥，血肉粗而澆④，我何辜甘此淡泊⑤？」

城蚊曰：「我在城中，朝朝宴會，日食肥甘，甚覺饜膩⑥。」

鄉蚊曰：「你先帶我到城中祗領大人恩膏⑦，然後帶你到城外遍嘗鄉中風味。」

城蚊應允，把鄉蚊帶至大佛寺前，指哼哈二帥⑧曰：「此是大人，快去請吃。」

鄉蚊飛在大人身上，鑽研良久，怨之曰：「你們這大人倒真大，卻捨不得給人吃。我使勁鑽了半天，不但毫無滋味，而且連一點血也沒有。」

——《嘻談錄》

【注釋】

① 饈（音羞）：味美的食物。

② 藜藿：粗劣的食物。藜：多年生草本植物，葉細長，花紫黑色。藿：豆葉。

③ 糠秕（音比）：穀物的皮和殼。

④ 澆：薄，瘦。

⑤ 淡泊：恬淡寡慾。

⑥ 饜膩：吃得太飽而膩煩。

⑦ 祗：敬，恭敬。恩膏：恩澤。

⑧ 哼哈二帥：漢族民間對佛寺山門前二金剛的俗稱。明代小說《封神演義》根據佛教守護寺廟的兩位門神附會而成的兩員神將，一名鄭倫，能鼻哼白氣制敵；一名陳奇，能口哈黃氣擒將。

【譯文】

城裡的蚊子與鄉下的蚊子結拜成把弟兄，城蚊是把弟，鄉蚊是把兄。

鄉蚊對城蚊說：「你們城中那些達官貴人，山珍海味十分好吃，美食裝滿了肚腹，肌膚又嫩又肥。你修了什麼德有這樣的好口福？我們鄉下的農夫，野菜豆葉充飢，粗糠瘦穀下嚥，人長得皮粗肉瘦。我有什麼罪過要安心過這樣清苦的日子？」

城蚊說：「我在城裡，天天吃宴席，日日吃那些肥膩甜美的東西，早就覺得飽脹膩煩了。」

鄉蚊說：「那你先帶我到城中敬領那些大人的恩澤膏血，然後我再帶你到城外遍嘗鄉中風味。」

城蚊答應了，就把鄉蚊帶到大佛寺前，指著哼哈二將說：「這就是大人，請快去吃吧。」

鄉蚊飛到哼哈二將身上，用嘴鑽了好久，埋怨道：「你們城中這大人倒真大，卻捨不得給人吃。我使勁鑽了半天，不但毫無滋味，而且連一點血也沒有。」

國家圖書館出版品預行編目資料

歷代經典寓言／周游編譯，初版 --
新北市：新潮社文化事業有限公司，2021. 06
　　面；　　公分
　　　ISBN 978-986-316-797-6（平裝）

856.8　　　　　　　　　　　　110005089

歷代經典寓言

周　游／編譯

【策　劃】周向潮、林郁
【制　作】天蠍座文創
【出　版】新潮社文化事業有限公司
　　　　　電話：(02) 8666-5711
　　　　　傳真：(02) 8666-5833
　　　　　E-mail：service@xcsbook.com.tw

【總經銷】創智文化有限公司
　　　　　新北市土城區忠承路 89 號 6F（永寧科技園區）
　　　　　電話：(02) 2268-3489
　　　　　傳真：(02) 2269-6560

印前作業　菩薩蠻數位文化有限公司

初　　版　2021 年 11 月